KB023191

이것만 알면

인생인싸

이것만 알면
인생 인싸

지은이 | 전규열
펴낸이 | 이재욱
펴낸곳 | 모두북스
초판 인쇄 | 2024년 7월 15일
초판 발행 | 2024년 7월 22일
디자인 | 나비 010.8976.8065
주소 | 서울 도봉구 덕릉로 54가길 25(창동 557-85, 우 01473)
전화 | 02)2237-3301, 02)2237-3316
팩스 | 02)2237-3389
이메일 | seekook@naver.com

ISBN 979-11-89203-48-1(03810)
@전규열, 2024
modoobooks(모두북스) 등록일 2017년 3월 28일/ 등록번호 제 2013-3호

이것만 알면 인생 인싸

전규열의 딥터뷰

MODOOBOOKS

책머리에

이것만 알면 인생 인싸

'인싸' 시리즈 3탄으로 〈이것만 알면 경제 인싸〉, 〈이것만 알면 스타트업 인싸〉에 이어 이번에 〈이것만 알면 인생 인싸〉를 출간하게 되었다. 〈인생 인싸〉는 여러 분야에서 내공이 깊고 전문성을 인정받은 최고 전문가들의 딥터뷰 내용을 담았다.

　경제학 분야에서 〈매 5년마다 1% 경제성장률이 하락한다는 법칙〉을 이론으로 밝힌 노벨경제학상 수상자 미국 시카고대 루카스 교수의 제자 서울대 김세직 교수, 〈몰입〉분야 국내 최고 전문가이자 〈몰입〉의 저자인 황농문 전 서울대 재료공학과 교수, 지식재산권 분야 국내 최고 권위자인 정상조 서울대 로스쿨 교수, 한민족의 DNA를 찾아 인생2막을 열고있는 김석동 전 금융위원장(지평인문사회연구소 대표), 연금개혁의 필요성을 강조하는 전광우 전 국민연금공단 이사장(세계경제연구원 이사장), 법조계의 〈디지털 상록수〉 강민구 전 고등법원 부장판사, 〈미국에 실리콘밸리가 있다면 포항에 퍼시픽밸리를 만들고 있다〉는 박성진 포항공대 교수(전 포스코기술투자 대표), 정치공학도를 꿈꾸다 최고의 통역사가 된 임종령 〈국내 1호 공인동시통역사〉, 〈기술 전쟁 핵심은 '1% 연구자' 확보로 해외 인재 적극 영입해야 한다〉는 윤태성 카이스트 교수, 〈부정맥 분야 최고 명의로 차원 높은 부정맥 치료 만드는 게 목표〉인 김영훈 전 고려대 의료원장, 〈환자에게 필요한 치료 위한 수가 체계 혁신적 변화 필요하다〉는 전 연세세브란스병원장 등 명의 의사, 교수, 관료, 연구소장, 입시전문가 등 다양한 분들의 목소리를 담았다.

이 책을 잡는 순간 독자 여러분은 평소 접하기 어려웠던 다양한 분야 국내 최고 전문가들의 생생한 목소리에 점점 빠져들게 될 것이다. 책을 덮는 순간 언론에서 자주 거론되는 이야기들이 귀에 쏙쏙 들어와 세상과 소통할 수 있는 많은 분야의 이야기 속으로 주인공처럼 참여할 수 있을 것이다.

MZ세대에게는 듣고 싶었던 분야별 멘토들을 생생한 목소리를, 일반 독자들에게는 다양한 분야 전문가들의 딥터뷰 내용을 통해 누구를 만나도 대화할 수 있는 콘텐츠를 제공해 상식을 넓힐 수 있는 계기가 될 것이다.

이 책이 나오기까지 많은 분의 도움이 있었다. 공감신문 딥터뷰에 참여하며 정리에 도움을 주었던, 염보라, 유안나 기자를 비롯해 인터뷰 대상자 선정에 많은 도움을 주셨던 김도진 법무법인 세종 고문(전 IBK 기업은행장), 인싸 시리즈가 나올 수 있도록 저자의 마음을 잘 헤아려 주신 이재욱 대표님 이하 직원분들의 노고가 없었다면 쉽지 않았을 것이다. 이 자리를 빌려 감사의 마음을 전한다. 또한 주말에도 인터뷰 준비를 위해 도서관으로 향할 수 있도록 배려해 준 가족들이 있었기에 가능했던 일이기도 하다.

목차

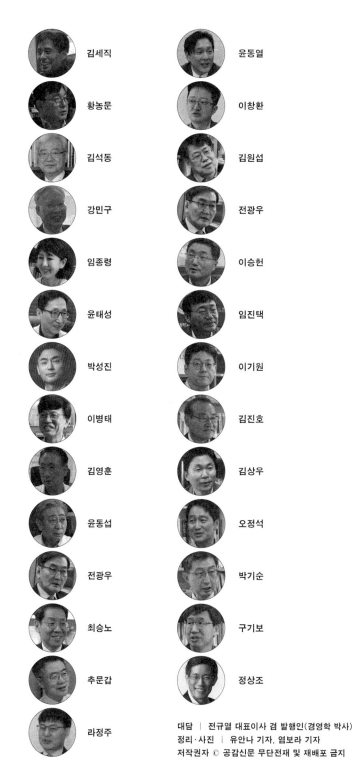
대담 | 전규열 대표이사 겸 발행인(경영학 박사)
정리·사진 | 유안나 기자, 염보라 기자

전(全) 국민 아이디어 등록제

한국에 '창의적 인적 자본'이 쌓여 실질적인 경제성장으로 이어지도록 하려면 어떤 방법과 과정이 필요할까요?

"성장률 높이려면 창조형 인재 육성해야 하고, '전(全)국민 아이디어 등록제'가 필요합니다. 핵심은 창의적 아이디어를 보호하자는 것. 창의적인 아이디어를 내도 훔쳐 가고, 아무 보상이 없는 우리나라 시스템의 문제를 해결하기 위해 '전(全)국민 아이디어 등록제'를 만들자고 강조하는 겁니다. 창의적 아이디어를 낸 국민을 보상하고, 또 그 아이디어를 보호해주면 국민 누구나 창의적 아이디어를 내려고 할 것입니다."

김세직 교수는 1995년 노벨경제학상 수상자인 美 시카고대학교 로버트 루카스 교수의 제자로 2016년 논문을 통해 한국의 장기 성장률이 1990년대 초반 이후 5년마다 1% 포인트씩 규칙적으로 추락한다는 '5년 1% 하락의 법칙'을 보고했다. 대표 저서로 『모방과 창조』가 있다.

(현) 서울대 사회과학대학 경제학부 교수

IMF(국제통화기금) 리서치국 선임 이코노미스트

美 시카고대 대학원 경제학 박사

서울대 경제학과 학사 · 석사

김세직

김세직 교수의 대표 저서 『'모방과 창조』

1960년대 이후 30년간 고도의 성장을 이뤄온 한국 경제가 추락을 겪게 된 이유는 1990년대부터 선진 기술과 지식을 베껴 성장하는 '모방형 성장'이 더 이상 작동하지 않았기 때문이다. 앞으로 한국 경제의 추락을 멈추고, 고도성장으로 회복하기 위해서는 새로운 것을 생각하고 만들어내는 능력인 '창조형 인적 자본'으로의 대전환이 필요하다.

김 교수는 1800년대 중후반 이후 지금까지 150년간이나 1인당 GDP의 장기 성장률이 2% 수준을 일정하게 유지해 온 미국에 대해, "미국은 초등학교에서부터 창의적 아이디어를 내는 훈련을 시킨다. 마크 주커버그 메타 CEO, 애플의 창업자 고(故) 스티브 잡스 같은 '창의적 인재'가 끊임없이 나올 수 있도록 키우는 시스템이 있다."고 말했다.

그러면 한국은 언제 이렇게 할 수 있을까?

"마음먹고 하면 오래 걸리지 않을 것으로 본다. 대학생들을 가르쳐 보면 한 학기 동안 창의성이 확 성장한다. 학생뿐만 아니라 성인들을 상대로 단기 교육도 할 수 있다. 창의성이란 없던 게 새로 나오는 것이 아니라 잠재력을 의미한다. 우리 국민 모두 이런 잠재력이 있으므로 끄집어내 주기만 하면 된다. 그 기간은 3~6개월이면 된다."

그러면서 김세직 교수는 창의적 아이디어에 대해 제대로 보상이 이뤄지지 않는 한국의 시스템을 지적하며, 창의적 아이디어에 대한 보호가 '전(全)국민 아이디어 등록제'의 핵심이라고 강조했다.

"현재 우리는 '특허'를 통해 아이디어를 보호하고 있다. 하지만 특허로 보호할 수 있는 아이디어의 양은 너무나도 적다. 아이디어는 크게 '무엇을', '어떻게' 2가지로 나눌 수 있는데, 무엇을 만들지는 '문과적 아이디어', 어떻게 만들지는 '이과적 아이디어'이다. 제가 항상 예로 드는 건 이 두 아이디어가 합쳐진 애플이다. 공동창업자인 스티브 잡스와 스티브 워

니즈악은 각각 문과적 아이디어, 이과적 아이디어를 내고 이 아이디어들이 합쳐져 애플의 창의적 아이디어가 완성되었다. 그런데 한국은 지금 '어떻게 만들지'에 대한, 즉 이과적 아이디어에 대해서만 보호해주고 있다. 그 때문에 창의적인 아이디어를 내도 다 훔쳐 가고, 아무 보상이 없는 게 지금의 우리나라 시스템의 문제이다."

Q   『모방과 창조』에서 소개했듯이 지난 30년간 한국 경제 운행을 지배해 온 '5년 1% 하락의 법칙'대로라면 한국 경제가 0%대로 추락하는 '제로 성장'을 피하기 어려워 보이는데요?

경제의 장기 성장률이 6% 이상까지 올라갔다가 이후 50년 이상 추락해 온 여섯 나라가 있다. 바로 일본, 독일, 이탈리아, 스페인, 그리스, 포르투갈이다. 일본과 스페인의 성장률은 0%대로, 이탈리아, 포르투갈, 그리스는 마이너스까지 떨어졌다.

이러한 나라들의 경제성장률 변화 추이를 보면, 대한민국 경제가 어떻게 될지 예측해 볼 수 있다. 0%대까지 내려가는 게 이상한 건 아니라고 생각할 수 있다. 다만 6개국과 우리나라의 차이는 장기 성장률이 떨어지는 패턴이다. 한국처럼 급전직하(직선 형태)로 떨어진 나라는 없다.

'0%대 성장률 저지'가 가능한지 묻는다면 어떤 정책을 쓰느냐에 따라 가능할 수도 있고, 반대일 수 있다. 일단 정부는 돈을 잔뜩 풀어 총수요를 계속 부양하는 경기 부양을 통해 약 10년 정도는 일시적으로 '제로 성장'을 막을 수도 있지만, 결국은 위기를 불러올 가능성이 높은데, 경기 부양책으로 잠시 막는 것처럼 보여도 성장률이 더 크게 떨어지기 때문이다.

제로 성장을 막기 위한 유일한 방법은 그 원인을 정확히 알고 해결하는 것이다. 그러나 적어도 지금과 같은 상황이 계속되면 그런 정책을 기대하기 어렵고, 따라서 장기 성장률이 0%대로 갈 가능성이 훨씬 크다.

Q   '5년 1% 하락의 법칙'을 정작 우리 국민은 잘 모르고 있는 듯한데, 왜 꼭 알아야 할까요?

5년 1% 하락의 법칙은 우리가 겪고 있는 모든 경제 문제의 원인이기에 모든 국민이 알고 있어야 한다. 예를 들어 우리나라 출산율이 감소하고 있다. 사람들이 인구 감소가 경제성장률에 미칠 영향에 대해 걱정하는데, 오히려 거꾸로다. 무엇이 원인인지 잘 구별해야 하는데, 출산율과 인구 감소는 경제성장률의 원인이라기보다는 5년 1% 하락의 법칙에 따른 성장률 추락에 따른 증상이다.

그래서 출산율 감소를 위해 300조 원 이상을 쓰고도, 원인이 치료되지 않으니 증상을 아무리 치료하려고 해도 치료가 되지 않는 것이다.

청년들도 굉장히 답답한 형국이다. 대졸 청년들의 경우 대다수가 졸업을 미루거나 취업이 금방 되지 않아 20대 후반에야 취업한다. 직장에 들어가더라도 일할 수 있는 기간은 20년 남짓인데, 대단히 짧은 기간이다. 평생을 직장에서 벌 수 있는 총평균 소득은 12~13억 원 정도밖에 안 된다. 그런데 현재 서울시 아파트 평균 집값이 12억 원 정도다. 평생 번 돈의 1원도 쓰지 않아야 집을 살 수 있다는 말이다. 그러니까 불가능하다는 말이다.

청년들이 꿈이라고 생각하는 삶은 엄청난 아파트가 아니더라도 결혼해서 자녀를 낳고, 적당한 집 하나 얻어 행복하게 사는 것이다.

하지만 지금 소득으로는 불가능하므로 결국 결혼과 자녀를 포기할 수밖에 없다. 포기하지 않으면 큰돈을 벌어야 하므로 '빚투'와 '영끌'에 몰두하는 청년들이 생긴다.

결국 대한민국에서 발생하는 모든 경제 문제의 원인은 '5년 1% 하락의 법칙'이다. 이 법칙을 모르고 미래를 설계하면 큰 경제적 손실을 볼 수 있다. 미래 계획을 세우고 합리적인 경제적 의사결정을 하려면 모든 국민이 이 법칙을 알아야 한다.

Q   경제성장을 위해선 '모방형 자본주의'에서 '창조형 자본주의'로의
        '대전환'이 필요하다고 언급하셨는데, 어떻게 이뤄낼 수 있을까요?

우리 국민의 반만이라도 '5년 1% 하락의 법칙'과 그 원인을 알게 되면 가능해질 수 있다고 생각한다. 이 법칙을 저지하기 위해서는 자본주의를 업그레이드시켜야 한다. 앞서 말한 여섯 나라와 다르게 장기 성장률이 추락하지 않는 나라도 있다. 바로 미국이다. 미국은 지난 150년 2~3% 성장을 계속 유지하면서 그 결과 세계 1위를 유지하고 있다. 이런 미국과 성장률이 추락한 나라들 사이에 근본적인 차이가 있다. 모방형 자본주의와 창조형 자본주의 중에서 어떤 것을 도입했느냐의 차이다.

　　제가 종종 비트코인을 예로 든다. 지난 2008년 나온 비트코인의 아이디어는 2009년부터 상용화된 이후 2021년 말 그 가치가 1조 달러 이상을 돌파했다. 만약 비트코인 아이디어를 우리나라 국민 중 한 명이 내서 만들었다고 가정하면, 한국의 성장률은 10년에 걸쳐 매년 5% 올랐을 것이다. 다시 말해 비트코인 같은 아이디어가 10년에 하나씩 나와주면 매년 우리나라 성장률은 장기적으로 5%를 계속 이어갈 수 있다는 말이다. 핵심은 그런 아이디어가 나와줘야 하는데, 그러자면 그런 아이디어가 나올 수 있게 해주는 시스템이 있어야 하고, 그런 시스템이 갖춰진 '창조형 자본주의 체제'가 있어야 한다.

Q   한국의 교육을 '허무한 교육 투자 세계 1위'라고 지적하셨는데,
        실질적인 변화를 위해 당장 급한 건 무엇일까요?

교육 자체를 환골탈태해야 한다. 특히 입시 제도를 바꾸면 모든 게 달라질 것이다. 지금 입시 제도는 한마디로 반 이상은 쓸모없는, 남들이 만들어놓은 지식을 얼마나 많이 머릿속에 외워서 집어넣었는지, 그게 얼마나

들어가 있는지 측정하는 시험이다. 그야말로 시대착오적인 시험에 계속 매달리고 있다. 이제 창의적 아이디어가 가장 중요해진 시대 변화에 맞추어 시험에서도 창의적인 아이디어를 생각해 낼 능력을 키웠는지에 대해 평가해야 한다. 그러나 지금 우리 교육은 우리 학생들에게 그런 교육을 제대로 해주고 있지 않다.

학생들의 창의성을 효율적으로 평가하려면 정답 없는 '열린 문제'를 내고 창의적인 답안을 제시하도록 하면 된다. 제가 주장하는 '창조형 대학 입시'는 학생들에게 열린 문제를 내서 학생들이 창의적 아이디어 내는 능력을 평가한다. 그 과정에서 한 사람이 아니라 여러 사람의 공동 평가, 혹은 AI의 평가 등을 이용하면 학생들의 창의력에 대해 충분히 객관적이고 공정한 평가가 가능해진다.

저는 대학 입시뿐만 아니라 대한민국의 모든 회사, 정치인 등의 면접 또는 인터뷰에서 "당신이 그동안 살아오면서 남들이 생각해보지 못한 것을 생각해본 내용이 있으면 말해 보세요."라는 질문이 들어가면 좋겠다. 이 질문 하나만으로도 면접 당사자의 창의적 능력을 너무나 금방 파악할 수 있다. 당장 면접에서 이 질문을 던지면 아마 대부분은 답을 하지 못할 가능성이 크다. 그러나 모든 면접에서 이 질문을 던지기 시작하면 이제부터라도 모든 국민이 창의적 능력을 키우기 위해 노력하게 되고 그 결과 나라가 바뀔 것이다.

Q **경제·사회 전반의 '모방에서 창조로' 전환하는 과정에서 꼭 필요한 정책 등 정부와 시스템의 변화 내용은 무엇일까요?**

자본주의의 핵심은 재산권 보호다. 자본주의는 생산 요소에 대한 재산권을 보장해 줌에 따라 사람들이 생산 요소를 축적하면서 경제가 성장해 온 것이다. 그런데 가장 중요한 생산 요소가 과거에는 노동과 자본이었지만, 지금은 창의적 아이디어로 바뀌었다.

대한민국은 새 시대 최고의 생산 요소인 새로운 아이디어를 훔치는 사람은 많지만, 보호해주지 않는 것이 문제이다. 전문가가 이야기할 때도 남의 아이디어를 인용하면 아무 문제가 되지 않지만, 인용 없이 쓰면 도둑질이다. 하지만 우리 사회에는 인용 없이 다른 사람 아이디어를 자기 아이디어인 것처럼 얘기하는 전문가나 지도자들이 많다고들 한다. 큰 기업이 스타트업의 아이디어를, 직장 내라면 상사가 부하의 생각을, 또는 정부 관료가 민간의 아이디어를 마음대로 자기 아이디어처럼 쓰는 경우들이 있다는 우려도 크다. 이렇게 아이디어가 쉽게 도둑맞는 경제 체제에서는 새로운 창의적 아이디어를 내는 사람은 아무도 없을 것이다.

그래서 현 자본주의 체제를 유지하기 위해서는 이 시대 최고의 생산 요소이자 경제성장의 원동력인 창의적 아이디어 보호가 필수적이다. 그리고 이의 보호를 위해 졸저『모방과 창조』에서 창조형 교육제도와 함께 '전(全)국민 아이디어 등록제'를 제안했다.

Q   교육 정책 외에도 어떤 개혁이 있어야 할까요?

'전국민 아이디어 등록제'와 함께 인센티브가 있어야 한다. 아이디어를 창안한 사람을 위해 정부가 쓸 수 있는 매우 중요한 '조세 보조금 정책'이 있다. 아이디어를 낸 근로자들한테는 근로소득세를 면제해주고, 창의적 아이디어로 성장하는 기업은 법인세를 감면해 주는 등 창의적 아이디어 낸 사람이나 기업에 대한 인센티브를 줄 수 있는 경제정책은 많이 있다.

Q   여러 어려움에도 불구하고 한국이 '경제 유토피아'에 가까워질 수 있는 희망이 있을까요?

조건부라고 생각한다. 우리 국민이 '5년 1% 하락의 법칙'을 이해하고, 이 법칙 때문에 우리 경제가 심각한 위기에 빠져들고 있다는 사실을 인식하여, 이걸 벗어나야 하겠다고 마음을 먹으면 우리 국민이 오히려 가만히 있지 않고 정치권을 향해 고치자고 강력하게 요구할 것이다. 그렇게 된다면 금방 바뀔 수도 있다.

앞서 말한 바와 같이 비트코인 같은 아이디어가 10년에 한 번씩만 나와도 우리나라 성장률이 0%가 아니라 5%대를 유지할 수 있다.

그런데 이런 아이디어가 나오도록 하기 위해서는 대수의 법칙을 이용해야 한다. 100개의 아이디어가 있다면 그중 실제로 좋은 아이디어는 3개 정도 있을 수 있다. 3개를 위해 97개의 필요 없는 아이디어 역시 있어야 한다는 뜻인데, 100개 중 투자의 가치가 높은 3개는 시간이 지나고 나서야 알게 되기 때문이다.

예를 들어 1조 원을 투자해서 10만 개의 아이디어가 나왔는데, 향후 10만분의 1의 확률로 1,000조 가치의 비트코인과 같은 아이디어가 나온다면 1,000배 수익률로 엄청난 투자 가치가 있는 것이다.

지금 한국이 많은 스타트업을 만들고자 해도 젊은이들이 별로 도전하지 않는다. 그 이유는 우선 우리 젊은이들이 학교 다닐 때 창의적인 아이디어 생각하는 훈련을 하나도 못 받았기 때문에 정말 창의적인 아이디어 내는 데 큰 어려움을 느끼기 때문이다. 더해서 아주 창의적인 아이디어를 내도 보호받기 어렵기 때문이다. 이제라도 학교에서는 창의력을 키워주고 창의적 아이디어의 재산권을 보장해 주어 청년들이 '빚투', '영끌'과 같이 엉뚱한 데가 아닌 창의적 아이디어에 투자할 수 있도록 해줘야만 경제 유토피아에 대한 희망이 생긴다.

Q   마지막으로 경제전문가로서 하고 싶은 말씀이 있다면?

창의적 아이디어는 아인슈타인 같은 소수의 천재만이 낼 수 있는 것이 절대 아니다. 남녀노소 우리 국민 누구나 창의적 아이디어를 낼 수 있다. 전문지식과 결합한 창의적 아이디어도 있지만, 전문지식 필요 없이 초등학생도 낼 수 있는 창의적 아이디어 역시 많다. 그리고 모든 아이디어는 무한한 가능성을 갖고 있다.

　어떤 아이디어는 초등학생이 내는 수준의 아이디어라고 폄훼하는 분들이 많을 수도 있다. 하지만 오히려 그런 엉뚱한 생각이 놀라운 것일 수 있다. 특히 '초등학생 아이디어'는 무엇인가에 대한 아이디어일 수 있는데, 향후 '어떻게?'에 대한 '이과적 아이디어' 또는 전문적 지식과 합쳐진다면 엄청난 결과를 만들어낼 수 있다. 그러므로 어떤 아이디어라도 우습게 보지 말고 존중해야 한다. 누구의 아이디어이건 어떤 아이디어이건 존중하는 사회풍토 조성이 창조형 자본주의 체제로 가는 첫걸음이다.

'몰입'과 '도전'으로 창의성 교육 잠재력 발휘

후회 없는 행복한 삶의 원동력인 '몰입'과 '도전'으로 잠재력 발휘해야 국가의 '창의성 교육'과 '속성 창의 교육' 가능.

"사람은 모두 잠재 능력이 엄청나지만, 그 사실을 잘 모른다. 대개 잠재 능력은 스스로 불가능해 보이는 것에 도전할 때 나오는데, '몰입'은 그런 개개인의 능력을 다 쓸 수 있도록 하는 방법이다. 평생을 살면서 행복하기 위해 숱한 노력을 기울이고 최선을 다했지만, 가장 좋은 방법은 '몰입'이었다. 과거 박사학위를 받고 표준과학연구원에 취직했을 때 '어떻게 살아야 죽을 때까지 후회가 없을까?' 하는 고민을 치열하게 한 적이 있는데, 그 시간을 통해 '몰입'을 경험했다."

황농문 교수는 '몰입'을 직접 경험해 미해결로 남아있던 재료·금속·세라믹 분야의 난제들을 해결, 서울대학교 공과대학 재료공학부 교수를 맡았다. 대표 저서로는 『몰입』, 『슬로싱킹』 등이 있으며, 현재 '몰입 아카데미'를 운영하고 있다.

(현) 몰입아카데미 대표

서울대학교 재료공학부 교수

일본 금속재료연구소 객원연구원

미국 국립표준기술원 객원연구원

한국 표준과학연구원 책임연구원 역임

카이스트 대학원 재료공학 석·박사

서울대 금속공학과 학사

황농문

연구하는 사람들을 위한 '문제해결'의 길

"연구하는 사람들의 소원은 보통 '문제 해결'이다. 그러나 연구원으로 있다 보면 수시로 모르는 게 나오고 이해가 되지 않는 것들이 나온다. 그래서 적당히 생각하고, 해결이 되지 않으면 넘기기도 한다.

하지만 그 당시 저는 이건 내 삶을 불태우는 것이 아니라고 생각했다. 그렇게 운전할 때뿐만 아니라 밥 먹으면서, 걸으면서, 샤워하면서 죽어라 그 모르는 문제만 생각했다. 그러자 며칠이 지나니 제 의식 속에는 다른 생각 없이 그 문제만 떠오르면서 기적과 같은 아이디어가 떠오르는 굉장히 '신기한 경험'을 했다. 연구를 시작하면 보통 아이디어가 나오는 건 수개월씩 걸리는데 당시엔 하루에도 몇 개씩 나왔다. 그렇게 평생을 노력해도 풀지 못할 난제들을 해결했다."

황농문 대표는 '몰입'의 능력은 창의성으로부터 나온다며 한국 역시 '창의성 교육'에 힘써야 한다고 강조했다.

"제가 연구 난제들을 해결하면서 가장 놀랐던 건 저였다. 학부생일 때는 상위권 성적도 아니었고, 연구소에는 이른바 엘리트들이 모여있기 때문이다. 어떻게 할 수 있었을까 생각해보면 '시험'과 '연구'의 차이였다. 시험이 단순한 답을 찾아내는 거라면, 연구는 오픈된 자료들 속에서 문제해결에 집중하는 것이었다. 그리고 그걸 찾을 수 있게 하는 건 '창의성'이라고 생각한다. 몰입을 잘하는 학생들을 보면 대부분 중·고등학생 때부터 모르는 문제가 나왔을 때 해답을 보지 않고 몇 시간, 며칠, 몇 주일간 시간이 걸리더라도 스스로 풀려고 했던 '몰입 훈련' 경험이 있다. 저 역시도 마찬가지인데, 결국 시험 성적으로 바로 나타나진 않지만, 한계를 돌파하고, 수백 번 시도하면 우리 뇌는 요구하는 대로 발달하게 된다는 걸 알게 됐다."

Q   우리 삶에서 '몰입'은 왜 필요합니까?

'몰입'은 개개인이 가진 노력과 에너지를 한 곳에 쏟는 것이다. 단순히 햇빛으로는 종이를 태울 수 없지만 그 햇빛을 돋보기로 모으면 불을 붙일 수 있다. 이처럼 살아가면서 정말 최선을 다해야 하는 일이 있거나, 초능력을 발휘하고 싶을 때 몰입을 통해 우리의 능력과 시간을 쏟아부을 수 있다. 저는 과거 경험으로 어떤 직업을 갖느냐가 아니라, 무엇을 하든 나의 잠재 능력을 불태워서 살면 후회할 일이 없다는 깨달음을 얻었다.

　　몰입은 또한 기량을 높이는 동시에 즐거움이다. 놀아도 몰입하지 않으면 재미가 없다. 놀더라도 그 하나하나에 목숨이 걸린 것처럼 해야 즐거움이 따라오기 때문이다. 그래서 몰입은 우리 삶에 있어서 정말 중요한 솔루션이다. 최선을 다하는 방법이면서 자아실현, 행복까지도 정복할 수 있도록 해준다.

Q　**몰입하지 않을 때 '걱정하는 건 본능'이라고 언급하셨는데,**
　　몰입도 습관이 되어야 한다고 보시는지요?

인간은 걱정하는 동물들이 진화한 모습이다. 사슴을 예로 들자면, 풀을 뜯어 먹고 있는 사슴 중 걱정이 없는 사슴은 쉽게 잡아먹혔다. 반대로 풀을 먹으면서도 계속 사자가 있는지 없는지 확인하는 사슴은 살아남았다. 진화론적으로 긴장을 하는 게 습관이 된 것이다.

　　우리 역시 마찬가지다. 걱정할 일이 없더라도 평균 70% 이상은 부정적인 생각을 갖게 된다. 자연스럽게 사람은 자극을 찾는다. 뇌과학적으로 접근하면 자극적인 걸 했을 때 사람의 뇌에서는 도파민이 나오는데, 이 도파민을 통해 쾌락을 느낀다. 하지만 이러한 도파민 과잉이 계속되면 같은 자극에 무뎌지고 더 큰 자극을 원하게 된다.

　　부정적인 생각에서 도피하기 위해 게임이나 인터넷, 동영상을 본 후 오히려 우울해지고 무기력해질 수밖에 없다. 이와 달리 몰입은 저를 포함한 여러 사람의 경험상, 그리고 뇌과학 측면으로도 우울함이 따라오지 않는다.

Q 　 스마트폰은 현대인들의 필수품이다. 스마트폰을 비롯하여 일상
　　　생활에서 몰입 방해 요소가 수없이 많은데, 어떻게 훈련해야 할까요?

뇌과학 전문가들은 스마트폰을 일시적으로 쓰지 못하게 하는 장치와 같
이 환경을 조성하여 차단해야 한다고 말한다. 그러나 관련 기술은 계속
발전하고 있고, 스마트폰의 유용한 점이 많으므로 갈수록 스마트폰 없이
생활하기는 더 힘들어질 것이다.

　그래서 저는 스마트폰의 장점만 잘 활용하기 위해선 통제력을 키우
는 '전두엽 발달'이 굉장히 중요하다고 생각한다. 그래서 어릴 때부터 전
두엽을 발달시키는 방향이 앞으로 교육의 핵심이 되어야 할 것이다. 몰입
방법 역시 전두엽을 발달시키는 데 도움이 된다.

Q 　 특히 청소년 사회에선 동영상에 익숙해지면서 글을 읽고도
　　　이해하지 못하는 '실질적 문맹'이 늘어나고 있는데,
　　　'몰입'이 이런 문제의 해결에 도움이 될까요?

사실 사람이 책을 읽고 이해하는 건 훈련이 되지 않으면 정말 어려운 일이
다. 익숙해지려면 독서를 꾸준히 해야 한다. 글을 읽으면 생각하게 마련인
데, 이 과정은 앞서 언급한 '미지의 문제를 푸는 것'과 논리적으로 같다.

　자연법칙에서 물은 방해물이 없는 곳으로 흐른다. 현대 사회에선 유
튜브 쇼츠 영상 등 쉽게 접근할 수 있는 것들이 많은데, 이러한 현상도 자
연스러운 흐름이다. 이럴 때 필요한 건 교육이다. 쉬운 방향으로부터 발
생하는 '문제'를 막고, 장벽이 있더라도 반대 방향에서의 '즐거움'을 경험
할 수 있도록 하는 게 교육의 역할이다.

Q 　 그렇다면 어떤 교육의 변화가 필요하다고 보시는지요?

저는 부가가치가 높은 '창의성 교육'에 국가가 집중[All-in]해야 한다고 생각한다. 창의성은 세상에 없던 걸 생각해 내고, 아이디어를 내는 능력이다. 어릴 때부터 훈련이 필요한 건데, 우리는 점수를 잘 받는 쪽으로 특화된 주입식 교육을 하고 있다.

과거 1990년대 초 한국 경제가 호황일 때 세계 경제학자들이 많은 관심을 가졌다.

이 중 밀턴 프리드먼 교수의 수제자이자 1995년 노벨 경제학상을 수상한 루카스 미 시카고대 명예교수의 논문을 보면, 이런 대목이 나온다.

"한 나라의 경제 수준을 결정하는 가장 중요한 요소는 '인적 자본'이다. 그런데 당시 대한민국은 필리핀 등 다른 나라들과 다르게 높은 사회적 교육열을 갖고 있었고, 인적 자본을 축적해 경제발전을 이뤄냈다. 후진국이었던 한국이 선진국에 가까워지기 위해 주입식 교육을 통해 '모방형 인적 자본'으로도 경제를 성장시킬 수 있었던 셈이다. 그러나 지금은 선진국 대열에 들어서 '창조형 인적 자본'이 필요함에도 여전한 주입식 교육으로 성장 동력을 잃어버렸다. 이는 굉장히 시급한 문제이며, 당장 창의성 교육으로 바꾸더라도 늦은 상황이다."

저는 이 지점에서 '몰입'을 통한 속성(速成) 창의성 교육이 가능하다고 본다. 물론 창의성 교육을 위한 방법이 많이 있지만, 몰입 방식은 효과가 증명되었고, 제가 몰입 아카데미를 세운 목적이자 여생의 해야 할 일이라고 생각한다.

Q　　'몰입' 역시 꾸준히 많이 할수록 성장하는 겁니까?

그렇다. 몰입하면 우리 뇌는 '시냅스 가소성'에 의해 도울 수 있도록 변화한다. 몰입을 위한 가장 좋은 방법은 '미지의 문제를 푸는 것'이다. 잡념이 들어올 수밖에 없는 상황이지만, 그렇더라도 진전이 없는 과정을 반복하고, 문제를 풀려고 계속 노력하면 할수록 그 능력은 발달하게 마련이다. 같은 A라는 문제를 두고도 몰입하지 못하는 사람과 몰입을 잘하는 사람의 특징을 보면 차이가 난다. 몰입하지 못하는 사람은 잡념이 머물고 가는 시간이 길다. 몰입도가 떨어지기도 하지만 10분이 지나서야 스스로 다른 생각했다는 걸 알아차린다.

반면에 몰입을 잘하는 사람은 잡념이 들면 1분도 되기 전에 알아차린다. 딴생각이 들어오고 있다는 사실 자체를 인지하는 것이다. 또 잡념이 들어도 금방 쫓아버릴 수 있으므로 집중을 유지할 수 있다.

Q   『몰입』이란 저서에서 잠이나 걷기, 운동 등도 도움이 된다고 하셨는데, 효과가 더 커지는 것입니까?

몰입도가 높다는 건 뇌의 뉴런과 시냅스가 다량으로 활성화되어 있는 상태를 말하는데, 우리 몸이 이완할 때 활성화가 잘 된다. 사람의 뇌는 기억을 저장하고 인출하는데, 이런 활성화 상태는 기억을 무의식적으로 떠올리는 인출과 관련이 있다.

그래서 우리가 어떤 문제를 고민하다가 낮잠이나 깊은 잠에 빠져들면 아이디어가 잘 나오고, 몰입도가 올라간다. 걸을 때도 몰입이 잘 된다.

운동의 경우 '육체적인 몰입'이라고 보면 된다. 몰입은 어떤 문제에 대해 며칠 동안 깊이 생각만 하니 뇌가 비상사태를 발동하는 일종의 '정신적 비상사태'인데, 그런 상태를 육체적으로 만드는 게 운동인 것이다. 운동을 하면 수면의 질이 올라가고 몰입하기 쉬워지기 때문에 몰입을 하는 사람에게 운동은 필수다.

Q   몰입이 개인의 명상, 스트레스 해소법도 대체할 수 있다고 보시는지, 차이점이 있다면?

사람이라면 스트레스를 피할 수 없다. 스트레스를 받는다는 건 각성 상태를 말한다. 반면 몰입은 몸의 힘을 빼는 이완(弛緩)의 상태다. 이완하면 스트레스 없이 집중이 잘 된다. '이완된 집중'이라는 점에서는 명상과 비슷하다. 그런데 보통 사람들은 '긴장된 집중'을 하는 경우가 더 많다. 수영을 위해 물에서 몸의 힘을 빼는 것이 좋은 것처럼 운동, 악기 연주 등 생활 속의 좋은 퍼포먼스를 위해선 대부분 이완이 필요하다. 버릇처럼 긴장만 해온 사람들이라면 이완도 훈련해야 한다.

Q   **몰입을 시작하려는 사람들에게 전하고 싶은 당부의 말씀이 있다면?**

'몰입'하려면 일상에서 아무것도 하지 않는 일정 시간을 규칙적으로 가져야 한다. 평소 잠들기 전이나 편안한 상태에서 힘을 빼고, 그 상태에서 미리 준비해 둔 생각거리들을 살짝 올려둔다. 아무것도 하지 않고 본인에게 가장 중요한 문제에 대해 집중하는 것이다. 그렇게 계속하다 보면 몰입도를 올릴 수 있다. 몰입을 통해 한 번밖에 없는 소중한 인생에서 자기의 잠재력을 마음껏 발휘하는 삶을 보내시길 바란다.

한민족
DNA를 찾아
인생2막 연다

세계사 주도한 유라시아 기마민족에서 한민족 DNA 찾아 인생 2막 연다.

"역사는 미래로 가는 징검다리다. 실종된 고대사 찾기에 인생 거는 까닭은 용감하고 영리한 한민족 DNA를 찾아내 위기를 기회로 만들기 위해서다."

김석동 전 금융위원장(현 지평인문사회연구소 대표)은 국가 경제가 위기에 봉착했을 때마다 금융 현안을 성공적으로 처리해내 '대책반장' '해결사'로 불렸던 인물이다. 이런 별명과 함께 경제위기 구원투수로 손꼽히는 김석동은 이미 오래전부터 '고대사 연구가'로 인생 2막을 연 유별난 행보를 보여준다.

(현) 지평인문사회연구소 대표

금융위원회 위원장

농협경제연구소 대표

재정경제부 1차관 역임

제23회 행정고시 합격

서울대 경영학 학사

김 석 동

한민족의 DNA를 찾아라

아시아 최동단의 작은 반도 국가가 불과 반세기 남짓의 기간에 세계 10위권의 거대 산업 국가로 도약한 '기적'을 이뤄낸 원동력이 '한민족 DNA'라는 사실을 깨닫고, 김석동은 돌연 그 답을 찾기 위해 길을 나섰다. 몽골고원에서 중앙아시아, 유럽 대평원까지 15년간 50여 차례에 이르는 현장답사를 하고, 그 역사의 현장을 마주하며 불굴의 의지로 한민족 DNA를 추적했다.

　　김석동이 내린 해답은 지난 2,500년간 유라시아 대륙을 지배하면서 세계사를 써온 '기마민족'과 한민족의 DNA가 같은 궤(軌)를 가지고 있다는 사실이다. 그렇기에 그는 대한민국의 미래를 걱정하지 않는다고 했다. 척박한 유라시아 대초원에서 살아남은 기마민족의 용감하고 영리한 DNA를 이어받은 민족인 만큼, 위기를 오히려 기회로 활용할 수 있을 것으로 기대하기　때문이다. 물론 한민족 DNA를 마음껏 발휘할 수 있는 환경을 조성하고자 하는 정부 차원의 노력은 필요하다. 이번 인터뷰는 한민족 DNA를 찾아 나선 여정(1회)과 제2의 한강의 기적을 만들기 위해 필요한 노력(2회)으로 나눠 함께 전해 드린다. (적색 부분 유보)

Q　　**인생 2막을 금융·경제 전문가에서 사학자로 변신하게 된 특별한 계기가 있는지요?**

현대 경제사에서 우리나라가 기적을 이룰 수 있었던 이유를 찾고 싶었다. 1500년 이후 세계 경제사를 보면 스페인, 네덜란드, 영국, 미국, 일본 등의 국가가 굉장히 빠른 성장을 보 였지만, 우리와 같지는 않았다. 한국이 이뤄낸 기적은 사상 처음이자 마지막일 것이다. 그 기적의 원천이 무엇인지 경제학적으로 분석하고, 수많은 자료를 찾아봤지만 적절한 답을 찾기 어려웠다. 결국 기적을 설명하기 위해서는 두 가지 정도가 더 필요하다고 봤다.

첫 번째는 전략이다. 우리는 자원이 없는 나라이다 보니 해외에서 승부를 봤다. 그것이 우리나라 경제 성장의 기폭제가 됐다. 이보다 더 중요한 원동력, 한국 경제의 기적을 설명하는 열쇠는 바로 한민족 DNA다. 역사의 세계로 들어가 그 DNA의 원천을 밝혀보고 싶었다.

Q　　왜 하필 한국 고대사에 주목하여 오랫동안 연구해온 것입니까?

저는 미래를 설계하는 경제학을 했던 사람이다. 역사는 미래로 가는 징검다리이며, 그러므로 역사를 잃은 민족에게는 미래가 없다는 생각을 개인적으로 가지고 있었다. 하지만 유감스럽게도 우리 역사는 굉장히 왜곡돼 있다. 특히 왜곡이 심한 부분이 고대사다.

조선시대, 일제 강점기를 차례로 거치면서 거의 '형해화(形骸化)' 되었다. 내용은 없이 형태만 남았다는 뜻이다. 그럼에도 문제는 고대사가 한국인을 규정하는 데 있어 가장 중요한 부분이라는 사실이다.

한민족을 어떻게 규정해야 하는지, 어떻게 살아왔는지, 그 사람들의 미래가 무엇인지는 모두 고대 역사에서 출발하는 것인데, 철저히 왜곡돼 있다는 말이다. 거의 실종됐다고 봐도 무방하다. 그렇기에 인생을 걸고 고대사 연구에 집중하게 된 것이다.

Q　　특히 고조선은 신화처럼 치부되는 상황이 아닌가요?

맞다. 완전히 신화 취급을 한다. 우리 단군조선사와 깊은 관련이 있는 역사가 북방 민족의 역사다. 흉노, 선비, 돌궐, 몽골, 여진이 대표적인 북방 민족인데, 이 북방사의 뿌리는 고조선이다. 하지만 북방 민족사는 우리 역사에서 실종된 상태다. 중국 학자들은 폄하(貶下)하고 왜곡(歪曲)했으

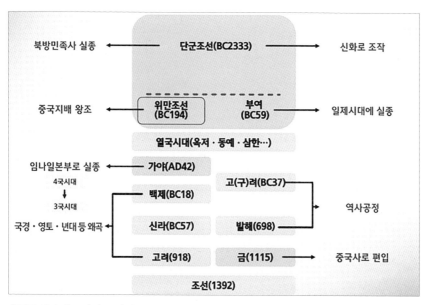

한민족 역사 왜곡 과정 | 김석동 제공

며, 서양 학자들은 무지(無知)했다. 한국 사람들은 그걸 잃어버렸다.

교과서에서는 단군조선사가 BC 4세기경에 건국된 대동강변의 작은 세력이라고 적혀 있다. 철저히 왜곡돼 있다. 그다음 위만조선이 우리의 첫 왕조라고 하지만, 사실은 중국 지배 왕조였다. 부여사(夫餘史)는 일제 시대에 아주 없애버렸다. 부여사가 고조선으로 가는 징검다리이기 때문이다. 그뿐만 아니라 가야사는 임나일본부설로 완전히 덮칠해버렸다. 우리 역사에 없는 것으로 돼 있다.

백제, 신라, 고구려도 연대라든가 영토 등이 철저히 왜곡되어 있다. 그다음 고구려와 발해사는 역사 공정에 의해 중국사로 둔갑해버렸다. 금 (나라)사의 경우 1930년대까지만 해도 우리나라 역사 안에 포함되어 있었지만, 이제는 중국사로 완전히 가 버렸다.

이런 식으로 우리 역사는 철저하게 왜곡되고 실종됐다. 쉽게 말해 형해

화돼 있다고 보면 된다. 따라서 고대사 연구를 지속할 수밖에 없는 것이다.

Q 『김석동의 한민족 DNA를 찾아서』는 오랜 고민과 연구의
결과물입니다. 왜 한민족의 DNA를 하필 기마민족의
역사에서 찾으셨는지요?

기마민족의 역사가 우리 역사와 공유되고 있다는 사실을 대부분 잘 모른다. 기마민족은 (중국의 주장처럼) 잠시 잠깐 거쳐왔던 북방 오랑캐가 아니다. 짧게는 700년, 길게는 1,400년씩 세계사를 쓴 사람들이다. 이 초원제국의 전사들이 지난 2,500년 동안 세계사를 거의 다 써왔다고 봐도 된다.

그런데 이 사람들의 뿌리가 어디에 있는지 보면 굉장히 놀라운 사실을 발견할 수 있다. 바로 고대국가 고조선에서부터 유래한다는 사실이다. 단재 신채호 선생의 《조선상고사》를 보면"여진, 선비, 몽고, 흉노 등은 본래 아(我, 나)의 동족이었다. 흉노, 선비, 몽골은 아(我)에서 분리됐으며, 흉노는 조선의 속민(屬民)이었다."고 쓰여있다. 다시 말해 고조선 사람이었다는 이야기다. 이외에도 새롭게 발견되고 있는 무수한 유적과 유물, 사서 등이 이러한 사실을 증명하고 있다. 우리의 친척은 2,500년 동안 세계 역사를 썼고, 우리는 남쪽으로 와서 현대의 역사를 쓰고 있는 셈이다.

김석동이 말하는 '한민족 DNA'
　　① 척박한 환경에서도 살아남는 끈질긴 생존본능
　　② 경쟁을 두려워하지 않는 승부사의 기질
　　③ 강한 집단의지
　　④ 세계를 무대로 '나가서 승부를 겨루는' 개척자 근성

Q 그렇게 찾아낸 한민족 DNA는 대체 어떤 것입니까?

첫째는 끈질긴 생존본능이다. 한민족은 고난과 역경 속에서 더 강해진다. 역사를 통해서도, 또 전 세계의 산업현장에서도 엿볼 수 있다. 그래서 '하면 된다'라는 말이 만들어졌다. 다른 나라는 되는 걸 한다. 하지만 우리는 거꾸로 하면 된다고 생각하는 것이다.

둘째는 승부사 기질이다. 경쟁을 두려워하지 않는다. 자본주의 시장경제는 경쟁을 토대로 한다. 이 자본주의를 역사상 가장 빨리 체득한 나라가 바로 한국이다. 그렇기에 세계와 경쟁해서 이길 수 있었다.

셋째는 강한 집단의지다. 한국인은 '우리'라는 말을 많이 쓴다. 우리 마을, 우리 동네, 우리 집이라고 한다. 전 세계에서 그렇게 말하는 건 우리나라 사람뿐이다. 굉장한 집단의식이다. 다만 (집단의지가 발현되기 위해서는) 리더십이 필요하다. 리더십이 확립되면 집단의지를 발휘해 집단 에너지가 폭발한다. 역사와 전 세계의 산업현장이 이를 증명한다.

마지막은 개척자 정신이다. 세계에서 가장 많은 사람이 나가서 사는 나라는 중국이다. 반대로 가장 많은 나라에 나가서 살고 있는 건 한국이다. 여담이지만, 예전에 네덜란드령 쿠아사오 섬에 간 적이 있다. 이곳에 한국 사람이 있을 확률이 얼마나 될 것 같은가? 흥미롭게도 비행기에서 내려 가장 처음 만난 사람이 한국인이었다. 더워서 맥주를 한잔하고 있는데 지나가는 차의 40%가 한국 차였다. 개척자 정신이 있다는 의미다.

바로 이 4개의 DNA를 요약하면 어떤 의미일까? 용감하고 영리하다는 뜻이다. 그러므로 기마민족의 DNA가 유라시아 대초원에서 역사를 쓴 거다. 유라시아 대초원에서 살아남은 사람들은 영리하고 용감한 사람들이다. 겨울에는 영하 40도가 넘고, 여름에는 영상 40도가 넘는 데다 비도 오지 않는 척박한 이곳에서 살아남았다는 사실은 정말 굉장하지 않은가.

그래서 우리 한민족은 절대 죽지 않는다. 어려움이 오더라도 그 위기를 기회로 바꿀 수 있다. 지금 세계 경제가 굉장히 어렵다. 아마 1929년 세계 대공황 이후 가장 어려울 것이라고 예상한다.

김석동 전 금융위원장은 한민족 DNA의 원천을 찾기 위해 15년간 50여 차례 현장답사에 나섰다. 사진은 적봉(츠펑) 지역을 방문했을 때의 모습 | 김석동 제공

적봉에서 심심치 않게 볼 수 있는 적석총의 모습. 지역 주민들은 이 무덤을 '까오리무', 즉 '고구려묘'라고 불렀다 | 김석동 제공

하지만 한민족 DNA가 있기에 '기대(期待)'를 가져볼 수 있다. (경제규모) 등수를 바꿀 수 있을 것이란 기대 말이다.

Q **한민족 DNA의 실체를 찾기 위해 몽골고원에서 중앙아시아,
유럽 대평원까지 15년간 50여 차례 현장답사를 하면서
독자들과 공유하고 싶은, 감명 깊은 기억이 있다면?**

과거 블라디보스토크에서 시베리아 횡단 열차를 탔을 때다. 트랜스 사이베리아 노선을 72시간 걸려서 갔다. 모스크바까지 가는 길의 45%쯤 됐다. 창밖을 보는데, 그 노선이 우리 고조선 국경이라는 걸 단번에 알 수 있었다. 그래서 '고조선 국경 열차'라는 노선 이름을 지어주고 왔다. (웃음) 젊은 친구들에게 인생의 버킷리스트로 삼으라고 말해주고 싶다. 광활한 고조선을 몸소 느낄 수 있을 것이다.

또 몽골고원에 적봉(츠펑시)이라는 지역이 있는데, 고구려 무덤인 적석총(돌무지무덤)이 엄청나게 많다. 그것을 보고 감격스러워하고 있는데, 동네 사람들이 "이 동네에는 저런 게 무척 많은데, 왜 그렇게 감격스러워하느냐?"고 하더라. 그리고 덧붙인 말이 그걸 '까오리무'라고 부른다는 거였다. '고구려 묘'라는 의미다. 고구려가 이곳에 와서 자리를 잡았다는 증거가 되는 것이다. 고구려 역사가 우리 생각보다 크다는 의미인데, 그걸 보았던 거다. 그 사람들은 아는데 우리는 모르고 있었다.

Q **굉장히 흥미로운 이야기인데, 또 다른 일화를 소개하신다면?**

북방 실크로드를 다니던 중 막고굴(중국 간쑤성 둔황현 남동쪽 20km 지점에 있는 불교 유적)에서 파르티안 샷(Parthian Shot, 배사법)을 발견했다. 파르티안 샷은 말 위에서 몸을 돌려 활을 쏘는 거다. 전 세계의 역

사에서 유라시아 대초원의 기마민족밖에 시전하지 못했던 기술이다. 이게 한민족이구나 하는 생각에 경악을 금치 못했던 기억이 있다.

　또 생각나는 건 라오스에 있던 몽족이다. 과거 베트남 전쟁 당시 미국과 협력했다가 미국이 패전한 후 미국으로 넘어가 유명한 갱단이 됐다. 몽족은 북방계다. 굉장히 전투적이었다고 한다. 라오스 시골 마을을 방문했을 때 어떤 아주머니가 안고 있던 아이의 엉덩이를 보여줬는데 몽고반점(蒙古斑點)이 있었다. 북방 민족이 여러 군데로 내려가 살았다는 사실을 눈으로 보며 확인하고 온 셈이다.

청년들,
함께 살자는
자세로 살면
성공길 열릴 것

"사회에는 남은 죽거나 말거나 나만 살자는 사람이 너무 많습니다. 하지만 자기 혼자만 살기 위해 아등바등하면 성공하지 못하고, 다른 사람과 공존하면서 너도 살고 나도 살자는 자세로 살면 무조건 성공하는 사람이 됩니다."

정년 퇴임을 앞둔 강민구 서울고등법원 부장판사는 젊은이들에게 꼭 전하고 싶은 말을 이렇게 답했다. 1988년 임명 이후 36년의 법관 생활을 마무리하고 퇴임하는 강 부장판사의 좌우명은 '적선지가 필유여경(積善之家 必有餘慶)'이다. '선한 일을 한 집안에는 반드시 경사가 넘친다.'는 뜻인데, 청년들을 향해서도 이러한 의미를 한 번 더 강조한 것이다.

(현) 법무법인 도울 대표 변호사

서울고법 부장판사 법원도서관 관장

대법원 사법정보화발전위원회 위원장

제37대 부산광역시선거관리위원회 위원장

제39대 경상남도선거관리위원회 위원장

창원지법·부산지법 법원장

서울중앙지방법원 부장판사

법원도서관 조사심의관, 서울지법
의정부지원·서울지법·서울고법 판사

제24회 사법시험 합격(사법연수원 14기)

서울대 법학대학 법학 학사, 석사

강민구

'적선지가 필유여경(積善之家 必有餘慶)'의 법조 디지털 상록수

"저의 평생 교훈이 '적선지가 필유여경'인 만큼, 평생 주변 어려운 사람들, 친구들을 돕는 자세로 생활해 왔습니다. 머릿속에 든 지식이나 책, 글, 재주 등 제가 가지고 있는 모든 걸 나눴고, 지금도 그렇게 하려고 합니다."

'인공지능(AI) 판사'로 불리는 강민구 부장판사는 재임 기간에 1만 201건의 판결문을 작성했을 뿐만 아니라, 법조계 디지털 전환을 위해 12권의 전자책을 썼으며, 책 전체를 무상으로 국민에게 공개하기도 했다. 은퇴 후에는 '디지털·AI 연구소(가칭, 비영리)'를 만들고, AI 활용 지식을 전하는 등 봉사하는 법조인 제2막의 삶을 계획하고 있다.

Q   정년 퇴임 진심으로 축하드립니다. 법원 재임 중의 많은 업적 중에서도 12권의 저서(전자책)가 눈에 띄는데 이를 소개해주신다면?

2003년 『함께하는 법정』이라는 단행본으로 한국 전자소송, 전자법정의 개념과 진행의 얼개를 설명했습니다. 그 이후 2005년에는 손해배상 소송 실무에 대해 같은 일을 하던 8명의 판사와 합심해서 『교통·산재 손해배상 실무』를 공저로 낸 바 있고, 2012년쯤 한국정보법학회 공동회장 자격으로 40여 명의 석학을 모시고 『인터넷, 그 길을 묻다』라는 종합적인 교과서를 기획한 바도 있습니다. 그리고 2018년 2월 『인생의 밀도』라는 단행본에서 '혁신의 길목에선 우리의 자세'라는 유튜브 136만 뷰 영상 내용을 상세하게 설명한 것이 있습니다. 이와 같은 저서 외에 2014년 창원 법원장 부임에서 시작하여 2018년 법원도서관장 보직을 끝날 때까지 7,800쪽의 내부 소통 자료집을 낸 바 있는데, 그중에서 창원의 것을 요약해서 『용지호를 벗 삼아』 한 권, 부산지방법원에서의 것을 요약해서 『금정산의 여명 1, 2』 등 세 권의 전자책을 발간한 바 있습니다.

강민구 부장판사가 남긴 책 일부

그 후 2021년 고 윤성근 부장판사의 『법치주의를 향한 불꽃』 시리즈 4권과 송종의·남문우 대선배님의 저서를 편집하는 데 제가 미력이나마 보탰고, 그것을 바탕으로 2021년 12월부터 짬을 내서 9건의 전자책을 추가로 발간했습니다. 법률논문집과 법원 전산망 코트넷 게시물 자료집, 즉문즉답 대화록, 일상의 수필집 등 여러 범주별로 책을 냈습니다.

먼저 나간 세 권을 합하면 전자책이 12권인데, 총 9,455쪽이 되며, 전자책 전체를 무상으로 국민에게 공개한 바 있고, 종이책을 원하는 독자를 위해 영인본을 제작사에서 저의 인세는 없이 실비 주문 제작으로 공급하고 있습니다. 구체적인 전자책 내용은 저의 네이버 블로그(디지털 상록수, AI시대의 혁신)나 언론 기사, 생성형 AI에 상세히 나와 있습니다.

Q '**IT 판사**'로 불릴 만큼 AI 쪽에 특별한 관심을 가지게 된 계기 또는 원동력은 무엇입니까?

1985년 5월 육군사관학교에 부임하여 당시 육사에 설치되어 있던 중형 서버 컴퓨터에 연결된 더미터미널을 보고 너무나 큰 충격을 받았습니다. 학교 학사 행정이나 성적 처리 등을 컴퓨터의 단말기로 하면서 파스칼·포트란 같은 서버에 돌아가는 코딩 언어를 공부했습니다.

1988년 3월 의정부 지원에 부임한 후 그해 중반 무렵 용산 컴퓨터 가게에서 XT급 컴퓨터를 승고차 한 대 정도 되는 거금을 들여서 조립 PC로 만들어 판결 업무에 투입했고, 그 뒤에 1991년경 국가에서 컴퓨터를 지급했습니다.

그 무렵에 종이책으로 된 컴퓨터 잡지 〈HOW PC〉, 〈PC 사랑〉 같은 컴퓨터 잡지 6개월분이 모이면 제본선을 잘라내 2회독 이상 볼 기사만 추려서 다시 단권으로 제본했습니다. 다시 말해 여섯 권의 컴퓨터 잡지가 500여 쪽으로 압축됩니다. 그것을 또 여러 차례 읽고 컴퓨터에 관한 지식 현행성을 유지할 수 있었습니다. 그 뒤에는 '구글 알리미'나 인터넷을 통해 꾸준히 컴퓨터의 세계에 몰입했으며, 2022년 11월 30일 AI가 도입된 후에는 생성형 AI에 집중적으로 몰입해 오고 있습니다.

Q **'법조계 디지털 전환'에 힘써오시면서 세상의 빠른 변화로 어려웠던 점은 없으셨나요?**

사법 정보화 초창기에 여러 가지 전산화에 대한 오해가 발생하고 거부반응도 상당했습니다. 그렇지만 시간이 흐르자 업무를 대폭 효율적으로 할 수 있게 해주고 시간도 확보할 수 있어서 법원 구성원 거의 모두가 만족하는 상태로 변했습니다. 결국 어차피 닥치는 정보화의 바람을 조금 일찍 인식하고 널리 확산시키는 데 제가 이바지했고, 일부에서 거부감이나 오해를 할 수도 있었겠다는 생각도 들기는 합니다.

Q **가장 기억에 남는 컴퓨터 활용 재판 경험을 말씀해 주신다면?**

1988년 컴퓨터를 처음 쓸 때였습니다. 의정부 지역에서 군인이 교통사고를 당할 때 민사 손해배상 사건으로 군인의 정년까지 호봉 승급을 구하는 경우가 있습니다. 호프만식 이자 계산 등이 복잡해서 수작업으로 차트를 그려서 판결하면 판결문 작성에만 수일의 시간이 소요되는데 당시에 있던 쿼트로 프로 스프레시트 프로그램의 함수 기능을 익혀서 20분 만에 3~4일이 걸릴 계산표를 만들어 판결문에 포함했습니다.

그것을 본 19분의 동료 법관들이 앞서거니 뒤서거니 컴퓨터를 도입했던 일이 추억에 남습니다. 그리고 2004년경 서울중앙지방법원 손해배상 재정 단독 재판부 팀장을 할 때 자동으로 계산해 주는 엑셀을 이용해서 조정 기일에 들어가서 노트북을 펼쳐 놓고 과실 상계 비율이나 여러 가지 주장을 쌍방의 이야기를 듣고 현장에서 즉각 대응했습니다. 그 엑셀 계산 결과표를 출력해서 조정 근거로 많이 활용해서 사건 해결에 엄청난 도움을 받았습니다.

그리고 건설 관련 사건이나 노임 관련 사건 등 계산이 필요한 사건에서 컴퓨터의 힘은 절대적이었습니다.

최근에 범용 AI가 나왔지만, 아직 AI가 바로 판결문 작성에 직접 쓰인 예는 없고, 올해 상반기 중에 법률 전문 AI가 본격적으로 활성화되고 내년 중·하반기에 법원 내부용 AI가 도입되면 판결문 작성을 레고 블록으로 모형 기차 조립하듯이 하는 사례가 늘어날 것이라고 예상합니다. 후배 법관들이 그 혜택을 입을 것으로 생각합니다.

Q **생성형 AI를 통해 어떤 사법부 개혁이 이뤄져야 한다고 보십니까?**

생성형 AI를 이용하는, 판결문 작성 도우미 AI가 법원에 도입되면 판결문 이유 작성에 드는 품을 현저하게 줄일 수가 있어서 시간당 효율을 200에서 300% 올릴 수 있습니다.

그래서 재판 지연으로 국민의 원망이 높은 지금, 생성형 AI를 판결문 작성 도우미 AI로 도입하면, 지금 일주 당 배석 판사당 세 건씩 쓰는 관행이 바로 개선되어 재판 지연이 거의 사라질 것입니다.

Q **사법부 개혁은 국가 차원의 변화도 불가피합니다. 국가 발전을 위해 어떤 미래 비전이 필요할까요?**

우선 행정 각부부터 AI 기반으로 혁신해야 합니다. 보안과 국가 기밀은 조심해야 하지만, 일반적인 업무 처리는 내부용 AI를 도입해서 속도를 지금보다 두세 배 이상 올리고, 추가 인원 숫자를 더 이상 안 늘려도 될 수 있는 환경을 만들면 국민 세금도 절약할 수 있습니다. 그래서 행정 각 부가 일단 혁신되고, 지방자치단체까지 혁신되며, 공기업도 사기업 수준의 AI 활용이 이루어지면 나라 전체가 혁신된다고 생각합니다.

Q AI 활용을 위해 기업, 정부가 지향해야 할 방향은 무엇일까요?

기업이나 정부 부처별로 자신만의 고유한 내부용 AI를 잘 만들어서 업무 처리의 속도를 높이고, 국민과의 소통에도 큰 도움을 받으면 좋겠습니다. 이제 앞으로는 모든 것이 AI로 귀결되기 때문에 AI의 부작용은 억제하면서 순기능을 최대한 활용하는 정신 자세가 꼭 필요합니다.

세종시 행안부 강연 때도 강조했습니다. 올해 발표된 외국 보고서에 의하면 2032년까지 전 세계적으로 1조 달러 이상의 부(富)가 AI로 인해 달성되고, 직업의 90%가 AI에 의해 영향을 받는다고 합니다. 우리는 미리미리 준비해야 합니다.

**Q AI 확대로 인하여 법조계 등 인력 대체와 감축 문제에 대한
견해는 어떠신지요?**

법조 전문 AI가 도입되면 기존 변호사들의 업무 능력은 두세 배 증진되지만, 젊은 어쏘 변호사 직군에서 일자리 타격을 예상할 수 있습니다. 이제 젊은 법조인들은 송무 시장만 바라보지 말고 다양한 직종의 업종으로 자신의 업무 범위를 넓혀야 생존할 수 있습니다. 어쏘 한 명이 일할 수 있는 기존의 분량이 AI가 도입되면 한 명이 세 사람 업무를 처리할 수 있어서 어쩔 수 없이 인력 감축 현상이 불어닥칠 것입니다.

그와 같은 현실에 냉정하게 준비해서 저마다 자기 능력을 개발하고 다양한 일을 하는 쪽으로 자신의 앞날을 개척해야 합니다.

Q   생성형 AI시대에 생존하기 위하여 개개인이 가져야 할 자세는 무엇이라고 보십니까?

아무리 AI시대라 하지만 그 기초는 아날로그 내공이 튼실해야 합니다. 아날로그 내공은 생각 근육을 키워야 강화할 수 있습니다.

생각 근육 육성에는 끊임없는 독서, 하루에 한 줄이라도 적는 글쓰기, 그리고 사고 실험과 명상의 일상화, 마지막으로 각계 고수 전문가와의 접촉면을 유지하는 것 등이 필수조건입니다.

그리고 새로운 AI 앱이나 그와 같은 기술 추세에 대해 너무 겁을 먹지 말고 호기심·탐구심·열정의 3박자 위에서 스스로 학습하고 자기 계발에 중점을 두어야 합니다. 예전 습관에 머무르는 것을 깨뜨리려면 심리학적으로 아홉 배의 고통이 따르지만, 그 고통을 우리가 각자 견뎌 내야 합니다. 창의 정신, 감성 개발을 바탕으로 평생 학습하는 자세를 가져야 합니다.

흔히 말하는 생계형 지식인, 꼰대형 지식인이 되지 말고, 융합형 지식인을 지향해야 합니다. 그렇게 하려면 위에서 말한 바와 같이 다양한 아날로그 내공을 축적해야 가능합니다. 결국 이렇게 축적된 아날로그 내공과 디지털 내공을 결합한 디지로그 경쟁력을 각자 갖추어야 합니다. 저의 〈디지로그 명심보감〉 유튜브 시리즈 68개가 많은 도움이 될 것입니다.

Q   『송백일기 3(2023년 생성형 AI 집중탐구 전자책)』에서 정년 퇴임 이후 '디지털 AI 연구소'를 열어 법조인 제2막의 삶을 시작한다고 하셨는데, 구체적으로 어떤 계획이십니까?

제 본분이 어디까지나 법조인이기 때문에 5월 이후로 자그마한 법률사무소는 당연히 개해야 하고, 그 외에 제 능력이 닿는 한 가칭 '디지털·AI

연구소' 같은 비영리 단체를 만들어서 저의 남는 능력으로 국민의 디지털 디바이드, AI 디바이드를 해결하는 데 봉사하고 싶습니다.

제가 전문 공학도나 자연과학도가 아니기 때문에 그 원리를 연구하는 것은 불가능하지만, AI를 현장에서 엔드 유저 입장으로 활용하고 확산하는 데는 누구보다도 더 열심히 할 수 있다고 생각하기 때문에 AI를 활용하고 생활 속에 뿌리내리는 데 제가 미력이나마 힘을 보태고 싶다는 소박한 뜻입니다.

Q　법조계 후배들에게 하고 싶으신 말씀이 있다면?

한국 사회가 이념이나 진영에 의해 두 쪽으로 갈라져 있고, 미디어도 갈라져 있으며, 유튜브에도 양극단 세력들이 선동·세뇌·과장·가짜 영상을 마구 퍼트리고 있습니다. 이런 때일수록 법관이 사회의 중심을 잡아서 잘 처신해야 합니다. 법관이 기대야 할 의지처는 '이념·진영, 국민 정서법, 왜곡된 여론'이 아니라, '헌법·헌법 정신·법률·확립된 선례와 판례·독단이 아닌 공평한 정의감·개인적 독단적 양심이 아닌 법관의 보편적 직업적 양심' 등에 기대야 합니다.

그리고 1개 판사가 아니라 1국 판사의 자세로 모든 사건을 처리하면, 어떤 내·외부의 압력이 있더라도 자기를 지켜나갈 수가 있습니다.

미 육사의 교훈처럼 '듀티·오너·컨트리', 즉 '의무·명예·조국'의 가치를 마음속에 품고, '법불아귀 승불요곡(법은 부귀에 아부하지 않고, 불자는 스스로 굽어서 측량하지 않는다)'정신을 가슴에 새겨야 합니다.

동래 부사 송상현의 정신인 '전사이가도난(군인이 죽기는 쉽지만, 명나라로 가는 길은 내줄 수 없다)'이라는 그와 같은 기개 높은 지사적 자세를 법관도 수시로 갈고 닦아야 합니다.

두 글귀는 제가 부산법원 청사에 걸어 두었던 글입니다.

끝으로 '호기심·탐구심·열정'에다가 이타심을 보태서 정보화·AI의 파도를 타면 반드시 훌륭한 법관이 될 수 있습니다.

항상 타인에 대한 '사랑과 정성'을 토대로 '솔선수범·선공후사·감성 소통'의 리더십 세 가지 방책을 활용해야 하고, '적선지가 필유여경'을 불변의 과학 법칙으로 인식해야 합니다.

(현) 서울외국어대학원대학교 통번역대학원
한영과 학과장 겸 통번역센터장

한국통번역사협회 · 세계통역사협회 정회원

주한 미국대사관 통번역사

상공부 통번역사 역임

몽골대국제관계학 명예박사

한국외대 통번역대학원 한영과 석사

이화여대 영어영문학 학사

임 종 령

임계점 넘어야
베테랑

"대부분 사람은 임계점 앞에서 포기하고 맙니다. 지금 청년들도 그 임계점 가까이에서 고군분투하고 있겠죠. 힘들겠지만 조금만 더 나아가 보라고 말하고 싶습니다. 곧 자신도 모르게 기체가 되는 순간을 맞이할 수 있을 테니까요."
최근 신간 『베테랑의 공부』를 펴낸 '대한민국 정부 1호 동시통역사' 임종령은 베테랑이 되길 꿈꾸는 청년들에게 '힘들어도 이겨내고 임계점 극복하길' 바라는 메시지를 전했다. 그의 삶을 오롯이 담아낸 메시지다.

"임계점은 물질이 액체 상태에서 기체로 완전히 변하는 온도입니다. 액체로 시작해 조금씩 기체가 되지만 완전히 기체가 되는 순간은 좀처럼 찾아오지 않는다. 그 순간까지 노력을 멈추지 않아야 드디어 임계점을 넘어서게 된다. 몰두하는 시간은 헛되지 않으며 자신의 삶을 가치 있고 견고하게 만드는 경험이 될 것입니다."

'가족'은 삶의 원동력, 힘들 때 멘탈 지탱해 주는 기반

정치외교학도 꿈꿨던 임종령은 역사의 현장 기록하는 국가 공인 1호 동시통역사가 되었다. 시아버지께서 6.25와 월남전에 참전한 보훈 가족이라 가족이 모두 국가를 위한 일이라며 임 통역사를 적극 응원하고 있다.

임종령 통역사는 매일 이른 새벽부터 한국 뉴스와 미국 뉴스를 정독하고, 통역자료를 검토하는 등 공부로 가득 찬 하루하루 일상의 루틴을 이어오고 있다. 국제회의 동시통역사로 32년째 활동 중인 베테랑임에도 말이다. 그러면서 성공을 향해 달려 나가는 가운데 놓치지 말아야 할 덕목으로 인간관계를 지목했다. 그의 표현을 그대로 옮기자면 '사랑을 주고받을 수 있는 단단한 관계'다.

"일과 인간관계는 어떤 원인에 의해 나타난 결과가 다시 원인에 작용해 그 결과를 더 강화하는 일종의 '포지티브 피드백(Positive feedback)' 관계를 맺고 있다. 그래서 사랑을 주고받을 수 있는 단단한 인간관계가 있어야 한다. 저도 가족이 없었더라면 지금의 제가 없었고, 지금처럼 일을 할 수 없었을 것이다. 이 자리를 빌려 새삼 감사하다는 말씀을 드리고 싶다."

Q 영국 엘리자베스 여왕을 비롯해 미국 대통령인 트럼프·오바마· 클린턴 등 수많은 정상의 통역을 담당하셨는데, 특별히 기억에 남는 분이 있다면?

"한 분 한 분 제 기억 속에 남아 있지만, 사실 가장 기억에 남는 통역은 멋진 장소도 왕족도 국가 정상도 아니다. 지금까지 잔상이 짙게 남아 있는 통역은 '사이클 황제' 암스트롱이 방한했을 때다. 암스트롱은 22세인 1993년 세계사이클선수권대회를 제패한 대단한 선수였지만, 1996년 말기 고환암으로 판정받았다. 의사로부터 '생존을 장담할 수 없으며 살더라도 다시는 자전거를 탈 수 없을 것'이라는 이야기를 들었다고 한다. 하지만 삶에 대한 열정으로 암을 극복하고, 1998년 다시 사이클을 타기 시작해 지옥의 레이스로 불리는 '투르 드 프랑스' 대회에서 6연패에 성공한 최초의 선수로 이름을 올리는 드라마를 완성했다. 그런 그가 한국의 소아암 환자들을 만났을 당시 통역했던 일은 기억에 오래 남는 순간일 수밖에 없었다. 제 인생에서 '희망과 목표를 세우고 매진하면 불가능은 없다.'라는 신념이 생긴 계기이기도 하다."

Q 레이 맨시니 방한 기자회견, 장기 기증자-수혜자 만남 행사도
   오래도록 잊히지 않는 기억으로 남아 있다 하셨는데?

(맨시니 방한 기자회견과 관련해) 가장 기억에 남는 장면은 고인이 된 김득구 선수를 만나면 무슨 말을 해줄 것이냐는 기자의 질문에 '아무 말 없이 안아 주겠다.'는 맨시니의 대답이었다. 그리고 많은 사람이 자신을 '킬러(killer) 복서'라고 일컬었지만, 그런 그를 포용해 주고 말없이 안아주던 김득구 선수의 가족과 한국인들에게 감사하다고 말하는 모습은 정말 눈물 없이는 볼 수 없는 장면이었다. 고인의 가족과 맨시니가 두 손을 꼬옥 잡았을 때, 용서를 구하고 용서를 베풀 수 있는 아량을 배우고 싶다는 생각을 많이 했다. 장기 기증자와 수혜자들의 만남도 잊히지 않는다. 선행은 아주 쉽고 간단하지만, 그 영향은 정말 커질 수 있구나 하고 깨달을 수 있었던 행사였다.

Q 통역을 하기 위해서는 상대방에게 공감하고자 하는 태도가
   필요해 보이는데?

맞다. 그래서 학생들에게는 늘 '연사에게 빙의하라!'고 이야기한다. 같은 말이라도 상황에 따라 다른 뉘앙스로 해석될 수 있기 때문이다. 'You are the best.'가 '너는 최고야!'가 아니라 '너 잘났어.'가 될 수도 있는 거다. 그래서 통역은 그 사

임종령은 경력 32년의 '대한민국 정부 1호 동시통역사'이지만, 하루도 공부를 소홀히 하지 않는다.
사진은 2022년 UN 총회를 동시통역하는 모습 ㅣ 출처 임종령 통역사 SNS

람의 감정까지 전달하는 것이 중요하다. 연사가 화가 나면 같이 목소리가 높아지
고 연사가 울먹거리면 함께 감정이 동요되는, 그런 것들이 필요하다는 생각이다.

Q   최근 『베테랑의 공부』라는 책을 펴내셨는데, 통역사님이
          생각하시는 베테랑의 정의는?

저만 생각하는, 특별히 다른 의미는 없다. 한 분야에서 오래 일하며 그 분
야에 필요한 기술과 지식, 인격을 모두 갖춘 사람이라는 일반적 의미로
사용했을 뿐이다. 책 제목의 '베테랑'은 사실 출판사에서 제안했다. 저 스
스로 베테랑이라고 말하는 게 쑥스럽고 자칫 오만해 보일까 봐 걱정된 것
도 사실이다. 하지만 저 임종령을 말할 때 빼놓을 수 없는 키워드라고 생
각하는 '공부'와 출판사에서 제안한 '베테랑'을 붙여 책 제목으로 삼았다.

Q **통역사로서 매일 이른 새벽부터 한국 뉴스와 미국 뉴스를 정독하고, 다음날 있을 통역자료를 검토하는 등 공부로 가득 찬 하루하루 루틴을 이어오고 계시는데, 공부의 중요성을 느낀 특별한 계기가 있는지요?**

남미 출장 일정을 소화하느라 2주 넘게 신문을 보지 못한 적이 있었다. 한국에 들어온 다음 날 바로 어느 회사 이사회에 투입됐는데, 이사분들이 제대로 표현하는 주어 없이 '그 사건'에 대해 이야기하는 것이었다. 그래서 회장님께 '그 사건이 뭐예요?' 하고 물었는데, 정말 당황스러워하는 표정을 지으셨다. 알고 보니 아르헨티나 부도 사건이었다. 정말 중요한 건이었는데, 2주 동안 신문을 읽지 못해 놓치고 있었던 거다. 통역사는 업의 특성상 준비 없이 할 수 있는 일이 아니다. 늘 공부해야 하고, 테스트받는 심정으로 필드에 나가야 한다. 물론, 정도의 차이만 있을 뿐 다른 직업도 마찬가지겠지만.

Q **대학에서 영문학을 전공한 특별한 이유가 있었습니까?**

원래는 정치외교학과로 가고 싶었지만, 어머니의 설득으로 이대 영문학과에 가게 됐다. 당시에는 3일간 이불을 뒤집어쓰고 울었던 것 같다. (웃음) 지금은 굉장히 잘한 결정이었다고 생각한다.

Q **일을 잘해내려는 매일매일의 노력이 항상 좋은 결과로 이어지지는 않을 텐데, 결과가 마음에 들지 않을 때는 어떻게 극복했는지요?**

잘했든 못했든 집에 들어온 순간 모두 잊어버리고 내일을 위해 리셋(Reset) 버튼을 누른다. 지나친 만족감과 성취감, 도취, 지나친 실망과 좌

절 모두 잊어버리고 내일 해야 할 일을 정리한다. 물론 잘못과 실수에 대해서는 더욱 철저히 준비하는 것으로 극복했다. 나쁜 결과에 연연하지 않고 내일을 위한 준비에 몰두했다.

Q　　『베테랑의 공부』에서 많은 일을 하면서도 스트레스를 받지 않는 것은 멘탈이 강해서가 아니라 멘탈을 지탱해주는 기반이 튼튼해서라고 하셨는데, 어떤 의미인가요?

흔히 일을 잘하려면 멘탈이 강해야 한다고 말한다. 제 경우 회복 탄력성이 좋은 편인데, 그건 멘탈이 강해서가 아니라 멘탈을 지탱해 주는 기반이 튼튼하기 때문이라고 생각한다. 저는 일을 더 잘하고 싶은 마음이 들수록 제 주변, 특히 가족과의 관계가 소중하게 다가오는 것을 느낀다. 지친 몸으로 집에 돌아온 후 가족과 대화를 나누거나 강아지와 산책을 하고 나면 그날 하루 받은 피로, 스트레스, 상처 모두 풀리고 에너지가 충전되는 느낌을 받는다. 개인적으로는 스트레스를 많이 받는 직업일수록, 성취 압력이 큰 직업일수록 마음을 나눌 사람이 꼭 필요하다고 생각한다. 그래야 공허감 없이 꽉 채워진 즐거운 마음으로 일할 수 있지 않을까.

Q　　같은 맥락에서 가족들의 식사도 꼭 신경을 쓰신다고요?

밥은 그 자체로 사랑이 아닐까 싶다. 누군가가 끼니를 챙겨주고 걱정해주는 것만큼 든든한 응원은 없다고 생각한다. 저는 제가 해주는 밥을 먹고 남편과 아이들이 세상과 맞설 힘을 얻길 바란다. 저는 통역을 하면서 며칠씩 굶기도 하고, 행사장에서 VIP들에게만 제공되는 밥을 먹었다고 항의를 받은 적도 있어 밥에 대해 맺힌 한이 많다. 그래서 밥에 더 의미를 느끼고 밥으로 사랑을 표현하려는 것 같다.

Q   힘든 순간을 이겨낼 수 있는 원동력은 결국 가족인가요?

가족과 신앙의 힘이다. 모태 신앙이라, 힘들고 어려울 때는 하나님께 기
도하면서 극복한다. 저는 다시 태어나도 지금의 남편과 결혼하고 싶다고
생각한다. 요리를 못 해도 살림을 못 해도 항상 격려해 주는 최고의 남편
이자, 아이들과 친구처럼 대화하는 최고의 아빠이기 때문이다. 속상하고
힘들 때 제 편이 되어 이야기를 들어주고, 이 자리를 빌려 언제든 기댈 수
있도록 든든한 빽이 되어줘 너무나 고맙다는 말을 전해주고 싶다.

남편이 14대 장손임에도 제 사정을 이해한다며 제사를 1년에 한 번
으로 줄여주신 시어머님께도 감사드린다. 바쁘다는 이유로 집안 행사에
자주 참석하지 못하지만, 다 이해해 주시고 늘 자랑스럽다고 말씀해주시
는 너무나 감사한 분이다. 두 딸이 어릴 때 바쁜 저를 대신해 아이들을 돌
봐주셨는데, 늘 어머님이 아니었다면 제가 이 자리까지 오지 못했으리라
생각한다. 그리고 엄마가 '베스트 프렌드(Best Friend)'라는 두 딸. 힘들
때 문자로 용기를 줘서 고맙다. 가족이 없었다면 저는 지금처럼 일을 할
수 없었을 거다. 제 멘탈은 무조건 가족 덕분이다.

Q   일을 더 잘하고 싶은 사람들이야말로 사랑을 주고받을 수 있는 단단한
     관계가 필요하다고 강조하셨는데, 그 이유를 한 번 더 설명해 주신다면?

일을 열심히 하면서 인간관계가 나빠지는 사람을 간혹 본다. 더 빨리 성취하
려는 마음에 이기적으로 행동하고 함부로 말해 상처를 준다. 심지어 가족을
너무 당연하게 여기고 소홀하게 대한다. 하지만 그렇게 해서 더 빨리 높은 위
치에 올라간다고 한들 과연 행복할까? 일을 더 잘하고 싶은 사람들, 성공을
꿈꾸는 사람들이 절대로 놓치지 말아야 할 사실은, 우리에게 정말로 필요한
것은 사랑을 주고받을 수 있는 단단한 관계라는 점이다. 저는 일과 인간관계

가 별개의 것이 아니라고 생각한다. 일과 인간관계는 일종의 '포지티브 피드백(Positive feedback)' 관계를 맺고 있다. 포지티브 피드백은 어떤 원인에 의해 나타난 결과가 다시 원인으로 작용해 그 결과를 더 강화하는 경우를 일컫는다. 일을 아무리 잘해도 사랑을 주고받을 관계가 없으면 너무도 공허할 것이다. 그래서 단단한 인간관계가 있어야 한다. 마음이 충만해지기 때문이다.

Q **통역사님 SNS를 보니 시아버지가 6.25와 월남전 참전용사시던데요?**

통역 장교를 지내셨다. 그래서 통역에 대해 이런저런 이야기도 많이 해주시고, 굉장히 예뻐해 주셨다.

Q **보훈 가족으로서 시아버지를 바라볼 때 어떤 느낌이신가요?**

두말할 필요 없이 존경스럽다. 6.25 참전, 월남전 참전으로 무공훈장까지 받으신 아버님께서 목숨 걸고 포화 속에서 싸우신 이야기를 자주 들었다. 당신이 국가를 위한 일을 하셨기 때문인지 제가 국가 일을 한다고 굉장히 좋아해 주셨다. 남편이 '아버지는 너에게만 따뜻하다.'라고 말할 정도였다. 아버님이 돌아가실 때 국가에서 예우를 갖춰 장례를 마련해줬는데, 너무나 자랑스러운 기억으로 남아 있다.

Q **『베테랑의 공부』 프롤로그에서 "진심으로 일에 매진했을 때 일은 곧 인격이 됨을 매 순간 실감하며 살아가고 있다."라고 하셨는데, 어떤 의미인가요?**

모든 직업에는 그 일을 잘 해내기 위한 지식과 기술 그리고 인격이 필요하다. 제가 통역을 하며 만난 VIP들은 다들 한 분야의 대가들이었고, 그분들 자체가 그 직업의 인격이 됐음을 봤다. 저도 동시통역사라는 직업에 필요한 인격을 계속 연마하고 있다.

Q 자신이 가진 능력을 최대한 발휘해 스스로 충만해지는 상태를 '액추얼라이즈(Actualize)'고 하셨는데, 동시통역사님의 액추얼라이즈라면?

동시통역 부스에서 발화자의 말에 집중하며 나도 모르게 술술 통역이 되는 순간 그런 충만감을 느낀다. 그리고 남·북 정상회담, 한·미 정상회담과 같은 역사의 현장에서 통역할 때 가슴이 뛴다. 노벨상을 받은 학자 또는 저명한 분들의 해박한 지식을 공부하고 준비하여 현장에서 통역하며 저도 배움이 충만해지고 새로운 것을 깨달을 때 평범한 제가 세상에 도움이 되는 일을 하고 있다는 충만함에 정말 행복하다. 그게 제 액추얼라이즈가 아닌가 싶다.

Q 좋은 환경과 재능이 없이도 열정, 노력, 끈기로 얼마든지 극복할 수 있다는 내용의 책인 《그릿》의 저자 엔젤라 니 더크위스 통역에서 임계점이 가장 인상적이었다고 하셨는데, 어떤 의미인가요?

임계점은 물질이 액체 상태에서 기체로 완전히 변하는 온도를 뜻한다. 우리기 대가가 되려고 노력하는 과정을 여기에 비유할 수 있다. 처음에는 액체 상태로 시작해 점점 노력하며 조금씩 기체가 돼가지만, 완전히 기체가 되는 순간은 좀처럼 찾아오지 않는다. 그 순간까지 노력을 멈추지 않아야 드디어 임계점을 넘어서게 된다. 짧은 노력으로 뭔가를 성취할 수 있다는 생각을 버리고 될 때까지 멈추지 않고 계속해야 하는 이유다.

Q 하고 싶은 일이 있지만 재능이나 자질이 부족해서, 또는 성격이

맞지 않아서 망설이는 사람들에게 해주고 싶은 말씀이 있다면?

그 일이 정말로 하고 싶다면 스스로 그 일에 필요한 모든 자질을 갖추려고 노력해야 한다. 지식이면 지식, 기술이면 기술, 성격이면 성격, 하나씩 분석해서 필요한 것들을 획득해야 한다. 내 몸에 꼭 맞는 직업만 고집할 수는 없다. 아무리 좋아 보이는 직업도 감당해야 할 고충은 있다. 그걸 다 받아들이고 부족한 면을 채우며 견딜 수 있는 강인함을 갖춰야 한다. 그리고 일에서 꼭 성취하고 싶은 목표가 있다면 인생의 일정 기간에 더 많이 노력하고 시간을 쏟아야 한다는 점을 말하고 싶다. 이 시간이 평생일 필요는 없지만, 한 기간에 집중적으로 헌신한 노력은 선순환의 과정을 거쳐 자신을 더 큰 기회와 더 나은 삶으로 인도할 것이다.

Q **마무리로 베테랑이 되길 꿈꾸는 청년들에게 들려주고 싶은 메시지가 있다면?**

요즘 세대는 단군 이래 최고 스펙이라고 한다. 교육 수준이 높고 자존감도 좋으며 당당히 또 영리하게 자신의 앞날을 개척하려는 태도를 많이 엿본다. 이런 세대에게 질 좋은 일자리와 경제 상황을 더 많이 물려주지 못한 것에 대해 앞선 세대로서 안타깝고 또 책임감도 느낀다. 무엇보다도 충분히 잘하고 있다는 응원의 말을 건네고 싶다. 대부분 사람은 임계점 앞에서 포기하고 만다. 지금 청년들도 그 임계점 가까이에서 고군분투하고 있을 것이다. 힘들겠지만 조금만 더 나아가 보라고 말하고 싶다. 곧 임계점에서 자신도 모르게 기체가 되는 순간을 맞이할 수 있을 것이다. 몰두하는 시간은 헛되지 않으며 나의 삶을 가치 있고 견고하게 만드는 경험이다. 지금은 100세 시대 아닌가. 앞으로 적어도 60~70년은 더 살아야 하는데, 그중 2년만 몰두해보길 바란다. 그 몇 배의 가치가 기다리고 있을 것이다.

기술 전쟁 핵심은 '1% 연구자' 확보

전 세계가 첨단기술 패권을 잡기 위해 보이지 않는 혈투를 벌이고 있다. 한국도 예외는 아니다. 뒤처지는 순간 도태된다는 위기감에 '초격차 전략기술 육성'을 정부의 핵심 국정과제로 내걸고, 반도체·인공지능(AI) 등 12개 전략기술 분야의 육성에 속도를 내고 있다.

윤태성 카이스트 기술경영전문대학원 교수는 일본·독일과 손잡고 특허를 상호 공유할 수 있는 하나의 네트워크를 만들 필요가 있다고 제안했다. 그가 최근 펴낸 『기술 전쟁』 속의 표현을 빌리면 '네트워크형 기술 강소국 세력'이다. "기술 개발을 위해 필요한 인건비와 인력은 미국과 중국이 압도적으로 많다. 하지만 특허의 경우 3국이 힘을 합쳤을 때 미국과 중국을 능가할 수 있다. 상호 공유할 수 있는 풀(Pool)을 만들면 그게 세력이 된다. 기술별로 때에 따라 이스라엘을 부르고, 네덜란드를 초대할 수도 있다."

(현) 카이스트 기술경영학부·기술경영전문대학원 교수

일본 오픈놀리지 대표이사

일본 경제산업성 경제산업연구소 연구원

두산기계 엔지니어 역임·도쿄대 대학원 공학 박사

부산대 금속공학 학사·산업공학 석사, 경남고

『기술 전쟁』『과학 기술은 어떻게 세상을 바꾸는가』
『탁월한 혁신은 어떻게 만들어지는가』등 집필

윤태성

'느슨한 협력' 바탕으로 해외 인재 적극 영입해야

윤태성 교수는 일본·독일과의 특허 네트워크를 제시하며 '느슨한 커플링'으로 패권 경쟁에 대응해야 한다며 이를 '느슨한 협력'으로 정의했다. '커플링(동조화)'과 '디커플링(탈동조화)'이라는 이분법 말고 제3의 선택지 '루스 커플링(느슨한 동조화)'으로 기술 패권 전쟁에 대응하자고 주장한다.

"논문 피(被)인용 건수가 상위 1%에 들어가는 '1% 연구자'의 국적을 구분할 때는 연구자 개인이 아닌 소속기관의 국적을 따진다. 카이스트에 1% 연구자 1,000명이 와 있다면, 한국에 1,000명의 '1% 연구자'가 있는 것으로 카운트된다. 국적, 나이 등 제한 없이 한국에서 성과를 낼 수 있는 인재라면 적극적으로 유입해야 한다."

기술혁신을 추구하고 있는 기업들을 향해서도 "기술혁신과 함께 서비스 혁신을 어떻게 가져갈 것인지를 고민해야 한다."고 주문했다. 또 입사 3년 차 이상 직원을 1~2년 동안 해외로 보내 현지 언어와 문화를 익히도록 하는 삼성전자의 '지역전문가 제도'를 지목하면서 다음과 같은 조언을 덧붙였다.

"삼성이 세계적인 기업으로 성장할 수 있었던 원동력 중의 하나가 '지역전문가 제도'라고 생각한다. 현지화를 위한 과정을 놓치지 말아야 한다."

Q **첨단기술 패권 경쟁이 기업 간 경쟁을 넘어 중국과 미국 중심의 진영 간 대립으로 치닫는 양상인데요?**

중국 공산당 건립 100주년인 2049년까지는 (기술 패권 경쟁이) 지속될 것이다. 중국은 2049년부터 경제·기술·군사력에 있어 미국에 지지 않겠다는 목표가 있을 것이기 때문이다. 예를 들어 기술력이라고 하면 광범위하다. 현실적으로 모든 분야에서 1등을 할 수 없으니 (중국은) 12개 핵심 분야를 선정했다. 이 중 AI 안면인식, 양자 암호통신 등 일부 분야에 대해서는 이미

(미국을) 앞서가고 있지만, 종합적으로 하면 미국의 80% 수준에 그친다는 게 한국과학기술평가원의 분석이다. 그래서 적어도 2049년까지는 기술 승기를 잡기 위한 미국과 중국의 대립이 이어질 것으로 본다. 나아가 미국도 중국도 1대 1 맞짱은 부담스러우니 서로 진영을 모으는 과정이 전개될 것이다. 그리고 이러한 진영 대립에 있어 가장 난감한 국가는 한국이다. 모래밭에 자석을 대면 N극에 가까운 모래는 N극에, S극에 가까운 모래는 S극에 완벽히 붙고, 멀리 있는 모래일수록 애매하게 붙는다. 한국은 애매하게 붙는 걸 원하는 것 같은데, 양극이 서로 자기 팀으로 끌어당기는 상황이다.

Q **한국은 정체성 측면에서 이미 미국 쪽에 가 있는 듯해 중국이 반발하는 게 아닐까요?**

중국과 멀어졌다고 하지만, 경제는 굉장히 꼬여있다. 대통령이 바뀐다고 해서 (촘촘하게 꼬여있는 부분이) 풀리진 않을 것이란 생각이다. 일례로 3년 전 일본에서 한국에 불화수소 등 수출규제 조치를 할 때도 한국과 일본이 전면전을 벌이는 듯했지만, 실제 기업 차원에서는 그렇지 않았다. 우리가 글로벌 서플라이 체인(Supply Chain, 공급망)이라는 표현을 쓰듯이. 한국과 중국, 한국과 일본뿐 아니라 전 세계는 마치 날줄과 씨줄로 짜인 옷과 같다. 실 하나를 끊는다고 옷이 풀어지는 게 아닌 것처럼, 그런 상태로 봐야 한다.

승자독식의 배틀 필드

윤태성 교수는 신간 『기술 전쟁』에서 한국이 반드시 승기를 거머쥐어야 하는 3개 배틀 필드(battle field, 전쟁터)를 소개했다. 제조 기술과 공급망 등으로 대변되는 '피지컬 배틀 필드', 네트워크와 인공지능 등의 '디지털 배틀 필드', 인공위성과 우주 인터넷 등의 '스페이스 배틀 필드'이다. 이 3개 배틀 필드는 승자독식의 배틀 필드로 패자가 부활하기 매우 어려운 곳이라고 설명했다.

Q 『기술 전쟁』에서 소개한 3개 배틀 필드는 어떤 것입니까?

사실 3개라는 숫자와 구분이 중요한 건 아니다. 기본적으로 기술에 따라 승리한 사람이 시장의 룰(Rule)을 바꿔버리는 분야가 있다. 예를 들어 반도체의 경우 이긴 사람이 룰을 바꿀 수 있다. 디지털, 우주도 마찬가지다. 양자컴퓨터 역시 미국이든 중국이든 먼저 승리한 국가가 전 세계에 양자컴퓨터 표준을 쫙 깔아버리면 그걸 안 따라갈 수가 없다. 승리자가 독점한 뒤 룰을 바꾸면 진 사람은 그에 맞춰야 한다. 그런 기술은 앞으로도 끊임없이 나올 것이다. 그때마다 승자독식 기술인지, 승리하면 유리하겠지만 룰을 바꿀 정도는 아닌 기술인지 살펴보고 대응할 필요가 있다는 의미다.

Q 『기술 전쟁』에서 5대 제조 강국 중 미국과 중국을 제외하고 한국과 일본, 독일이 협력해 '네트워크형 기술 강소국 세력'을 만들자고 제안하신 이유는 무엇입니까?

기술 개발을 하려면 연구비가 필요하다. 그런데 미국과 중국이 압도적으로 많다. 3개 나라(한국·일본·독일)를 합쳐도 상대가 안 된다. 연구자도 마찬가지다. 가뜩이나 인구가 많은 데다 미국은 연구자들이 자발적으로 들어가고, 중국은 돈을 주고 스카우트하기 때문에 3국이 힘을 합쳐도 밀린다. 그런데 3국이 힘을 합쳤을 때 미국이나 중국을 앞설 수 있는 부분이 딱 1개 있다. 바로 특허다. 그래서 특허를 중심으로 세 나라가 모여야 한다는 의견을 낸 것이다.

Q 『기술 전쟁』에서 특허의 중요성을 언급하신 이유로군요?

그렇다. 쓰지도 않는 '장롱 특허'를 많이 만들었다고 비판하는 기사를 최근에 봤다. 그건 모르는 사람들이 하는 소리다. 삼성전자는 전 세계에서 특허를 가장 많이 가진 기업 10위권에 들어가지만, 일주일에 한 번꼴로 특허 소송이 걸린다. 예를 들어 PC 하나를 만들기 위해서는 수만 건의 특허가 필요하다. 그중에는 아주 중요한 기술도 있지만, 때로는 볼트·너트 특허도 있다. 이 모든 특허를 하나의 기업이 모두 보유하고 있을 수는 없다. 그래서 소송이 걸리는 것이다. 우리가 특허를 이야기할 때는 '중요한 특허다' '허브 특허다' 이런 이야기를 하지만, 소송 관점에서는 그냥 있는지 없는지가 중요하다. 그러므로 일단 많은 특허를 보유하는 게 중요한 거고, 대안으로 네트워크형 기술 강소국 세력을 떠올리게 된 것이다. 특허를 상호 공유할 수 있는 하나의 풀을 만들면 그게 세력이 된다. 기술별로 때에 따라 이스라엘을 부르고, 네덜란드를 초대할 수도 있다. 국제기구처럼 잘 짜인 조직이 아니라, '느슨한 협력'이다. 우리가 '커플링' '디커플링' 이야기를 많이 하는데, 저는 제3의 선택지로 '루스 커플링'을 선택해 대응해야 한다고 주장하고 싶다.

Q 　장기적으로는 특허가 기술 표준이 될 수도 있는 것 아닌가요?

특허를 국제표준으로 가지고 가려면 진영 싸움을 거쳐야 한다. ISO(국제표준화기구)는 '1국1표주의'다. 예를 들어 독일이 제안하면 유럽 국가들이 찬성해준다. 최소 30표 이상은 기본으로 깔고 가는 거다. 반면 미국은 1표, 중국도 1표다. 하지만 미국은 자국 시장이 워낙 크다 보니 국제표준이 안 되더라도 자국 표준을 그냥 가져갔다. 중국의 경우 '세계 표준 안 하고 말지' 하는 마음이 있었는데, 요즘 태도를 바꾸고 있다. 미국과 유럽이 반대표를 내면 '우리끼리 할래'로 방향을 바꿀 가능성도 존재한다고 본다. '일대일로' 국가를 중심으로 중국 표준을 쓰겠다는 거다. 미래

가능성이 있는 위험 시나리오 중 하나다.

Q 1국 1표라면 일단 유럽이 강할 수밖에 없겠군요?

현재까지는 유럽이 강했고, 여기에 미국이 대항하면서 미국과 유럽이 싸우는 구도였다. 하지만 중국이 최근 가세하면서 아프리카 국가를 데려왔다. ISO 회원국이 120개가 넘는데, 그중 유럽은 다 해봐야 36개국밖에 안 된다. 그동안 아프리카 국가들은 관심이 없으니 (회의에) 안 왔는데 중국이 데려오면서 (투표권에 대한) 영향력이 점점 커지고 있는 상황으로 볼 수 있다.

Q 국제표준 선점이 중요한 이유는
결국 시장을 지배하기 위해서인가요?

그렇다. 합법적으로 지배하는 거다. 책에서는 김치를 예로 들어 설명했다. 만약 중국이 김치에 대한 국제표준을 선점하면 우리는 김치라는 말을 쓸 수 없다. 김치라는 말을 쓰더라도 그 김치는 김치가 아니다. 우리나라의 전통음식이라고 해도 상관없다. 국제표준으로 김치 표준이 정해져 버리면 우리는 그 표준에 맞춰 만들 수밖에 없다. 중국이 날치기했다고 주장해도 아무 소용 없다. 우리의 김치에는 다른 이름을 붙여야 한다. 얼마나 무서운 일인가.

Q 그렇다면 국제표준과 관련한 우리의 대응은 적절하다고 보시는지요?

늦었다. 김치는 1000년 이상 내려온 음식이지만 표준화된 지는 얼마 안 됐다. 표준에 대한 인식이 늦었다고 볼 수 있다. 그런데 더 중요한 사실은 다른 나라가 찬성표를 줘야 한다는 거다. 그러기 위해서는 국제협력을 잘해야 한다. 국제표준을 추진할 때 상대국이 원하는 표준과 우리가

전 세계 첨단기술 패권 경쟁에서 우위를 점하기 위해 한국 정부는 반도체, 디스플레이, 이차전지, 인공지능, 양자 기술 등을 '12대 국가 전략기술'로 선정하고 연구개발, 산업 육성을 추진하고 있다 ㅣ 과기부 제공

원하는 표준이 서로 다를 수 있다. 결국 국제회의에서 협상력을 가지는 게 중요한데, 이 부분에서는 한국보다 중국이 앞서가는 상황이다. 중국의 경우 국제표준 회의를 할 때 주니어를 많이 보낸다.

지금 30대라면, 앞으로 30년 동안 더 친해질 기회가 있는 셈이다. 한 잔하면서 '이건 양보해.' 할 수 있는 거다. 우리도 주니어를 많이 보내야 한다. 국제표준은 단기전이 아닌 장기전이다. 표준을 위해서는 특허가 선행되어야 함은 물론이고 말이다.

Q   기술 전쟁의 시대에 한국이 나가야 할 'SIT 3A' 원칙을
제시하셨는데, SIT 3A가 의미하는 바는 무엇입니까?

1번 자리에 미국, 2번 자리에 중국이 각각 있다면 한국은 3번 자리, 그중에서
도 1·2에 가장 가까운 3A 자리에 앉자는 의미다. 그리고 'S'는 Science, 즉 과학
기술의 힘을 믿어야 한다는 것이고, 'I'는 Innovation, 즉 혁신을 계속해야 한다
는 것이다. 'T'는 Talent, 인재를 말한다. 여기서 말하는 인재는 한국인과 외국
인을 모두 포함한다. 한국에서 성과를 낼 수 있는 인재라면 적극 유입해야 한
다. 반대로 한국 인재가 해외로 나가는 것도 비판하지 말아야 한다. 그리고 '3'
은 기술에서의 제3의 축, 'A'는 Adapt, 바뀐 환경에 적응하자는 의미를 담았다.

Q   인재 부분이 특히 공감된다. 미국에 이민 가서 노벨경제학상이나
물리학상을 받으면 미국인이 받은 것이 될 텐데, 그런 측면에서
우리도 인재 유입을 적극적으로 추진할 필요가 있어 보이는데요?

귀화할 필요도 없다. 논문 피인용 건수가 상위 1%에 들어가면 '1% 연구
자'라고 부른다. 그게 좋은지 안 좋은지는 차치하고 일단 논문 인용이 많
이 된 사람이 노벨상에 가까우니까 '1% 연구자'를 중요하게 여기는데, 이
1% 연구자의 국적을 따질 때는 개인이 아닌 그 사람이 속한 기관의 국적
을 따진다. 카이스트에 1% 연구자 1,000명이 와 있다면, 한국에 1,000
명이 있는 것으로 카운트가 된다. 그게 포인트다.

Q   그렇다면 우리나라 입장에서 기술 전쟁 시대에 필요한 인재상은
무엇일까요?

당장은 기술과 시장을 알 필요가 있다. 양자컴퓨터를 예로 들면 대부분

공학도는 몇 '큐빗(Cubit)' 하면서 숫자로 이야기하는데, 이 양자컴퓨터
가 일정 수준 이상으로 기술 개발됐을 때 어떤 방식으로 시장에 나가 시
장을 어떻게 바꿀 것이며, 내 생활에 어떤 변화를 줄 수 있을지를 폭넓게
그림으로 그릴 수 있어야 한다고 본다. 그걸 학생 때부터 훈련해야 한다.

**Q　　결국 기술과 시장의 순환구조를 잘 알아야 한다는 말씀인데,
　　　산학협력 교수가 많이 필요할 듯한데요?**

군이 산학협력 교수를 뽑지 않아도 된다. 그냥 기업에 있는 사람이 한 번
씩 와서 문제만 주고 가면 된다. 예를 들어 '반도체 공장을 돌리는데 불량
이 너무 많다.'까지만 이야기해주면 된다. 제 경우 '서비스공학'을 수업할
때는 학생들을 재래식 시장에 보낸다. 시장에서 불편한 걸 찾아보고, 과
학 기술을 이용해 문제를 해결해 보라고 한다. 그리고 가능성이 있는지를
해당 전문가·교수에게 물어보라고 한다. 그 과정을 반복하는 것이다.
　　재래시장의 문제를 해결하는 방법은 백종원식 메뉴 개발만 있는 게
아니다. 백종원 씨는 요리 전문가니까 메뉴 개발로 해결하려는 것이고,
카이스트 학생이라면 과학 기술로 해결해야 한다. 이공계 수업이라는 게
기술에서 먼저 출발해 가르쳐주는 일도 필요하지만, 시장 관점에서 먼저
문제를 갖고 와서 기술을 찾아가는 노력도 중요하다. 학생이 문제를 직접
찾는 게 가장 바람직한 방법이지만, 기업에 있는 분들이 와서 숙제만 내
줘도 충분하다는 생각이다.

**Q　　우리는 반도체 인재가 필요하다고 하면 관련 과를 늘리는 식으로
　　　대응하는데, 바른 방향이라고 보시는지요?**

정책적 관점에서는 모르겠으나, 과학 기술 관점에서는 별로 의미가 없다

고 생각한다. 반도체는 미국에서 개발했지만, VLSI(초고밀도 집적회로)를 개발하고 클린룸을 만든 건 일본이었다. 현장에서 문제가 생기니까 기능 개선을 위해 VLSI를 개발하고, 불량이 자꾸 나오니까 먼지를 없애야겠다는 생각으로 클린룸을 만들어냈다. 양산 과정에서 발생한 문제를 해결하다 보니 새로운 기법들이 나온 것이다. 반도체학과, ○○학과는 앞단(이론)에 주력할 수밖에 없다. 반도체가 중요하다고 하니까 반도체학과를 만들고, 양자컴퓨터가 중요하다고 하니까 양자 대학원을 만들고⋯ 이런 식으로 한다면 새로 나오는 기술에 착안해 당장 100개는 만들어야 한다. 그보다는 원리원칙에 기반해 기술이 어떤 식으로 발전하고 진화해 상품에 반영되며, 시장에 어떻게 흘러가고 시장에서 어떻게 피드백으로 돌아오는지에 대한 내용을 알려준다면 그 어떤 새로운 기술이 나오더라도 거기에 맞춰 적응할 수 있는 능력을 키울 수 있다고 생각한다.

Q **최근 서울대에 있는 기계가 노후화하여 학생들이 포항공대에 가서 수업을 듣는다는 이야기를 들었는데, 넌센스 아닌가요?**

1950~1960년대에는 중장비나 고가의 장비가 대학에 있어서 기업이 대학에서 실험해야 했다. 시대는 늘 바뀌기 때문에 대학에 장비가 있고 없고는 그냥 자연스러운 현상이라고 봐야 한다. 모든 대학이 최신 장비를 모두 갖추고 돌려야 할 필요도 없다. 서울대에 장비가 없어서 포항공대에 간다? 그 자체는 별로 중요하지 않아 보인다. 우리가 더 우려스럽게 봐야 할 문제는 이공계 박사 과정을 밟는 학생 수가 줄어드는 경우다. 이런 상황에 대비해 중국인이든 몽골인이든 한국에 와서 연구하고 일을 하게 해줘야 한다고 본다. 나이를 제한할 필요도 없다. 좋은 성과를 내는 데에는 나이가 정해져 있지 않기 때문이다. 오히려 실험경제학은 50대 후반이 더 좋은 연구를 한다. 어느 정도 성과가 예상된다면 과감하게 쓰는 것이 중요하다.

Q **국내 엔지니어나 연구원들이 해외 기업으로 이직하는 과정에서 전략기술이 유출되는 사례가 빈번하게 발생하고 있는데, 해결 방법은 없을까요?**

저는 반대로 우리나라 기술자를 꽁꽁 싸매는 게 과연 좋을까 하는 근본적인 의문을 가지고 있다. 물론 업종에 따라 한 사람이 50년 쭉 하는 게 유리한 업종도 있지만, 끊임없이 새로운 사람이 들어오고 나가면서 변화를 추구하는 것도 나쁘지는 않다고 본다. 실제로 입사 5년 차가 되면 무조건 해외로 나가게 하는 기업도 있다. 삼성전자의 반도체 인재라고 해서 무조건 한국에 있어야 한다? 그런 건 억지로 할 수 있는 일도 아닐뿐더러, 물은 자연스럽게 흘러가도록 둬야 한다고 본다.

Q **하지만 이로 인한 기술 유출 문제가 있지 않을까요?**

과거 일본 산요전기는 삼성전자에 라디오, 흑백TV, 컬러TV 기술을 줬다. 왜 그랬을까? 시장 자체를 키우는 일이 더 중요하다고 본 것이다.

Q **리튬, 희토류 등 희귀광물 확보의 중요성도 대두되고 있는데, 우리는 어떤 전략을 취해야 할까요?**

우리나라는 기본적으로 소재가 많지 않기 때문에 어떤 소재가 등장하더라도 반드시 부족하게 돼 있다. 그렇다면 지금까지 우리는 어떻게 버텨왔을까? 결국 기업 대 기업의 문제가 아니라, 정부 대 정부, 국가 대 국가 차원으로 문제를 해결했다고 볼 수밖에 없다. 수입경로를 다변화하고 외국에서 기술 협력을 하고 외국 광산을 구입·개발하는 노력도 물론 필요하겠지만, 기본적으로는 '우리가 너희에게 이걸 줄 수 있으니 너흰 우리에게 이걸 줘'라고 말할 수 있는 무기를 계속 개발해야 한다.

Q   **기술 경쟁 시대에는 혁신 스타트업의 역할이 무엇보다 중요합니다. 교수님은 직접 소프트웨어 벤처를 창업하고 경영한 경험도 있으신데, 혁신 스타트업이 성장하기 위해 가장 필요한 지원은 무엇이라고 생각하시는지요?**

최첨단 기술이 시장에 나가려면 30년은 걸린다. 아무리 빨라도 10~20년은 필요하다. 그렇다면 국가가 20년, 30년을 계속 지원해줄 수 있을까? 못 한다. 장려금? 보조금? 얼마나 도움이 될까. 차라리 세금 감면이 낫다고 본다.

Q   **첨단기술을 활용한 혁신 스타트업이 생존하기 굉장히 어려운 환경으로 보이는데요?**

사실 스타트업 입장에서 가장 좋은 건 쌀장사다. 쌀의 존재를 우리가 이미 알고 있고, 시장도 형성돼 있어서다. 우리가 신품종으로 개발한 쌀이 기존 쌀 대비 맛있는지, 저렴한지 정도만 비교하고 홍보하면 된다.
　반면에 양자 암호통신 기술을 갖고 있다고 하자. 일단 시장이 없다. 누군가기 관심을 보이더라도 양자가 뭔지, 양자 암호는 뭔지, 양자 암호통신은 뭔지, 이것이 상품화되려면 얼마나 걸리는지 등등 설명하고 또 설명해야 한다. 관심을 보이는 대기업이 등장해도 불안하다. 3년 뒤 똑같은 걸 만들기 때문이다. 기술 탈취라는 이슈가 생긴 거다. 그래서 스타트업이 최첨단 기술을 아이템으로 가져가는 건 굉장히 리스크가 크다. 게다가 한 가지 기술만으로는 상품을 만들 수 없다. 100개 기술이 필요하다면 99개는 남이 가진 기술이 필요하게 마련이다. 그래서 복잡하고 어렵다.

Q 　시대 변화에서 생존하기 위해서는 기업의 대고객 서비스에도
　　변화가 필요할 텐데, 조언을 해주신다면?

우리나라 기업에 필요한 건 기술혁신 플러스(+) 서비스 혁신이다. 기술
혁신은 기술이 진보해서 지금까지 없던 기술이 등장하고 상품에 반영되
는 거다. 예를 들어 스마트폰이 있다고 하자. 새 기술이 들어갔다고 가격
을 두 배, 세 배로 올릴 수 있을까? 스마트폰을 300만 원에 팔면 사겠다
는 사람이 몇이나 되겠나. 게다가 시간이 지나면서 그 스마트폰의 가격은
떨어질 거고 결국 0원에 수렴할 거다. 제조업이 발달한 국가에서의 공산
품의 말로다. 반대로 1kg 1만 원 하는 고구마로 고구마 케이크를 만들면
1kg 10만 원에 팔 수 있다. 똑같은 원재료지만 조금만 노력하면 상품 가
격을 10배로 불릴 수 있는 거다. 그게 서비스 혁신이다. 그런 식으로 기
술혁신과 서비스 혁신을 같이 가져가기 위한 노력을 해야 한다.

삼성전자 지역전문가 제도
삼성전자는 입사 3년 차 이상 직원을 대상으로 지역전문가를 뽑고, 이들
을 전 세계 90여 개국에 보낸다. 주재원과 달리 업무에 대한 부담을 주지
않는다. 그저 해외 문화를 익히고 인적 네트워크를 쌓으면 된다. 윤태성
교수는 "이 지역전문가 제도가 삼성을 세계적인 기업으로 성장하게 만든
1등 주역"이라고 했다. 기술혁신, 서비스 혁신, 나아가 현지화에 대한 고
민이 더해질 때 세계를 주도하는 기업이 될 수 있다는 것이다.

포항 '퍼시픽 밸리', 한국의 실리콘밸리 목표로

"실리콘밸리를 비롯한 모든 벤처 생태계에는 연구 중심 대학이 있습니다. 미래 먹거리를 위한 연구와 상용화에 있어서 경제적으로 가장 필요한 건 벤처이고, 그 인력은 대학에서 만들어집니다. 창업을 위해선 밤을 지새우면서 일할 수 있는 젊음과 연구하는 대학이 있어야 합니다. 스탠퍼드, 버클리 대학교에서는 학생들이 오히려 학교를 떠나는 대신, 그 주위에서 창업하고, 심지어그 대학교 학생이 아니더라도 환경이 좋아서 또 다른 국가의 명문대 학생들이 유입됩니다. 그렇게 만들어진 게 진정한 경제생태계, 실리콘밸리입니다."

포스코 홀딩스 미래기술연구원에서 산학연(産學研) 협력을 담당하는 박성진 전무는 한국의 실리콘밸리를 목표로 삼는 포항 '퍼시픽 밸리'에 대해 이렇게 말했다.

(현) 포항공대 기계공학과 교수 겸
　　포스코 홀딩스 자문역

포항공대 산학처장

포항공대 기술사업화센터 센터장

포항공대 산학협력단 연구부처장

포항공대 창업보육센터 센터장

포항공대 기계공학과 교수 역임

포항공대 기계공학 학·석·박사

박
성
진

산학연 융합 벤처로 미래 먹거리 연구 상용화

박성진 전무는 세계적 연구 중심 대학인 포항공대와 RIST, 포스코 산학연(産學硏) 협력을 바탕으로 한국의 실리콘밸리를 목표로 포항 '퍼시픽 밸리'의 청사진을 제시한다. 당연히 실리콘밸리 이야기도 빼놓을 수 없다.

"포항공대 같은 연구 중심 대학이 벤처 생태계 만들어야 하고, 20~30대 젊은 사람들이 끊임없이 창업할 수 있는 시스템이 필요하며, '벤처'는 미래 먹거리 연구를 통해 미래 기술을 실용화·상용화하는 것으로 산학연(産學硏)의 융합과 협력이 중요합니다.

이와 같은 벤처 중심의 혁신 성장을 하는 나라가 미국입니다. 애플, 구글, 테슬라 등의 기업은 모두 벤처로부터 나왔습니다. 미국은 전 세계적으로 차지하고 있는 GDP의 비율을 계속 유지해 오고 있는 데 반해 유럽과 일본은 하락했습니다. 그 차이는 젊은 사람들이 창업할 수 있는 시스템의 유무입니다.

그러면 우리나라는 앞으로 어떻게, 무엇을 해야 할까요? 잘하는 사람을 더 잘하게 만들기 위하여 포항공대, 카이스트, 서울대 등에서 박사학위를 취득한 이들 중 30%가 창업을 해야 합니다. 그게 지금의 시대정신이지요. 또 당면하고 있는 지방 소멸 문제를 해결하기 위해서도 지방의 각 기업이 벤처의 숙주가 되는 '포스코' 역할을 해야 한다고 봅니다."

포스코의 스타트업 육성·투자를 총괄하고 있는 박성진 전무는 포항공과대학(포스텍) 1회 학부 전체 수석졸업자로, 같은 대학에서 석·박사 과정을 마쳤다. 중소·벤처기업, 대기업 등 현장 경험을 쌓았으며, 고(故) 박태준 포스코 명예회장의 신화를 이어가기 위해 '퍼스픽 밸리'라는 목표를 위해 힘쓰고 있다.

Q   올해 소규모 대학평가 세계 2위, 중앙일보 공학계열 평가에서 2년 연속 1위(카이스트 2위)를 차지한 포항공대의 강점은 무엇이라고 생각하십니까?

지난 1980년대 포항공대가 생길 당시 시대 정신은 '국산화'였다. 중장비 등을 국산화해 부가가치세를 높이기 위해선 R&D가 필요했는데, 이때 포항공대가 연구 중심 대학으로 인력을 배출하겠다는 근원적인 비전이 있었다. 이러한 이유로 포항공대가 단기간에 리더십이 생길 수 있었다. 현재 포스코·포항공대가 포항에 벤처 생태계를 조성하려고 하는 것은 지금 시대에 필요한 인력을 위해서다.

대부분 기업은 창업 지원을 할 수 있다. 그러나 기초연구에서부터 실용화, 창업 단계를 도와줄 수 있는 건 포스코·포스텍이 유일하다. 포스텍은 기초연구 실용화, 인큐베이팅 센터 제조, 펀드 연계, 해외 마케팅 등의 모든 시스템을 가지고 있는데, 이것이 다른 대학과의 근원적인 차이다. 또 이를 통해 해외 진출, 유니콘기업 등의 포스코 자회사가 되면 포스코는 모든 사업이 가능한 플랫폼 기업이 된다. 그렇기에 포스코·포스텍이 한국판 실리콘밸리인 '퍼시픽 밸리'를 만들 수 있다고 생각한다.

Q **정부 사업 '2023년 글로컬대'에 포항공대가 선정됐고, 앞으로 정부 지원금 외에도 대학법인에서 2,000억 원을 더 확보했는데, 또 다른 계획이 있는 건가요?**

현재 포스코는 '철강 기업'이라는 이미지를 탈피하고 2차 전지·수소와 같은 친환경 소재 기업으로 나가겠다는 전략이다. 흔히 포스코는 큰 장치를 들여와 오퍼레이팅, 매니지먼트를 잘하는 'O&M 기업'이라고 한다. 그런데 앞으로 친환경 미래 소재 대학원과 기업으로 탈바꿈하기 위해서는 O&M 기업에서 R&D 기업으로 바뀌어야 한다.

그래서 저희는 포스코가 필요한 분야와 관련하여 포항에 15층의 융합동을 만드는 것에 대한 아이디어를 가지고 있다. 이곳에서 50%는 포스코, 30%는 포항공대 교수, 나머지 20%는 벤처기업에서 각각 쓰는 것이다. 저희가 '글로컬 대학' 사업을 통해 달성하려고 하는 것은 더 좋은 연구를 위한 연구시설을 제공하고, 그 시설을 쓰는 교수들이 포스코와 협력해 창업하는 그런 시스템을 만드는 것이다. 다른 대학에서 도저히 할 수 없는 연구 수준을 만들어내기 위해서는 협력해야 한다. 미래 기술은 자체 연구 산·학·연 벤처의 세 가지 컴포넌트를 가지고 융합이 되어야 한다.

Q **포항공대에는 노벨 동산이 있는데, 롤 모델인 미국의 칼텍 같은 세계적인 연구 중심 대학을 표방한 만큼 노벨상 수상은 언제쯤 가능하다고 생각하시는지요?**

노벨상 후보군에 우리나라 사람들이 없는 건 아니다. 개인적으로 노벨상이 국력과 관계가 있다고 생각하는데, 우리나라의 연구 수준이 노벨상을 받는 기준에 미치지 못하는 게 전혀 아니기 때문에 그렇게 목맬 필요는 없다고 본다. 제가 더 중요하다고 느끼는 건 '연구하는 사람이라면 모두 부자가 되어야 한다.'는 점이다. MIT 교수는 자가용 비행기를 타고 다닌다. '그들만 특별한가?'라고 생각할 수 있지만 그 배경에 시스템이 있다. 우리도 이러한 시스템을 만들어야 한다. 유럽과 일본이 갔던 길이 아닌, '게임의 룰'을 만드는 미국처럼 혁신 성장을 해야 한다. 그리고 그걸 포스코·포항공대가 만들어 나갔으면 한다.

Q **포스텍 내 창업 공간 '체인지업 그라운드' 개관 이후 그동안의 목표 달성 등의 과정을 평가하신다면?**

체인지업 그라운드에는 120개 정도의 벤처기업이 있고, 그중 한 70%는 포항과 관련된 기업이다. 이곳을 만들고 저희도 깜짝 놀랐는데, 1년 2개월 만에 공간의 100%가 모두 찼기 때문이다. 왜 그런가 분석을 해봤더

니, 시스템이 좋아지면서 서울에서 창업을 준비하던 포항공대 학생들, 수
도권에서 공장을 만들려고 하던 기업 7개가 제조 인큐베이팅 센터 등을
이용하기 위해 내려왔다. 또 저희가 스마트시티, 스마트 팩토리에 경북
도·포항시·포스코를 연결해 주니까 수도권에 있던 24개 기업도 이동했
다. 이를 통해 200개의 일자리 창출이 이뤄졌다. 지금까지 '지방 소멸 시
대'의 흐름에서 이런 일은 없었다.

　　최근 포항에서 창조경제혁신센터장 회의(지방시대위원회 행사)가
열렸는데, 그날 저는 정부 관계자를 만나서 다음과 같이 말했다.

　　"지역에는 각 R&D가 있고, 창업이 이루어지려면 기업 컴포넌트가
들어가야 합니다. 창조경제혁신센터에는 모두 기업이 연결되어 있으며,
그 기업들이 '포스코'와 같은 역할을 하면 됩니다. 이게 지방 소멸을 해결
할 수 있는 방법의 하나라고 생각합니다."

Q　　**의사과학자 육성을 위한 연구 중심 의대 설립으로 돌파구를 찾는 모
습입니다. 전 세계는 기술 전쟁으로 과학자 육성이 절실한 가운데 의
학 계열 쏠림현상에 대한 우려의 목소리가 큰데, 어떻게 보시는지요?**

미국에서 의사과학자라고 하는 게 PHD가 백신을 만들고, 그걸 쓰는 사
람은 MD이다. 그리고 이 둘을 연결하는 걸 중개 연구라고 하는데, 양쪽
의 지식을 모두 알아야 한다고 해서 이미 1970년대 하버드, MIT 등에서
시작한 바 있다. 하지만 이후 잘 이뤄지지는 않은 것으로 알려졌다. 졸업
이후 PHD 초봉 월급은 약 1.5억, MD는 2.5억이다. 결국은 수익 구조
문제고, 우리나라 역시 마찬가지다. 이런 구조를 바꾸려면 벤처 생태계
를 통해 부가가치가 더 높은 걸 만드는 게 유일한 방법이다. 전통적으로
노벨상을 추구하는 칼텍도 요즘 창업을 많이 한다. '벤처' 하면 훨씬 많은
돈을 벌고, 평생 편하게 살아갈 수 있는 기회로 보기 때문이다. 부가가치

가 가장 높은 곳에 제일 똑똑한 사람들이 가고, 제일 똑똑한 사람들이 가는 곳이 부가가치가 가장 높아지는 그런 구조로 바뀌어 가는 것이다.

Q **세계적 스타트업 육성을 위하여 실리콘 밸리 같은 '창업 밸리'를 조성한다고 알려졌는데, 구체적으로 말씀해 주신다면?**

여러 측면에서 설명할 수 있다. 첫째는 우리나라도 박사들이 창업해야 한다는 점이다. 미국은 박사의 30%가 교수 국가출연연구소, 30%는 대기업, 나머지 30%는 창업을 한다. 3분의 1씩 분배되는 셈이다. 우리나라의 경우 학교 및 교육적인 측면에서 볼 때 연구 결과는 글로벌 탑 수준의 레벨이고, 글로벌 비즈니스도 가능하다. 그런데 여전히 대기업으로 가는 사람들이 많다. 대기업과 벤처기업 부가가치가 같아지려면 박사의 반은 창업을 해야 하기 때문에 30%는 창업해야 한다고 본다.

　다음으로 글로벌한 연구 결과로 글로벌 비즈니스를 하려면 해외 진출이 숙제다. 미국까지 가려고 하면, 미국 내 한인 벤처 생태계가 좋아져야 한다. 제 개인적인 생각은 포스코가 실리콘 밸리에 체인지업 그라운드 정도 되는 곳을 사는 건 어떨까 싶다. 그리고 여기에 50개 기업은 한국에서 미국에 진출하는 기업, 또 다른 50개는 미국에 유학 가거나 이민 간 학생들, 이렇게 한국 정체성이 있는 기업 100개를 모아 각각의 회사가 아니라 시스템으로 움직이는 것이다. 이런 노력과 더불어 한인 벤처 생태계가 더 강해질 수 있도록 금융권, 정부 지원 등 국가가 힘을 합칠 필요가 있다.

Q **포항공대의 미래 비전은 무엇인가요?**

우선 모든 연구 시스템에는 자본 이득 기반의 '인센티브 시스템'이 함께 들어가야 한다. 월급으로는 줄 수 없는 인센티브로, 가장 똑똑한 사람을 벤처 쪽으로 오게끔 만드는 것. 그러나 이는 앞서 말한 것처럼 대학교의 힘만으로는 절대 안 된다. 대학과 기업, 벤처 간 인력이 자유자재로 이동할 수 있도록 협력해야 하는데, 다른 대학이 '시장 친화적'으로 하기 어려운 부분이 포스코·포항공대에선 가능하다. 과거 포스텍이 연구 중심 대학이었다면, 지금은 창업 생태계를 만들어 인력을 배출하는 것을 플래그십으로 하여 그 흐름이 다른 대학으로도 이어지도록 하려 하는 것이다.

아울러 교육 분야의 글로벌화다. 저희는 각 나라의 상위권 공대 학부 학생들에게 연구 장학금을 주고, 포항공대에 1년 교환학생으로 데려오고 있다. 꿈이라는 건 결국 아이덴티티 크기인데, 그 정체성 중 가장 큰 규모는 사실 국가다. 교환학생으로 온 학생들에게 여러 좋은 경험을 시켜주고 '제2의 조국이 대한민국이다. 포스코 패밀리, 포항공대 동문이다.'

이런 아이덴티티를 심어주면서, 포스텍 졸업 시 연구원 100% 채용 등의 기회를 주는 것이다.

실제로 지난해 인도네시아, 태국, 베트남에서 7명이 왔고, 올해는 인도, 우크라이나, 아르헨티나 세 나라가 늘어 10명이 왔다.

교육을 기반으로 앞으로는 그 수가 100~200명으로 더 늘어, 30년 후에는 그 학생들 가운데 저와 사람들이 또 나올 수 있게 하고 싶고, 그런 대학이 되어야 한다고 생각한다.

Q   **우리나라 창업 생태계에 규제가 걸림돌이 되고 있다는 지적에 대한 견해는?**

샌드박스가 필요하다. 여러 예로, 먼저 경상북도는 330만 명에서 260만 명으로 70만 명이 줄었다. 여성해방이 가전제품으로, 장애인 해방은 의료기구로, 노동자 해방은 4차 산업혁명을 통해 빅데이터·AI 등으로 이뤄지는 것처럼, 지방 소멸 시대는 기술로, 그러니까 궁극적으로는 기술로 해결이 된다. 또한 경상북도는 DNA 검사를 위해 1천억의 투자를 한다. 개개인의 식단과 운동, 정기적인 건강검진의 절반은 모두 집에서 할 수 있는 시대가 금방 올 것이다.

한편 요즘 미국 북서부의 몬타나 주가 인기를 누리고 있다고 한다. 젊은 사람들이 공기 좋은 몬타나 주에서 살면서 재택근무를 하고, 한 달에 1~2번만 뉴욕, 샌프란시스코에 들른다는 것이다. 재택근무를 통해 일자리가 창출된다. 이밖에 일부 글로벌 명문대에서는 온라인 국제 학교를 운영하고 있다.

이와 관련해 우리나라에는 아직 법이 없다. 그러므로 디지털 헬스케어, 재택근무, 온라인 교육 등 어디서 사느냐에 대한 문제는 사실 없다. 그래서 그런 기술들을 이용하려고 한다면 혁신 벤처기업, 지방정부를 위한 혁신 생태계가 만들어져야 한다.

(현) 카이스트 경영대학 교수

카이스트 청년창업투자지주 대표이사

카이스트 경영대학 학장

카이스트 테크노경영연구소 소장 역임

마르퀴즈 후즈 후 인 더 월드 등재

미국 일리노이스대 경영대학 부교수

미국 애리조나대 경영대학 조교수

텍사스대 오스틴 캠퍼스 대학원 경영학 박사

카이스트 대학원 경영과학 석사

서울대 산업공학 학사

이병태

벤처 시장 위축,
옥석 가릴
기회로 삼아야

카이스트 청년창업투자지주 대표이사, 카이스트 테크노경영연구소 소장 등을 지낸 청년 창업·신산업 분야 전문가인 이병태 카이스트 경영대학 교수는 벤처투자 시장이 위축된 현 상황에 대해 '2014년부터 2020년까지 역사상 유례가 없는 투자가 이뤄져서 과도한 투자로 인해 발생한 버블이 꺼지는 건 당연한 수순'이라고 했다.

이 교수는 모든 스타트업을 살리기 위한 정부의 지원은 '좀비기업'을 양산하는 결과로 이어질 수 있다고 경고하며, "생존 가능성이 낮은 곳은 엑시트(Exit)할 수 있게 돕고, 성장 가능성이 있는 곳에 자금과 인력이 집중될 수 있도록 유도해야 한다."고 당부했다.

정부 보조로 양산하는 좀비기업 안 돼

"미국에서도 엔젤투자를 받는 스타트업은 100분의 1밖에 안 된다. 그리고 투자받은 스타트업 중 나중에 IPO(기업공개)까지 성공한 경우는 1~2개에 불과하다. 판단을 냉정하게 할 필요가 있고, 성장 가능성 있는 스타트업에 자금·인력을 집중하여 투자해야 한다."

이병태 교수는 청년 창업가들을 향해 '사업 실패=인생 실패'가 아니라 성공의 경험으로 인정해주는 사회가 됐기 때문에, 생존 가능성을 판단하여 확률이 낮다면 속도감 있게 방향 전환이 답일 수 있다고 한다.

또 실패를 최소화하기 위한 창업가의 자세로 ▲고객이 원하는 것을 빠르게 시장에 내놓는 실행력 ▲고객이 원하는 요구에 맞춘 끊임없는 업데이트를 강조했다.

아울러 고객의 요구를 들을 때는 '잡음'과 '진짜 목소리'를 구분할 필요가 있다며, 그 방법론으로는 "비즈니스 모델의 개념을 정립하고 그것을 고객과 투자자, 직원에게 뚜렷하게 인식시켜야 한다."고 제안했다. 페이스북이 소셜네트워크서비스(SNS)라는 개념을 정립하며 시장을 파고든 것처럼 비즈니스에 대한 개념이 세워져야 잡음을 걸러낼 수 있다는 의미다.

Q　2020년 기준 3년차 스타트업 생존율은 약 41%, 5년차 생존율은 29.2%로 집계된 대한상의 조사에 따르면 대다수 스타트업이 데스밸리 극복에 어려움을 겪고 있다는 의미일 텐데, 무엇이 문제라고 보십니까?

기업가 역량을 강화하는 수밖에 없다. 벤처 창업가에게는 엄청난 사고의 유연성이 요구된다. 사업에 대한 확신과 열정을 가지고 끊임없이 몰고 가는 '일관성'도 중요하지만, 그 일관성이 고객 반응을 무시하면 안 된다.

최종의 심판자는 결국 고객이기 때문이다.

시장의 반응을 보고 빨리 변신하는 것 외에는 대안이 없다.

또 하나는 실행 능력이다. 타이밍을 놓치면 끝이기 때문이다. 가정용 로봇 '지보'가 대표적인 예다. 반드시 성공할 것이란 기대감에 삼성전자·LG전자 등 한국 기업들도 앞다퉈 투자를 한 사업이었다.

그런데 출시일이 미뤄지면서 신뢰가 떨어졌고, 그 사이 아마존이 카메라 달린 스마트 스피커를 제조 원가의 절반 가격으로 풀면서 지보는 시장에 설 기회를 잃어버렸다.

소위 기회의 창이라는 건 타이밍이 중요하다. 그 타이밍을 포착해 빨리 진입하려면 어마어마한 실행 능력이 필수다.

정리하자면, 기업 경영자는 고객이 원하는 것을 시장에 빨리 내놔야 하고, 고객이 원하는 요구에 맞춰 끊임없이 업데이트하고 바꿔야 한다. 이 외에 비결이라고 부를 수 있는 건 없다고 생각한다.

Q 진짜 고객 요구와 잡음은 어떻게 구분합니까?

예를 들어 '싸이월드'는 뉴스피드가 없다. 일촌이 현재 뭐 하고 있는지 친절하게 알려주지 않는다. 사용자가 직접 '파도타기'를 하며 찾아야 한다. 그렇게 만든 이유를 경영진에게 물었더니, 서베이 결과 고객들은 내가 뭘 하고 있는지 타인에게 알려지길 원치 않는다는 응답이 나왔다고 했다. 결과적으로 싸이월드는 망했으니, 이 서베이는 잡음인 셈이었다.

잡음과 진짜 목소리를 구분하기 위해서는 내 비즈니스 모델에 대한 확실한 정의가 필요하다. 페이스북은 싸이월드보다 후발주자지만 소셜네트워크서비스라는 개념을 만들어냈다. 관계를 이어주는 것을 사업의 핵심으로 삼았기 때문에 사용자 간 관계 맺기를 쉽게 했다. 미국 CEO들이 중요시하는 업무 중 하나는 비즈니스 모델을 고객과 투자자, 직원들에게 뚜렷하게 인식시키는 일이다. 그래야 고객의 소리를 제대로 들을 수 있고, 잡음으로부터 구분할 수 있다는 것이다.

Q   창업을 꿈꾸는 청년 또는 청년 창업가에게 하고 싶은 말씀이 있다면?

첫째, 창업은 신나는 일이다. 재벌기업들을 보면 창업자 때 기업 문화가 그대로 이어져 내려온 경우가 많다. 우스갯소리로 사무실에 쥐가 나타나면 삼성은 보고서를 쓰고, 현대는 먼저 때려잡고, LG는 두고 보자고 하며, SK는 하청업체를 부른다고 한다.

그만큼 삼성 창업주의 철저한 관리, 현대 창업주의 '자네가 해봤어?' 문화가 3대째 지속되고 있다는 것이다. 세상에 태어나 사회에 기여하고, 미래까지 이어지는 가장 근본적인 힘이니 얼마나 신나는 일인가.

둘째, 청년들이 '헬조선'이라는 이야기를 많이 하지만, 기성세대가 보면 창업의 관점에서 너무 부러운 시대에 살고 있다는 거다. 과거에는 창업하려면 사무실이 필요했다. 벤처캐피탈이란 존재 자체가 없고, 은행은 신용대출을 안 해줬다. 대부분은 자기 사업을 할 기회가 없었다는 뜻이다. 똑똑한 청년은 재벌기업의 기획실에 들어가는 것이 꿈이었다. 자기 사업을 하는 꿈을 꿀 수 있는 시대가 아니었다. 하지만 지금은 다르다. 온라인에서 스토어를 차리면 되니까 사무실이 필요 없다.

GDP(국내총생산) 대비 벤처투자 금액 비중은 OECD(경제협력개발기구) 4위다. 유니콘기업 개수는 독일과 맞먹는다. 우리 사회가 이미 혁신국가, 창업 국가가 돼 있다는 것이다. 청년들이 이 좋은 기회를 똑똑하게 활용할 수 있기를 바라는 마음이다.

셋째, 마지막으로 '멘토'의 중요성을 강조하고 싶다. 그리고 자신의 아이디어에 대해 냉정하게 평가받는 것을 두려워하지 말아야 한다. 그래야 실패의 가능성을 최소화할 수 있다. 어떻게 보면 '멘토'가 잔소리꾼 같기도 할 거다. 그런데 사회적 스킬이나 대인관계 스킬을 어릴 때부터 잘하는 사람은 없다. 문제해결 능력은 젊은 사람이 뛰어나지만, 거시적으로 보는 시각은 나이가 들어야 생긴다.

그런데 창업가는 거시적으로 보는 시각이 필요하다. 물론 타고난 사람도 있겠지만, 그렇지 않다면 현자에게 도움을 받아야 한다. 그렇게 한다면 정서적인 괴로움도 크게 줄일 수 있을 것이다.

연구소·연구기관의 역할과 정부 지원의 '선택과 집중'

이병태 교수는 "기술력 없는 규모의 경제 사업은 경쟁력이 없다. 新산업의 개척을 위해서는 과학기술원, 포항공대 등 연구 중심 대학의 역할이 중요하고, 연구소·연구기관의 역할도 커져야 한다. 아울러 정부의 스타트업에 대한 지원도 '선택과 집중'이 필요하다."고 강조한다.

이스라엘은 인구가 917만 명(2023년 통계청)에 불과한 작은 나라다. 영토도 좁고 천연자원은 턱없이 부족하다. 하지만 이러한 제약조건을 비웃듯 이스라엘은 명실공히 IT산업 분야를 선도하는 스타트업 핵심 강국으로 자리매김했다. 나스닥에 상장된 이스라엘 스타트업은 100여 개로, 미국과 중국에 이어 3위다. 유럽권 스타트업 전체를 합친 숫자와 비슷하다.

그 비결에 대해 이병태 교수는 "창업할 때 애초에 내수시장은 없다고 보고, 세계시장에서 통할 수 있는 회사를 창업하는 데 초점을 맞췄기 때문"이라고 설명했다.

"우리나라도 기술력 없이 대량생산으로 승부를 보는 규모의 경제 사업으로는 더 이상 경쟁력이 없다. 기존에 없는 새로운 산업을 개척하고, 누군가는 새로운 지식을 창출해야 한다. 그러기 위해서는 연구소·연구기관의 역할이 커져야 한다."

같은 이유로 그는 '연구 중심 대학'을 육성하는 노력을 촉구했다. 미

국에서는 정부의 연구기금을 지원받을 수 있는 대학이 전체의 1~2% 수
준이며, 홍콩·싱가포르 등도 연구 중심 대학과 아닌 곳을 구분해 지원하
지만, 한국은 그렇지 않다는 것.

"우리나라는 연구 중심 대학이라는 개념 자체가 없어 보인다. 그러니
중국 칭화대·베이징대, 홍콩 과기대 등에 비해 상대적으로 세계 순위가
계속 밀리는 것이다."

**Q   청년 창업가 육성을 위해서는 학교의 역할이 중요한데 국내 대학
의 순위는 점차 떨어지고 있는 모습입니다. 무엇이 문제일까요?**

우리는 글로벌화가 부족하다. 외국인 교수 구성, 해외 취업 졸업생 수, 투
자 금액 등에서 모두 뒤처져 있다. 예를 들어 홍콩 과기대는 미국 노스웨스
턴대학과 최고위 과정을 공동 개설하면서 개설 비용으로만 수백억을 지급
했다. 싱가포르 국립대학은 미국 MIT에서 커리큘럼을 디자인해줬다고 한
다. 또 매년 신입 교수 2명을 1년씩 연수 보낸다고 한다. 그걸로 100억을
보내는 것으로 알고 있다. 그 결과 중국 문화권 아시아 대학들, 대표적으로
중국 칭화대·베이징대, 홍콩 과기대 등이 세계의 탑 수준 대학으로 도약했
다. 반면 한국의 대학들은 상대적 지위가 계속 뒤로 밀리는 상황이다.

Q   한국 대학들이 제대로 투자하지 못하는 이유는 뭐라고 보십니까?

국가가 (지원금을) 모든 대학에 비슷하게 나눠주기 때문이다. 미국의 경
우 5만 개 대학 중 1~2%에만 연구기금을 준다고 한다. 홍콩·싱가포르 같
은 작은 나라도 연구 중심 대학과 아닌 곳을 구분해 지원한다. 미국에서
는 연구 중심 대학에 가보면 교수당 한 학기에 2과목만 맡는다. 반면 티칭
(Teaching) 대학은 5과목을 담당한다. 대신 연구를 요구받지 않는다. 잘

가르쳐서 학생들을 잘 취업시키는 것이 목표다. 미국처럼 연구 중심 대학과 티칭 대학은 지향하는 목표나 처우가 달라야 한다. 우린 그걸 실행하지 못한다. 연구 중심 대학이라는 개념이 없는 듯하다. 안타까운 일이다.

Q **역량 있는 외국인 교수를 유치하기 위한 노력이 필요해 보이는데, 어떤가요?**

물론 중요하다. 하지만 현실적인 어려움이 있다. 많은 돈을 주고 모셔 온다고 해도 (외국인 교수의) 자녀가 다닐 수 있는 외국인 학교가 부족하고, 병원을 이용하는 것도 힘들다. 이런 기반 시설 문제가 함께 해결되어야 한다.

Q **강조하시는 청년 창업과 연구 중심 대학 육성의 필요성을 연결하여 설명해 주신다면?**

이스라엘은 인구수가 900만 명대에 불과한 작은 나라지만, 나스닥 상장사 수가 유럽 전체를 합친 것만 하다. 아주 경이로운 나라다. 이유를 따져 물어보니, 그중 하나가 애당초 세계시장에서 통할만한 회사를 창업한다는 거였다. 나라가 너무 작으니 애초에 내수시장은 없다고 보고 출발한 것이다. 소위 실리콘 밸리 벤처캐피탈이 탐낼 만한 회사 창업을 목표로 뒀다는 이야기인데, 그러자면 세상에 없는 것을 만들어야 한다.

　중국이나 인도 같으면 내수에서 1등 해도 글로벌로 큰 기업이 된다. 미국 것을 빨리 모방해서 만들어도 거대 기업이 된다. 하지만 내수시장이 작은 나라는 불가능한 일이다. 한국도 마찬가지다. 기술력 없이 대량생산으로 규모의 경제를 하는 사업은 더 이상 경쟁력이 없다. 꽤 오래전에 어느 기업에서 사장단 대상의 강의를 했는데, 신사업에 5,000억 원을 투자했다가 200만 원 매출 내고 접었다는 이야기를 들었다. 중국이 14조 원

카이스트 경영대학은 영국 파이낸셜타임즈가 선정한 '2023 경영자과정' 부문에서 아시아 1위, 세계 21위를 거머쥐었다.

을 투입해서 규모의 경제를 만들었기 때문이다.

이제는 정말 기존에 없는 새로운 산업을 개척하고, 누군가는 새로운 지식을 창출해야 한다. 중국하고는 자본력의 경쟁에서 이길 수 없고, 내수시장만으로는 생존할 수 없다. 결국 기술력으로 경쟁해야 하는데, 그러기 위해서는 연구소·연구기관의 역할이 커져야 한다. 하지만 이런 현실에 대한 사회적 위기의식은 크지 않아 보인다. 안타까운 상황이다.

Q   기업가 정신을 교육하는 것도 중요해 보이는데, 어떻게 생각하십니까?

그렇다. 창업을 제대로 육성하려면 고등학교에 경제 과목이 있어야 한다. 그리고 그 경제 과목 중 큰 부분은 기업가 정신이 차지해야 한다. 미국은 기업가 정신 교육 과정에서 적은 돈을 갖고 사업을 해보는 실습을 한다. 그래서 이미 고등학생 때 아이디어가 있으면 돈을 벌 수 있다는 사실을 안다. 스티브 잡스나 빌 게이츠 같은 사람들이 대학을 다니다가 기회가 있으니 바로 때려치운 이유다.

우리가 살아가면서 아주 중요한 기본 기술들이 있는데, 그중 하나는 남의 말에 대해 진위(眞僞)를 가릴 수 있는 비판적 사고다. 두 번째는 재정적인 독립을 가지는 것이다. 하지만 우리 교육 과정에는 이 두 개가 모두 빠져 있다. 만약 고등학교에서 가르친다면 좋은 아이디어를 가진 젊은 친구들이 더 쉽게 창업의 기회를 잡을 수 있을 것으로 생각한다.

미국을 성장시킨 건 빌 게이츠, 스티브 잡스, 마크 주커버그, 일론 머스크다. 오바마와 클린턴이 아니다.

세상을 바꾸는 건 언제나 대통령이 아니라 창업가들이다. 우리 청년 세대의 글로벌 역량을 보건대 한국의 미래는 밝다고 생각한다.

카이스트 교수로 오면서 제자를 글로벌대학 교수로 보내겠다는 목표를 세웠다. 미국에서 주니어 교수를 할 때도 학생들을 톱 스쿨에 보냈기 때문에 자신감도 있었다. 그런데 첫 10년은 실패했다. 학생들을 해외 컨퍼런스에 한 번 보내려면 제가 영어 슬라이드를 만들어주고, 영어 발표 연습도 시켜줘야 했다. 현장 질문이 들어오면 학생들이 대답을 잘 못하니까, 제가 항상 앞자리에 앉아 대답을 해줘야 했다. 그런데 어느 순간부터는 연습시킬 필요가 없더라. 우리 젊은 세대는 일찍부터 영어에 노출됐기 때문이다.

6년간 박사 5명을 배출했는데, 국내 의과대학 교수로 간 학생 1명을 빼고 모두 글로벌대학 교수로 배출했다. 글로벌대학 학과장들이 줌(ZUM)으로, 이메일로 '우리 학교로 오게 해달라.'고 로비할 정도로 성공했다. 물론 저희 분야가 가진 특수성도 있을 것이다. 하지만 그만큼 청년세대의 글로벌 역량이 우리 세대하고는 비교도 안 될 정도로 높아졌다는 사실이 중요하다. 이것이야말로 사람들이 보지 못하는 한국의 국가 경쟁력이다.

Q 지도교수의 역할도 중요해 보이는데요?

지도교수가 바빠야 한다. 일례로 요즘은 (연구조사 때) 과거처럼 설문지 몇 개 돌리는 데이터를 인정해주지 않는다. 수천만·수억 건의 데이터를 읽어서 입증해야 한다. 그러려면 기업에 빅데이터를 요청해야 할 일이 생기는데, 쉽지 않은 일이다. 이를 위해 사외이사도 맡고 자문도 하면서 기업의 최고경영자(CEO)와 관계를 맺고, 협력을 끌어내는 것이 지도교수의 역할이다. 또 학생을 미국 대학에 교수로 보내기 위해서는 4년간 매 학기 1~2번씩 국제 컨퍼런스에 참여시켜야 한다. 영어로 강의를 할 수 있는 능력이 있고, 이렇게 좋은 연구를 한다는 걸 광고해줘야 한다. 하지만 돈이 많이 드는 일이다. 그래서 산학협력 프로젝트를 하는 것이다. 글로벌로 역량 있는 제자를 만들기 위해 지도교수는 밤낮으로 뛸 수밖에 없다.

K-메디슨 위한
비전 있어야

부정맥 치료의 국내 최고 권위자인 김영훈 고려대 의대 명예교수 겸 고려대 안암병원 순환기내과 교수는 "대한민국에서 '의료계 BTS'가 나올 수 있도록 K-메디슨을 위한 환경을 만들어 나가야 한다."고 강조했다.

김영훈 교수는 지난해 3월 정년 퇴임 이후에도 연구와 진료·시술을 이어오고 있다. 최근에는 아시아태평양부정맥학회의 공식 저널 에디터를 맡아 후배들을 위해 좋은 콘텐츠를 전하기 위해 고민하고 있다. 인터뷰에서 김 교수는 AI 시대의 부정맥 치료 현주소를 비롯한 의료계의 과제를 진솔하게 피력했다.

"지구촌에 부정맥학회는 미국, 유럽, 아시아-태평양의 '3메가 학회'가 있다. 이제 대한민국이 그런 소사이어티 중 하나인 '아시아-태평양부정맥학회'의 리더 역할을 담당하게 된 것이 자랑스럽다."

(현) 고려대안암병원 순환기내과 교수

고려대 의대 명예교수 · 남북보건의료교육재단 이사장,

미국 심장학회 및 세계부정맥학회 정회원

존스홉킨스 대학병원 교환교수(2019년) · 대한부정맥학회장

고려대 대학원 통일보건협동과정 주임교수

고려대 의료원장 겸 의무부총장(2019~2023년)

아시아태평양 부정맥학회 회장(2014~2015년)

고려대안암병원장(2014~2015년) · 고려대안암병원 심혈관센터장 역임

2010년 바이엘쉐링 임상의학상(대한의학회) 수상

미국 하버드대학 부속병원 메사추세츠 종합병원 교환교수(2008년)

제1회 아시아태평양 심방세동 심포지엄 조직위원장

1997년 젊은 연구자상(미국 심장학회)

고려대 순환기내과학 박사 · 내과학 석사

김영훈

차원 높은 부정맥 치료 만드는 게 목표

"아시아-태평양부정맥학회 내의 공식 저널 편집장을 맡게 됐다. '사람은 책을 만들고, 책은 사람을 만든다.'는 말처럼 좋은 페이퍼가 훌륭한 의학자를 키운다. 그동안 내용이 좋아도 언어 등의 이유로 전달하지 못하고 있었지만, 그런 좋은 내용을 잘 에디팅하고 훈련해서 세계적인 페이퍼를 내는 생태계 만드는 것이 에디터가 하는 일이다."

김영훈 교수는 2003년 아시아 최초로 고려대 의대 병원에 '3차원 매핑 시스템' 장비를 들여왔다. 이 시스템과 더불어 여러 시술법, 안전 확보 등을 통해 지난 30여 년간 부정맥 수술 성공률을 20%에서 약 90%로 엄청나게 진화시켰다. 의료인으로서 김 교수의 목표는 분명하다.

"부정맥 분야의 후배들이 세계적인 업적을 낼 수 있도록, 또 그런 비전을 세울 수 있도록 헌신하고자 한다. 수술 성공 사례 등 부정맥 분야에 경험들이 더 많아져야 하고, 그런 인프라를 후배들에게 물려준 다음 떠나고 싶다."

최근 의료계에서 AI 활용이 본격화되고 있는 AI에 대한 견해와 환자 문제의 핵심을 찾아내는 의사들의 '인문학적 소양'에 대해서도 목소리를 냈다.

"부정맥 치료의 '빅 점프'를 위해 AI는 무척 중요하다. 최적의 치료 프로토콜을 만들어 세계적으로 표준화하고 싶다. 지난 수십 년 동안 의사들이 말해온 '술, 담배 하지 마세요,' '짜게 먹지 마세요.'는 이제 전 국민의 상식이 됐다. 전략적인 치료도 중요하지만, 의사라면 환자에게 어떤 것이 더 이로운지 알려줄 수 있어야 한다. 의사의 눈이 놓칠 수 있는 부분을 AI가 체크해줄 수도 있는 만큼, 의사는 환자와 공감하고 소통하는 인문학적인 대화를 할 수 있는 여유를 가질 수 있다. 스트레스가 너무 많아서 일상생활에 어려움을 겪는 환자가 있다면, 좀 더 강하게 손을 잡아줘야 한다.

어떤 환자에겐 실제 형님처럼 끌고 갈 수도 있고, 또 다른 환자에겐 훈육이 필요하기도 하다. 환자마다 문제의 핵심을 건드릴 수 있는, 다양한 형태의 의사 역할을 해야 한다."

Q 정년 퇴임 이후에도 연구와 진료·시술을 계속하시며, 남북보건의료교육재단 이사장도 맡고 계시던데요?

저는 북한의 의료 문제에 대해 우리 국민이 알아야 한다고 생각한다. 북한의 미사일 도발이 계속되고 있지만, 실제 북한에서 살아가는 주민들은 대한민국의 30~40년 전 수준의 의료 혜택을 보고 있다. 인공위성 사진을 보더라도 한국은 휘황찬란한 데 비해 북한은 전기가 없어 깜깜하다. 전력이 불안정하면 의료 시술을 제대로 할 수 없다.

북한의 경제는 장마당에 의해 돌아가고 있는데, 약도 거기서 구매한다. 그 말은 항생제 같은 약을 구하더라도 오늘, 내일 먹는 약이 달라서 내성이 생기는 삶을 살고 있다는 것이다.

우리나라는 OECD 국가 가운데 결핵 발생률이 가장 높다. 10만 명당 약 7~80명 된다. 그렇게 많은 숫자는 아니라고 볼 수 있지만 1위다. 그런데 북한은 10만 명당 600명을 넘어선다. 북한 주민들을 치유할 수 있는 북한 정권의 능력은 점점 없어지고 있다. 만약 북한이 더 이상 의료 문제를 해결하지 못해 갑자기 5~10만 명의 북한 결핵 환자들이 한국으로 뗏목을 타고 넘어온다고 상상해 보면 원자폭탄보다 더 강력하고, 무서울 것이다.

북한과 우리는 휴전선을 경계로 살아가지만 같은 공기, 하천, 곤충 등 삶의 터전은 공유할 수밖에 없다. 그래서 북한 주민이 겪는 병은 우리에게도 이어질 수 있으므로 결국 우리와 후손을 위해서 북한 의료에 대한 교육이 필요하다. 대한민국 의과대학과 의사들뿐만 아니라 치과, 한의사, 간호 분야 사람들도 관심을 가져야 한다.

Q 북한 의료에 관심을 가지게 된 계기가 있었는지요?

여러 계기가 있는데 그중 가장 큰 계기는 미국에 있는 친구다. 해외에서는 인권 등 북한 문제에 대한 관심을 많이 갖는다. 오히려 우리나라 국민보다 더 관심이 크다. 그런데 미국 친구가 저에게 "대한민국 의료계 리더인데, 북한 주민들이 어떤 병이 있는지, 치료는 어떻게 하는지 등등의 이야기는 한 번도 들어본 적 없다. 너는 관심이 없나?" 하는 말을 들었을 때 뒤통수를 세게 얻어맞은 듯한 느낌이 들었다.

Q AI·첨단기술 발전을 통한 부정맥 치료 현황과 전망에 대해 어떻게 생각하시는지요?

AI의 역할은 모두가 예상하듯이 점점 커질 것이다. 부정맥 환자를 어떻게 잘 관리하느냐, 옛날과는 달리 새롭고 차원 높은 부정맥 치료 체계를 어떻게 확립하느냐가 가장 큰 관건이다.

지난 우리나라에서 '심방세동에 대한 전극도자절제술'을 처음 시작했던 1998년만 해도 성공률은 20%밖에 되지 않았다. 10명 중 8명은 실패하거나 병이 재발한 것이다. 어떤 환자의 수술 시간은 17시간을 넘어가기도 했다. 그런데 지금은 아무리 어려운 수술이라도 3시간이면 끝나고, 성공률은 90%에 달한다. 이런 시점에서 '빅 점프'를 하기 위해선 AI가 중요하다.

제가 희망하는 미래의 부정맥 치료 방법은 환자의 '디지털 트윈'인 '아바타'를 만들어 여러 수술 방법을 먼저 테스트해본 후 최적의 방법을 찾아 실제 환자 수술에 적용하는 것이다. 여기에 더해 아바타를 통해 A, B, C, D, E 방법 중 B 방법이 가장 최적인 걸 찾았다면, 로봇이 B 수술을 정확히 구현해 내도록 사람(의사)은 그 로봇을 조작한다. 그리고 추후 일본, 미국, 독일 등 외국 환자에 대하여 우리만의 표준화된 수술 방법, 프로토콜을 전하는 것이 목표다.

Q　지금은 어느 수준까지 와 있습니까?

현재는 가상 환자인 아바타를 비슷하게 만드는 정도다. 또 A부터 E까지의 다양한 수술기법들이 진짜 효과가 있는지 검증하는 컴퓨터 시뮬레이션에 대해 관련 전공자들과 함께 계속 테스트하고 있다.

앞서 말했듯 제 목표는 아바타를 통한 최적의 치료 프로토콜을 만들어서, 우리나라뿐만 아니라 인프라가 없는 다른 나라에도 프로그램을 전달해 전 세계 치료 시술의 결과를 표준화하는 것이다.

부정맥이라는 게 있다가 없다가 변하는 사람들이 많고, 심지어 본인이 부정맥인지 모르는 경우도 많다. 옛날보다는 심장 근처에 USB 칩을 넣거나, 스마트워치 등의 모니터링으로 발견하는 비율이 올라가긴 했다. 예를 들자면, 수면 무호흡증이 있었는데 알고 봤더니 엄청 위험한 부정맥이 있었던 환자도 있다. 이러한 모니터링을 계속하고 있다 보면 데이터가 쌓여 급사하는 사람의 패턴도 알아낼 수 있다. 그래서 AI가 중요하다.

예를 들어 어떤 사람이 AI로 365일, 10년을 계속 모니터링을 받다가 1~2년 전 패턴이 이상하게 바뀌어 결국 사망했다고 가정하면 급성 심장사, 소위 말해 관련 예측 지표를 만들 수 있다.

빅데이터로 젊은 나이에, 아프기 전, 죽기 전에 치료가 가능해진다. 환자의 다양한 모니터링도 제가 관심을 가지고 하는 일 중 하나다.

Q　정부의 의료 개혁 추진에 대해선 어떻게 생각하시는지요?

OECD 국가 가운데 우리나라의 의사 증가 속도가 1등이다. 지난 25년 동안 매년 3천여 명씩 약 8만 명의 새로운 의사가 배출됐다. 앞으로 우리나라의 의료 미래는 생각보다 더 다양해지고 디지털화될 전망이다. 디지털 헬스케어를 비롯해 AI 로봇, 챗GPT 등이 상용화될 미래를 대비해 의료계는 △산업화 연계, △기업의 바이오, 헬스케어 산업 등 해외 진출을 위한 어드바이스 △모르는 국가에서의 의료 선발대 등 맡을 역할이 많다.

이러한 여러 가지 스펙트럼을 고려해 정부가 의사들이 자부심과 함께 일할 수 있도록, K-메디슨이 핵심적인 역할을 하는 더 큰 비전을 제시하며 '퍼스트 스텝'으로 추진하면 좋지 않았을까 싶다. 어떻게 보면 의료 개혁은 상당히 파인튜닝을 해가면서, 고민을 거듭해서 나와야 할 정책인데 옛날 프레임에서 낙수효과를 보기 위한 것 같아서 안타깝다.

Q 국내 일부 대학의 의사과학자 양성추진은 어떻게 바라보시는지요?

대표적인 예로 싱가포르 듀크-엔유에스(DUKE-NUS) 의대가 의사과학자(MD-PhD) 관련 프로그램을 만들고 있다. 우리나라도 이제는 의사과학자(MD-PhD)가 굉장히 중요하다. 의사는 남들이 정해 놓은 가이드라인에 따라 치료하고 약을 주는 게 아니라, 완전히 물줄기를 바꾸는 새로운 가이드라인을 만들어야 한다.

치료법 개발을 위해선 평생 리서치와 R&D를 해야 한다. 고대 의과대학에도 교수들이 약 580명 있다. 이 중 200명, 적어도 3분의 1 이상은 MD-PhD를 양성할 수 있는 교수들이 되어야 한다. 지속적으로 리서치하는 환경을 만들어야 진정한 의대로서의 역할을 하는 것이다. 그래서 기존의 의과대학이 MD-PhD 프로그램을 강화해야 한다고 본다.

**Q 고대의료원이 2028년 설립 100주년을 앞두고 있는데,
앞으로의 비전은?**

저는 로제타 셔우드 홀 선교사만 떠올리면 가슴이 뛴다. 약 100년 전 로제타 홀 여사는 미국 볼티모어 여자 의과대학 졸업 후 25살 나이에 당시

전 세계에서 가장 못 사는 나라인 조선에 왔다. 조선에서 아들 한 명, 딸 한 명 두 자녀를 낳았다. 하지만 의사였던 남편은 청일전쟁 때 환자들을 돌보다가 병을 얻어 죽었고, 딸도 4살 때 이질로 죽었다. 이런 어려움에도 로제타 홀 여사는 63세가 되도록 조선에 있었는데, 조선 말기에는 '여자가 건강해야 한다.'는 정신으로 여성 맹인을 위해 점자를 만들고 자신의 허벅지 살을 떼어 피부이식까지 했다. 또 '여성을 잘 케어할 수 있는 의사를 키워야 한다.'며 1928년 고려대 의과대학의 시작인 '조선여자의학강습소'를 만들었고, 그 뿌리가 2028년 100주년이 된다.

우리 고려대 의대의 처음 출발점은 이렇다. 로제타 홀 여사가 그 어려운 가운데서도 메디슨 역할을 하고, 의사들을 양성한 것처럼 우리도 그 정신을 회복해야 한다.

그리고 그런 '세상을 바꾸는 의료'를 전 세계가 누릴 수 있도록, 고대 의료원은 사회가 필요로 하는 곳에서 굳건한 자리를 지켜야 한다.

수가 체계
혁신적 변화
필요

"상급종합병원을 찾아오는 환자들이 누구나 쉽게 하지 못하는 치료를 제대로 잘 받을 수 있도록 수가(受價) 체계에 대한 혁신적인 변화가 필요하다. 우리 국민은 세계 최고의 의료 치료를 받고 있다. 그러나 이러한 좋은 의료기관이 계속 세계적으로 경쟁하려면 적정한 수가 시스템이 있어야 한다." 윤동섭 연세의료원장·대한병원협회장은 이같이 밝혔다.

(현) 연세대 총장, (전) 연세의료원장

연세대 의과대학 외과학교실 교수 • 연세대의료원 건설사업단 단장

연세대 강남세브란스병원 병원장 • 연세대 의과대학 외과학교실 주임교수

연세대 강남세브란스병원 외과부 부장

연세대 강남세브란스병원 기획관리실장 • 연세대 의과대학 강남부학장

연세대 강남세브란스병원 진료협력센터 소장

연세대 강남세브란스병원 적정진료관리부실장

연세대 강남세브란스병원 응급진료센터 차장 역임

고려대 대학원 의학과 박사 • 연세대 의과대학 의학과 학사 및 석사

(현) 대한병원협회 회장 • 한국의학교육협의회 회장 • 국제병원연맹 이사

아시아병원연맹 이사 • 연세사회복지재단 대표이사

서울해바라기센터(아동) 센터장 • 대한외과학회 회장 • 대한의학회 감사

윤 동 섭

의사 일에 대한 제대로 된 평가, 경제적·심리적 보상을 받을 수 있는 체계

윤동섭 원장에 따르면, 현재 세브란스병원, 강남세브란스병원, 용인세브란스병원을 찾는 하루 외래 환자 수는 1만 7,000명 이상 된다.

이들은 대부분이 중증의 환자이지만, 모두가 상급종합병원에서 치료받아야 할 환자는 아니다.

"이러한 환자들에게 의료진들이 충분한 노력을 기울여 치료하는 것을 비롯해 연구력 증진, 새로운 장비 도입 등의 투자가 이뤄질 수 있도록 국가는 큰 그림을 그리고, 환경을 만들어 줘야 한다. 국가가 지정한 상급종합병원에 맞는 환자들이 찾아와서 제대로 치료받을 수 있는 수가 시스템이 필요하다."

그러면서 의료 현실과 수가 체계 변화의 어려운 점을 말했다.

"(수가 체계 변화에) 어려운 점이 있을 수 있다. 환자들은 저마다 본인의 병이 제일 위중하다고 생각하기 때문이다. 하지만, 경증이라면 상급종합병원이 아니더라도 치료할 수 있다. 수가 체계 혁신으로 국민들은 좀 더 편안해지고 더 좋은 결과로 이어질 것이다. 환자들이 역할과 기능에 맞는 병원을 찾아가면 훨씬 편하고 빨리 치료를 받을 수 있다. 이러한 선순환 구조가 만들어져야 한다."

Q 최근 의료계에선 필수 의료 과목 기피 또는 선호 현상이
나타나고 있는데, 어떻게 보시는지요?

제가 학교 다닐 때만 해도 '의사'라고 하면 생명을 살리는 사람들이라는 인식이 컸다. 국민들이 존경하고 고마워하다 보니 보람을 느끼고, 힘들어도 견딜 수 있었다. 그러나 최근 들어서는 병원을 떠나는 젊은 의사들이 굉장히 많아졌다. 이는 국내 대표 병원들도 예외가 없다. 치료받은 환자의 상태가 좋아지고, 또 그들이 퇴원하면서 고마움을 전하는 경우가 일상

적이지만, 동시에 의사들에게는 심리적·경제적 부담과 개인 시간 부족, 순간순간 피 말리는 결정을 해야 하는 상황 등과 같은 고충이 있다. 특히 응급 환자를 상대하는 젊은 의사들은 잠도 못 자고 밥도 못 먹으면서 오랜 시간 환자를 진료하다 보니 어려움을 많이 토로한다.

이와 관련해 10여 년 전부터 현재 의료계의 행정과 정책을 담당하는 관계자들이 대책을 세워야 한다고 언급해 왔지만, 아직 어떠한 결과나 결론은 맺지 못했기 때문에 문제의 어려움은 정점에 와있다고 볼 수 있다. 앞으로도 얼마만큼의 의료체계 붕괴가 더 발생할 것인지는 예상하기 힘든 실정이다. 이와 같은 상황에서 존경까지는 아니더라도 의사가 하는 일에 대하여 제대로 된 평가, 경제적·심리적 보상을 받을 수 있는 체계를 만들어 나가는 게 의료계 선배로서의 할 일이라고 생각한다.

Q **국회에선 의료환경 개선을 위한 필수 의료 인력 수련비용 국가 부담 등 정부 차원의 지원이 필요하다는 지적이 나오기도 하는데, 어떻게 생각하시는지요?**

필수 의료 인력을 위한 국가 부담은 꼭 필요하다고 생각한다. 그러나 국가가 수련 비용을 부담한다고 해서 필수 의료에 대한 선택과 인력이 증가한다는 건 또 다른 이야기이다. 시행을 해봐야 알 수 있는 부분이기 때문에 하나의 방법은 될 수 있지만, 어떤 전체적인 해결책이라고는 보기 어렵다. 이는 아주 오래전부터 논의가 되어온 내용인데, 여전히 이뤄지고 있지 못한 부분이 있다. 이에 대해선 정부의 과감한 결정이 있어야 한다. 전공의들이 수련을 더 잘 받을 수 있도록 재원 투자, 처우 개선 등의 여력이 되면 훨씬 더 좋은 방향으로 나아갈 수 있지 않을까 싶다.

Q **올해 초 신년사를 통해 첨단 의료체계 강화를 목표로 제시하셨는데,**

앞으로 의료환경은 어떻게 달라질까요?

'정밀 의료'는 이제 완전히 대세가 됐다. 플랫폼을 통하여 환자들의 문진부터 피검사, 영상 검사, 수술 검사, 의사 진단 등의 데이터베이스들이 하나의 의료 데이터가 되어 가고 있다. 의료체계가 더욱 바뀌어서 유전자 재분석까지 하게 되고, 이러한 데이터를 일반적으로 활용하게 되면 치료 방법 결정에도 상당한 변화가 있을 것이라고 본다.

저희는 환자가 병원을 오기 전 일상에서의 의료 데이터들을 하나로 연결하는 준비를 하고 있다. 이로써 같은 질병에 대해 조심해야 하는 것들이나 피해야 할 음식, 환경적 요인, 유전자 데이터까지 전체를 아울러 환자에게 맞는 최적의 치료 방법을 제공하는 의료서비스를 위해 최선을 다하고 있다. 그리고 기술 발전의 속도가 우리가 상상하는 이상의 빠른 속도로 발전하고 있으므로 아마 시간이 조금 더 지나면 훨씬 더 인간의 수명이 길어지고 건강을 유지가 가능한 기회들이 훨씬 커질 것이다.

Q 달라진 의료환경에서 의료계가 준비해야 할 건 무엇일까요?

상시 모니터링을 할 수 있는 디바이스들이 많이 발전하고 있다.

저희가 잘 준비해야 할 부분은 앞서 말한 데이터들을 디바이스를 통해 빠른 시간에 분석하고 어떻게 환자에게 적용할 수 있는지에 대한 관련 시스템을 만드는 것이다.

제가 연세의료원장이 된 이후 열심히 준비하고 있는 것 중 하나로 디지털 헬스센터가 있다. 이곳에 의료 정보, 의무 기록 등 관계된 모든 부서를 모으고, 건강보험관리공단 데이터들도 분석할 수 있도록, 나아가 여러 산업체와도 협업이 가능한 공간이 되도록 만들어 미래 의료를 주도할 시스템을 구현할 수 있도록 하고 싶다.

Q   비대면(원격) 진료 시스템에 대해선 어떻게 생각하시는지요?

원격 진료를 두고 의사들 사이에선 주장이 나뉘기도 한다. 반대 측은 의사 자신을 위해서가 아닌 환자의 안전을 위한 목소리이다. 의사들이 환자의 상태를 잘 알고 있으면 모르겠지만, 사전 검사를 하지 않고 환자의 말만 듣고, 영상으로만 이뤄지는 원격 진료에 대하여 우려하기 때문이다. 그러므로 원격 진료와 같은 결정이 필요할 땐 '안전'이 가장 첫 번째로 담보되어야 할 것이다. 그다음으로는 환자한테 어떤 게 안전하면서 도움이 되는 과정인지 생각해 보는 것이다.

이미 도서(島嶼)·산간(山間) 지역에서는 이러한 시스템을 허용하는 방향으로 가고 있으므로, (앞으로는) 환자의 안전과 편의가 모두 보장되는, 환자 중심의 의료 결정이 이어질 것으로 생각한다.

Q   의사과학자와 관련해 포스텍과 카이스트 의대 설립의 필요성은 공감하시는지요?

좋은 의사과학자가 되기 위해선 임상 경험도 충분히 있어야 한다. 기초과학, 공학 등의 배움과 임상을 통한 문제 인식의 과정이 원하는 연구로 이어지기 위해서다. 다만, 환자 경험이 없는 의사과학자가 훌륭한 연구를 할 수 있을까에 대해선 여러 의견이 있을 수 있다. 그래서 논의되고 있는 것 가운데 하나가 하버드·MIT의 협업 모델이다. 기초과학은 MIT에서 배우고, 임상 수련은 하버드 부속병원에서 실시하는 방식이다.

MIT 재학생이 하버드에서 의학교육을 받고, 다시 MIT로 돌아가 기초과학 분야에서 박사 과정을 밟을 수 있다. 각 대학이 저마다 가장 잘하는 분야의 교육을 맡아 의사과학자를 양성하는 것이다. 현재는 의과대학 설립 여부가 아니라, 카이스트와 포스텍도 같이 할 수 있는 방법으로 어떤 게 좋을지 연구 방향 등에 대해 협력하고 있는 상태다. 의사과학자 양성프로그램은 연세의대가 가장 앞서가고 있다고 자부한다.

Q 의사를 꿈꾸는 후배들에게 전하고 싶은 말이 있다면?

의과대학에 입학하신 분들을 제외하고 의사를 꿈꾸는, 준비하는 분들께 부탁하고 싶은 점은 소명감이 있으면 좋겠다는 것이다. 의사를 왜 선택하느냐 하는 부분을 먼저 잘 생각하면 좋겠다.

　그리고 선배들은 좋은 뜻을 가지고 생명을 살리는, 의사 본연의 길을 가려고 하는 후배와 제자들이 사회적으로 인정받고 제대로 보상받는 체계를 위해 열심히 길을 만들어야 한다. 그러기 위해선 리더십을 가진 현직 의사들이 좋은 방향으로 가기 위한 정책 과정에 참여하고, 또 이들이 영향력을 미칠 수 있는 결정 시스템이 잘 보완되어 만들어져야 한다.

(현) 세계경제연구원 이사장

국민연금관리공단 이사장 · 초대 금융위원장

IMF 외환 위기 경제부총리 특보

국제금융센터 소장 · 외교통상부 국제금융대사

세계은행 수석연구위원

국제증권감독기구(IOSCO) 아태지역위원회 의장 역임

미국 미시간주립대학 경영학 교수

'제10회 자랑스러운 부고인상' · '아시아 지역 올해의
CEO상' · '청조근정훈장' 등 수상

인디애나대 대학원 경영학 석사 · 박사 · 서울대 경제학과

전광우

한국 경제 불확실성 대처할 시스템 필요

"내년(2024년) 경제, 1월 대만 선거, 4월 국내 총선 및 11월 미국(美國) 트럼프 재선 여부가 영향 줄 것이다. 청년들에게 '진짜 희망'을 줄 수 있는 그런 움직임이 일어나는 2024년 되기를 기원한다. 우리나라의 저성장 상황을 반전시키려면 정말 과감한 개혁을 통해서 우리 경제 체질을 바꿔놓는 노력이 필요하다. 우리 내부에서 반전의 계기(契機)를 조성하지 못하거나, 또 그런 변화가 없다면 지금의 이 구도로 갈 수밖에 없다."

전광우 세계경제연구원 이사장은 '공감신문'과의 인터뷰에서 이같이 강조했다. 국제금융 전문가인 전 이사장은 서울대 경제학과를 나와 미국 인디애나대에서 경영학 박사 학위를 받았다. 이후 미시간주립대학에서 교수 생활을 한 뒤 세계은행에서 수석 이코노미스트를 역임했고, 외환 위기 직후인 1998년 경제부총리 특보로 기용되면서 한국으로 터를 옮겼으며, 이후 국제금융대사, 초대 금융위원장 등을 지냈다.

과감한 개혁으로 '경제 체질' 바꿔야

최근 한국 경제를 두고 대내외적으로 장기간 1~2%대 저성장을 지속할 것이라는 예측이 나오고 있는 가운데, 공감신문은 경제 체질 개선을 위해 필요한 획기적인 변화, 그리고 내년 경제 전망에 대해 전광우 세계경제연구원 이사장에게 물었다.

"잠재성장률 자체가 떨어진다는 건 원래 우리가 가지고 있는 생산 능력을 활용하지 못하며, 그 생산 능력 자체도 줄어들고 있다는 의미다. 실질 잠재성장률은 인플레이션을 유발하지 않으면서 우리가 가지고 있는 생산요소를 모두 활용했을 때 성장할 수 있는 여력을 의미한다. 경제의 기초 체력 기준이 되는 중요한 지표로, 노동·자본·기술 3대 결정 요인으로 구성된다.

우선 노동과 관련해 한국의 생산 가능 인구는 이미 줄어들고 있다. 질적으로도 우리나라가 노동생산성이 낮은 나라라는 평가를 받는 게 어제오늘의 일이 아니다. 그만큼 노동 개혁이 중요하다. 또한 자본은 결국 금융 부문에서 투자가 활성화되고 금융이 선순환하는 환경과 여건을 만들어 주는 노력이 필요하다. 국내뿐만 아니라 외국인·해외 직접투자가 들어오는 '매력적인 투자 대상국'이 되어야 한다."

전광우 이사장은 아울러 올 한 해 가장 기억에 남는 '경제 키워드' 중 하나로 '생성형 AI'를 꼽으며, "기술은 첨단 기술력을 지속적으로 개발하고 경쟁력을 가지는 구도로 바꾸어 나가야 한다."고 주장했다.

"며칠 전 다우존스가 역대 최대치를 갱신하고 나스닥은 올해 거의 40% 가까이 올랐다. 엄청난 호황은 AI 돌풍으로부터 이뤄졌다. 미국의 기업 애플부터 마이크로소프트, 테슬라 등 대표적인 첨단 IT 기업에서 선순환(善巡還)을 했기 때문이다. 우리가 실리콘 밸리 등 글로벌 최고기술국으로 가자고 하기엔 거리가 있지만, 우리는 나름대로 전기자동차, 배터리,

반도체 등의 글로벌 기술력을 가지고 있고, 이런 강점을 더 살릴 수 있다.

한국의 장기적 저성장 체제 고착화 우려는 어제오늘의 얘기가 아니다. OECD(경제협력개발기구), IMF(국제통화기금) 등 세계적으로도 분명한 메시지가 나오고 있다. 정말 아슬아슬한 상황이며, 추세적으로도 가라앉고 있는 형태라 우려스럽다. 그런데 막상 각론에 들어가면 입법 과정과 같이 이런저런 현실적인 어려움이 있다.

사실상 규제 개혁은 생산성을 높이고 성장을 촉진할 수 있는 아주 좋은 툴이다. 그리고 이러한 매듭을 풀 수 있는 변화의 전기가 마련되어야 우리가 살아 나갈 수 있다."

Q 내년은 우리나라 총선과 미국 대선 등 세계적으로 선거가 많이 이뤄진다. 세계 경제에 어떤 변화가 있을까요?

도널드 트럼프 전 미국 대통령의 재선 여부가 관건이다. 트럼프가 대통령이 당선된다면 현 바이든 정권의 정책의 상당 부분이 바뀔 수 있다. 일부에서는 트럼프가 재선되면 과거보다 '메이크 아메리카 그레이트 어게인'을 더 강한 톤으로 얘기할 가능성이 높다고 예측한다. 내년 11월 선거 이후엔 더 이상 나올 일도 없으므로 미국 우선주의 '아메리카 퍼스트'의 강도를 높이면 높였지, 줄일 가능성은 적다는 목소리가 나오고 있다. 특히 한국에선 '인플레이션 감축법'을 배경으로 미국에 대거 투자한 배터리 업체 등 투자 기업들에 큰 파장을 미칠 수 있다. 게다가 트럼프는 딜 중심의 안보 전략을 펼치는 사람이라고 평가를 받는 만큼, 북한 변수와 주한미군 비용 등 안보 관련 문제들이 이슈로 등장할 수도 있다. 오죽하면 일부 외신들은 '2024년 최대 위험 요인은 트럼프'라고 언급하기도 한다.

Q 글로벌경제의 '불확실성'이 자주 언급되는 가운데

이스라엘-팔레스타인과 러시아-우크라이나 전쟁, 미-중 갈등의
와중에서 한국에게 필요한 자세는 어떤 것일까요?

글로벌 지정학을 들여다보는 국제관계학 전문가들은 공통으로 이럴 때
일수록 가장 위험해질 수 있는 곳이 미국과 서방의 전력이 분산된 동북
아시아라고 말한다. 특히 대만 해협을 중심으로 한 지정학적 리스크는 그
어느 때보다도 큰 상황이다.

　여차하면 대만이 화약고가 될 가능성이 높고, 우리 입장으로서는 북
한의 도발 문제가 있다. 물론 외교·안보 측면에서 우리나라가 스스로 해
결하기에는 한계가 있기에 한미일 자유 동맹 강화는 매우 잘된 일이다.
또 우리 입장에서 일본은 상당히 중요한 외교 안보 경제의 전략변수이다.
그래서 현 정부가 일본과의 관계를 개선한 것은 정말 잘한 일이자 중요
한 일이며, 앞으로도 계속 이어져야 한다고 본다.

　그러나 실질적으로 우리 국익을 생각했을 때 타국과의 관계에만 매
달려서는 안 된다. 앞서 언급한 트럼프 재선 등과 같은 정책 및 아젠다 변
화로 오는 불확실성과 그로 인한 충격이 커질 수 있기 때문이다.

　이렇게 대외적으로 불확실성이 큰 상황에서 우리가 해야 할 일은 시
스템의 기초 체력을 키우는 것이다. 쉽게 말해 환절기에 감기 안 걸리려
면 체질이 튼튼하고, 면역력이 강해야 하는 것처럼 우리 경제도 마찬가지
로 기본이 되는 시스템 자체가 튼실해져야 한다는 말이다. 그리고 우리가
컨트롤하기 어려운 변화에 대처하려면 이러한 기초 체력은 경제뿐만 아
니라 외교, 안보 등 전반적으로 다 갖추고 있어야 한다.

Q　　최근 미국의 중앙은행인 연방준비제도가 기준금리를 동결
　　　(5.25~5.50%)했고, 일각에서는 최소 3번의 금리 인하가
　　　이뤄질 것이라는 예측이 나오는데요?

시장에서는 세 번보다 더 많을 수도 있다는 얘기도 나온다. 그런데 그 세 번에 대해 아직 구체적으로 해석할 건 아니다.

중요한 건 사람들이 흔히 말하는 '피벗(통화정책 전환)'이다. 방향 전환을 의미하는 피벗이 가장 중요한 시그널이다. 사실 금리가 정점을 찍고, 낮추겠다고 하는 시그널은 양면성을 지닌다.

그동안 2년에 걸쳐 급속도로 올린 금리로 인한 효과로 인플레가 잡히고 있다는 긍정적 신호가 있는 한편, 내년 경기가 나빠질 수 있다는 의미도 함께 가지고 있다. 따라서 후자의 경우로 보면, 사실 내년 경제의 전반적인 전망이 현재보다 더 안 좋아질 가능성이 있다.

지금도 경제를 분석하는 사람들 사이에서는 너무 쉽게 빨리 돌아서는 것은 잠재해 있는 인플레의 요인을 추후 악화시킬 수 있다고 얘기하는 사람이 적지 않다. 그럼에도 불구하고 최근 여러 가지 상황이 이제 상당 수준 인프라가 안정화된다고 보는 시선도 있다. 이런 관련 변화들이 내년 경제 키워드 중 하나가 될 것이다.

Q   높은 물가로 가계·기업의 어려움이 계속될 거라는 분석이
         나오는데, 우리 경제의 어려움에 대해 어떤 정책이 필요하다고
         보시는지요?

지난 5월 국제 언론사 행사를 통해 마리오 드라기 전 이탈리아 총리와 대담을 한 적이 있다. 이탈리아도 부채의 덫으로 성장이 정체된 대표적인 나라로 꼽히는데, 결국 '성장하는 노력'이 필요하다는 게 핵심이었다.

한국의 가계부채 문제에 대한 '정공법'은 성장을 통해 양질의 '일자리'를 만들고, 소득을 늘려줌으로써 늘어난 소득에서 일부를 떼어내 빚을 갚을 수 있게 하는 것이다. 이러한 선순환이 이어질 수 있도록 물꼬를 트려면 성장이 전제되어야 한다. 저성장 고착화를 반전시켜야 한다.

기업도 마찬가지다. 국가가 성장해야 그 안에 있는 기업도 성장한다. 경제 전반에 걸쳐 기업들이 자발적으로 투자할 수 있는 환경을 만들어줘야 한다. 해외 투자를 유치하려면 소위 해외 직접 투자라고 하는 'FDI 자금 유입'이 굉장히 중요하다. 장기적 목표를 가지고 생산·설비 등에 투자하는 해외 직접 투자의 제일 중요한 요소는 노동 시장의 유연성이다.

하지만 외국 투자자들이 한국 시장에서 직접투자에 대한 대표적인 걸림돌로 노동 시장을 지목한다. 물론 세제 측면에서도 손 봐야 할 문제이고, 다양한 요소가 있지만 투자의 걸림돌을 치워주는 노력을 통하여, 성장이 위축되는 반전을 만들어 주는 것 또한 정공법이다.

정부의 기업 지원도 필요하다. 한계기업 중에서는 계속 연명치료를 하는 기업이 있는가 하면, 조금만 지원해주면 자생력을 회복할 수 있는 기업들도 있다. 정부가 아무리 긴축 재정을 강조하더라도 자생력 있는 기업들이 다시 살아날 수 있도록 선택·집중하는 지원이 이뤄져야 한다고 본다.

Q   2024년 한국의 상반기와 하반기 경제를 전망하신다면?

경제는 연속적으로 이어지기 때문에 상반기, 하반기로 딱 나누기보다는 핵심 변수가 무엇이냐가 중요하다. 그런 관점에서 보면 내년 경제는 4월 총선, 특히 11월 트럼프 재선 여부로 크게 달라질 가능성이 있다. 1월 대만 선거의 의미도 적지 않을 것 같다.

또한 내년은 우리에게 금리도 만만치 않은 한 해가 될 수 있다. 금리를 쉽게 낮추기가 어려운 건 부채 문제 때문이다. 금리는 양면성이 있는데, 부채를 갚는 사람들의 부담을 줄여주려면 금리를 낮추는 게 맞지만, 금리를 낮추면 부채를 더 떠안게 하는 요인을 준다. 지금도 상당히 높은 수준의 3.50% 기준금리를 유지하는 와중에도 가계부채는 자꾸 늘고 있다. 완전한 스태그플레이션까지는 아니더라도, 성장이 둔화(鈍化)하고 인플레는 높은 그런 유사한 상황을 올 한해 겪었다.

Q   세계경제연구원 이사장으로서 우리 경제에 대한 희망 사항이
         있으시다면?

한국 금융산업의 경쟁력은 제조업에 비해 많이 떨어진다고 한다. '포스트
홍콩'으로 금융중심지 역할을 할 수 있느냐에 대한 얘기도 몇 년째 나오
고 있지만, 잘 진행되지 않고 있다. 평소 저는 경제가 몸이라면, 금융은 심
장이라고 생각한다. 개인적으로 우리 금융산업이 동북아 허브 역할을 하
는 등 획기적으로 업그레이드될 수 있는 성장의 계기를 맞이하면 좋겠다.
    현재 대한민국은 교차로에 서 있다. 저는 한국이 지금처럼 점점 더 가
라앉을 것이냐, 아니면 다시 한번 리셋(reset)해서 올라가느냐 하는 갈림
길에 서 있다고 보고 있다. 그리고 저는 대한민국 청년들에게 말뿐이 아
니라 진짜 희망을 줘야 한다고 생각한다. 그동안 많은 경험을 쌓아온 저
를 비롯해 또래 어른들이 힘을 합쳐 우리나라 미래에 희망을 줄 수 있는,
그런 움직임이 일어나는 한 해가 되기를 바란다.

(현) 자유기업원 원장

한국기독교경제학회 회장

〈미래한국〉 발행인

자유와창의교육원 교수

시장경제학회 명예회장

고려대 경제학 박사

『자유의 7가지 원칙』『자유의 순간들』
『시장경제란 무엇인가?』집필

최
승
노

투자할 자유,
기업 할 자유

"일하고 싶어 하는 사람이 일할 수 있는 자유를 막는 것은 좋은 규제라고 볼 수 없지요. 근본적인 해결책은 투자가 활성화될 수 있는 환경을 만들어 주는 것입니다."

최승노 원장은 시장 자유경제 창달을 위해 힘쓰고 있는 인물이다. 1997년 자유기업원 창립 멤버로 합류해 자유시장경제에 대한 교육·홍보 등 활동을 전개하고 있다. 자유기업원 창립 전에는 전국경제인연합회 산하 기관인 한국경제연구원에서 선임연구원으로 활동했다.

'투자 환경 개선'이 중요하다

최승노 자유기업원 원장은 최근 정부가 고금리·고물가 등으로 위축된 소비 불씨를 살리기 위해 관광 분야와 농·축·수산 분야를 중심으로 소비·할인쿠폰 도입을 검토하고 있다는 소식에 "전형적인 전시행정"이라고 우려를 피력했다.

"요즘처럼 경제 활력 제고가 필요할 때는 특히 '투자의 자유'를 보장해주는 것이 중요하다. 하지만 우리는 소상공인, 중소기업을 보호한다는 취지로 서비스산업 등을 성역으로 분류해 대기업 등 자본의 진입을 막고 있는 현실이다. 이것은 오히려 중소기업이 '성인이 되어서도 현실에서 도피하기 위해 스스로 어른임을 인정하지 않은 채 타인에게 의존하고 싶어 하는 심리'인 '피터팬 증후군'에 빠지게 했다. 투자의 자유를 보장해야 생산성 향상과 고용안정의 효과가 더 크다."

Q   자유기업원의 설립 목적을 보면 '자유시장경제 창달'이라고 명시돼 있는데, 자유시장경제란 무엇인가요?

경제는 본질적으로 거래다. 시장에서 서로 교환하는 것인데, 교환은 일종의 계약 행위이기도 하다. 계약이 자유로워야 거래도 자유로울 수 있는 것이다. 하지만 현실에서는 정부가 규제 등을 통해 거래의 자유를 제약할 때가 많다. 자유시장경제 측면에서는 법이 규제 중심으로 갈 때 시장이 고도로 발전하기 어렵다고 본다.

반대로 재산권을 보호하고 자유로운 계약을 지켜주는 쪽으로 법이 진화하고 발전하면 시장경제가 고도로 발전할 수 있다. 우리의 롤모델은 영미계 국가다. 대표로 미국과 싱가포르 등에 지향점을 두고 있다.

Q   시장 거래에 있어 정부의 개입을 최소화하자는 관점인가요?

그렇다. 규제와 법을 통해 소비자 대신 정부가 선택하고 배급하는 완전한 방식을 공산주의라고 하지 않나. 그런데 자본주의 사회 안에서도 정부가 소비자 대신 선택해 주는 사례가 생각보다 많다. 예를 들어 교육 현장의 경우 정부가 각 학교에 어떤 식으로 소비하라고 정해준다. 농산물 수입 제한도 소비자의 선택권을 차단하는 행위다. 이밖에 대형마트 규제라든가 도서정가제, 휴대전화 단말기 보조금 규제 등도 소비자의 선택권을 제한하는 규제들이다. 거기에서 나오는 왜곡 현상이 크다.

Q　　다행히 윤석열 정부에서는 '시장경제'를 강조하면서 경제정책
　　　　면에서는 '과감한 규제 완화'를 약속하기도 했는데, 변화를
　　　　체감하는지요?

우리 사회에서 본격적인 변화나 개혁으로는 아직 나타나지 않았다. 하지만 자유를 중시하겠다는 분명한 메시지를 내놨고, 각 분야에서 어떻게 자유를 구체화할 것인가에 대한 논의가 시작됐다고 볼 수 있다. 중요한 건 방향성이다. 전 정권에서는 주로 반(反)시장적이거나 반(反)기업적 또는 반(反)자본주의적 성향의 규제를 내놨다면, 지금은 자유를 지향하는 쪽으로 방향성이 제시됐기 때문에 조금 더 친시장적인 접근이 가능하지 않을까 기대하고 있다. 다만 그것이 제도에 반영되기 위해서는 입법부와의 협력이 강화될 필요가 있다고 본다.

Q　　정부가 '주 52시간' 제도를 손보면서 노동 개혁에
　　　　드라이브를 걸었는데, 최근 발표된 '근로 시간 제도 개편 방안'은
　　　　어떻게 보셨는지요?

주(週) 52시간제의 폐해를 완전히 해소하기에는 한계가 있지만, 현실에

서의 문제를 다소 완화해줄 수 있는 개편이라고 평가할 수 있겠다. 주 52시간제는 근로자의 일할 자유와 기업이 근로자를 사용할 자유를 제한할 뿐 아니라, 결과적으로 일자리의 축소를 가져와 일하고 싶은 사람의 자유까지 빼앗았다. 폐지가 바람직하다고 보지만, 입법부의 협력 없이는 사실상 불가능하지 않나. 규제의 폐해를 완화하는 방향으로 조치를 내놓을 수밖에 없는 현실적 문제가 있었다고 생각한다.

Q **하지만 이번 개편 방안만으로 노동계에서는 주 64시간 이상의 장시간 몰아치기 노동이 가능해진다며 반발하고 있는데, 어떻게 생각하시는지요?**

지금 우리는 몇 시간 일하는지가 별로 중요하지 않은 시대에 살고 있다. 사실 일중독에 빠질 정도로 일을 좋아하는 사람은 24시간 일을 한다. 자발적으로 일하고 싶어 하는 사람들까지 일하지 못하게 규제하는 것이 과연 맞는 방향일까. 일하고 싶어 하는 사람이 일할 수 있는 자유를 막는 것은 그렇게 좋은 규제라고 볼 수 없다는 생각이다.

　기본적으로 주 52시간제는 잘못된 통계에 의해 나온 정책이다. 선진국의 경우 단시간 근로자가 많아서 평균 근로 시간이 적다. 하지만 우리나라는 단시간 근로자를 법으로 싹 없애버리지 않았나. 장시간 일하는 사람만 있으니 당연히 1인당 평균 근로 시간이 길 수밖에 없다. 통계적인 착시가 발생한 것이다. 우리도 선진국처럼 단시간 근로를 허용한다면 1인당 평균 근로 시간은 자연히 내려가게 돼 있다. 엉뚱한 통계를 가지고 엉뚱하게 논의하고 있으니 악순환만 반복될 수밖에 없다.

Q **결국은 일할 수 있는 사람은 일할 수 있게 해줘야 하고, 그걸 막는 것은 바람직하지 않다는 말씀인가요?**

그렇다. 일한 다음 충분히 휴식을 취할 수 있도록 제도적으로 다 보장하고 있다. 그렇게 하면 근로자들이 무슨 문제가 있겠나. 아무 문제가 없다.

Q **원장님이 생각하시는 노동 개혁의 또 다른 핵심과 주요 과제는 무엇인지요?**

자유로운 계약을 보호해야 한다는 것이다. 현재는 근로 시간 계약을 비롯해 임금 계약, 어떤 사람이 일할지에 대한 계약들이 너무 과도하게 규제돼 있다. 예를 들어 2년 이상 근로하면 정규직을 강제하는 조항으로 인해, 3년이나 5년 계약제는 허용되지 않는다. 자유로운 계약을 침해하는 이런저런 규제들은 결국 노동 시장을 경직되게 만든다. 사람을 뽑고 내보내고 하는 것이 유연해야 기업이 더 많은 사람을 뽑을 수 있는데, '지금 뽑으면 정년까지 무조건 같이 가야 한다.'는 식이니 기업의 입장에서는 쉽게 사람을 뽑을 수가 없다. 사람을 뽑을 수 없게 만들어 놓고, 고용이 늘어나지 않는다고 이야기하는 상황이라는 거다.

Q **북유럽의 경우 노동 유연성을 높인 대신 실업수당을 2~3년씩 준다고 하는데, 이런 방향에 대해서는 어떻게 생각하시는지요?**

(실업수당과 같은) 제도를 강화하면 계속 일하려고 하기보다는 혜택을 누리려고 하는 사람의 수가 늘어나게 돼 있다. 실업수당도 결국 세금 아닌가. 일하지 않는 사람을 위해 일하는 사람의 부담을 늘리는 구조인 셈이다. 실업수당은 일종의 보험이다. 보험 제도의 목적에 맞게 어려움에 놓인 사람들을 위해 운영해야지, 그것을 그냥 향유(享有)하려는 사람이 늘어나는 방향으로 제도를 설계하는 것은 모두에게 해롭다. 모든 인센티브는 올바르게 설정되어야 한다.

Q 　저서(著書)에서 시장경제를 활성화하려면 충분한 인센티브 체계가 형성돼야 하는데, 제대로 작동하지 않고 있다는 견해를 밝히셨지요. 이 부분에 대해 조금 더 설명하신다면?

기본적으로 자기가 이바지한 만큼 돌려받는 게 정의롭다. 영국에서 산업혁명이 일어난 본질적인 이유는 재산권 때문이었다. 사람들은 과학기술이 발전했기 때문이라고 착각하는데, 전혀 그렇지 않다. 오히려 독일이나 프랑스에서 과학기술이 더 발전했다.

그런데도 유럽의 변방이었던 영국에서 산업혁명이 일어난 것은 철저한 장사꾼 논리가 있었기 때문이다. A라는 사람이 비즈니스를 해서 수익을 냈다면 수익은 그 사람이 가져가는 거다. 그 원칙이 작동했던 영국에서 산업혁명이 일어난 거고, 그 정신이 고스란히 미국으로 가서 현대적 산업혁명을 일으켜 거대한 기업이 탄생한 것이다.

기여(寄與)에 대한 대가를 가져갈 수 없다면 어떠한 산업의 혁신이나 기업화도 일어날 수 없다. 결국은 재산권이 지켜지는 것이 시장 원리가 구현되는 전제조건이라 하겠다. 이는 어느 분야나 마찬가지다. 미국의 경우 1970~1980년대부터 이미 모든 산업, 모든 분야에 그런 시장 원리를 확장했다. 교육, 행정 분야까지 말이다. 그랬기 때문에 1980년대 이후 붐이 일어났고, 글로벌 스탠더드가 정립된 거다. 하지만 우리나라는 아직도 전근대적인 방식으로 통제만 하려고 든다. 대표적인 분야가 농업과 교육이다. 시장 원리가 전혀 작동하지 않는 탓에 경쟁력이 떨어졌다. 경쟁이 없는 시장에서는 경쟁력이 확보될 수 없다. 아주 간단한 논리다.

Q 　2021년 펴낸 『2022 정책 제안』에서는 무분별한 입법에 대해 부정적인 견해를 밝히셨는데, 특히 기업활동을 어렵게 한 입법으로는 어떤 게 있을까요?

기업투자의 자유를 제한한 규제들이 상당히 많다.

큰 기업이 투자하는 게 당연한데, 우리는 큰 기업이니까 투자를 제한해야 한다는 이상한 논리를 아직도 갖고 있다.

Q <u>투자의 자율성을 높여줘야 한다는 말씀인가요?</u>

그렇다. 기업의 투자를 활성화해야 결과적으로 일자리도 늘어나고 경제 활력도 생긴다. 하지만 우리는 기업투자의 자유를 막아놓은 성역들이 존재한다. 대표적인 분야가 서비스산업과 농업, 교육이다. 그렇다 보니 우리나라는 대기업 비중이 매우 낮은 나라가 됐다. 우리와 비슷한 스타일의 나라가 일본인데, 일본은 20% 이상이 대기업이다. 선진국의 경우 40~50%를 대기업이 담당한다. 우리는 10% 정도에 불과하다. 그러면 누가 이익을 보느냐? 아무도 없다. 대기업 자본이 투입되는 데 따른 생산성 향상, 고용안정 등 기대효과를 모두 포기한 것이다.

Q <u>이미 (해당 시장에) 진출해 있는 중소기업을 보호하기 위한 규제</u>
<u>아닐까요?</u>

그렇지 않다. 지금은 수익성이 낮으니 월급을 조금밖에 줄 수 없는 상황이다. 그러면 취업을 희망하는 사람들이 줄고, 회사는 일할 사람이 없다고 계속 힘들어한다. 악순환이다. 피터팬 증후군(성인이 되어서도 현실 도피를 위해 스스로 어른임을 인정하지 않은 채 타인에게 의존하고 싶어 하는 심리를 뜻한다)에 빠진 기업도 많다. 종업원 수를 보면 299명으로 돼 있다. 한 명이라도 더 늘면 대기업으로 분류되니까…. 좋은 방향은 아니라고 본다.

Q <u>금리 인상에 따른 후폭풍이 거센 와중에 내수 활성화 방안으로</u>

할인쿠폰 등 이야기가 나오는데, 어떤 정책이 바람직하다고 보는지요?

지금처럼 제조업이 힘들 때는 서비스업의 성장동력을 활용해야 , 지금은 서비스업도 막혀 있는 상황이다. 이럴 때는 투자할 자유, 기업 할 자유를 허용해야 한다. 그러면 자연스럽게 관광 등의 분야에 활기가 돌게 돼 있다. 할인쿠폰 같은 이벤트만으로는 한계가 있다. 전형적인 전시행정일 뿐이다. 철저한 장사꾼 논리로 접근해야 한다. 투자 활성화를 위한 환경 개선이 본질적으로 중요하다는 점을 강조하고 싶다.

기업 하기 좋은 환경 만들기 위한 정치권 협치

추문갑 본부장은 1995년 중소기업중앙회에 입사해 업무지원팀장, 일자리창출팀장, 기획예산부장, 홍보실장 등을 지냈고, 2020년 3월부터 경제정책본부를 이끌고 있다. 또 산업통상자원부, 기획재정부, 국토교통부, 중소벤처기업부 등에서 대외활동을 병행하며 중소기업 경쟁력 강화를 위해 힘쓰고 있다. 추 본부장은 중소기업 환경에 대해 다음과 같이 진단했다.

"상장 중소기업 중 이자보상배율이 1 미만인 '한계기업' 비율이 올해 1분기 59.8%까지 치솟았다. 10곳 중 6곳은 영업을 통해 벌어들인 돈으로 대출이자조차 제대로 내지 못하는 형편이라는 뜻이다. 고(高)금리, 고물가, 고부채, 수출 감소, 인력난 등 문제가 복합적으로 작용해 중소기업을 더욱 어렵게 만들고 있다.

(현) 중소기업중앙회 경제정책본부장(상근이사)

국토교통부 산업입지정책심의회 위원

산업통상자원부 규제개혁위원회 위원

중소벤처기업부 규제심사위원회·
갈등관리심의위원회·사업조정심의회 위원

기획재정부 부담금운용심의위원회·규제심의위원회 위원

연합뉴스 수용자권익위원회 위원 역임

중소기업청장 표창(1997.) 중소기업중앙회장 표창(2002.)
산업자원부장관 표창(2003.) 재정기획부장관 표창(2010.)
국무총리 표창(2019.) 행정안전부장관 표창(2021.)

추 문 갑

핵심은 공정과 상생… 제도적·법적 기반 만들어야

한계기업 구조 조정이 필요하다는 일각의 주장에 대한 추문갑 본부장의 의견.

"좋은 기업도 경제 상황에 따라 한계기업이 될 수 있다. 당장 한계기업이라고 해서 좀비기업으로 취급할 게 아니라, 선별적으로 접근해 정책 방향을 구분할 필요가 있다. 산업 생태계 측면에서 꼭 필요한 업종이라고 생각되면 오히려 정책 금융의 역할을 확대해 기업의 활동을 지속 영위할 수 있도록 지원해줘야 한다."

추 본부장은 근본적인 중소기업 경쟁력 강화 방안으로 • 중소기업 인력난 해소를 위한 외국 인력 제도 개선 • 근로 시간 유연화 도입 등을 강조하고, 복합 경제위기 극복을 위한 국회의 협치를 당부했다.

"경제가 활력을 찾기 위해서는 기업 하기 좋은 환경을 만들어 주는 것이 중요하다. 관련 민생법안은 국회에서 계속 잠들어 있다. 지난날 온 국민이 힘을 합쳐 IMF 외환 위기와 글로벌 금융위기를 극복해낸 것처럼, 위기의식을 갖고 여야가 협치의 정신을 발휘해야 할 때다."

Q   상장 중소기업 중 한계기업 비율이 올해 1분기 59.8%로 집계됐는데, 현재 중소기업이 직면해 있는 최대 위기 요소는 무엇인가요?

기본적으로 중소기업 10곳 중 9곳은 내수에 의지하며, 내수에 의지하는 중소기업 10곳 중 4곳은 대기업에 납품하는 구조다. 이런 상황에서 2020년 1월 코로나19가 확산하면서 굉장히 어려웠고, 작년부터 '위드코로나'로 가면서 경제 회복을 기대했지만, 복합 경제위기가 터지면서 찬물을 끼얹었다. 먼저 미국 연방준비제도(Fed)가 단기간에 0%대 금리를 5%대까지 끌어올리면서 전 세계 투자와 수요가 위축됐다. 그리고 러시아-우크라이나 전쟁이 발발하면서 원자재 가격이 폭등했다. 이 바람에

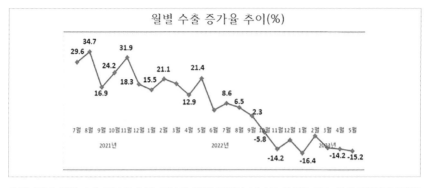

우리나라의 월별 수출 증가율 추이. 지난해 10월 마이너스(-)로 전환한 이후 올해 5월까지 8개월 연속 전년 동월 대비 감소세를 이어가고 있다./ 산업통상자원부

생산비용이 급상승했으나 많은 중소기업이 이를 납품단가에 반영하지 못하면서 수익성 악화에 직면했다. 미국과 중국 간 글로벌 패권 경쟁 등으로 수출이 8개월 연속 감소한 것도 악재로 작용했다. 우리나라 수출에서 가장 큰 비중을 차지하는 게 반도체이고, 반도체의 55%를 중국에 수출하지 않나. 이런 상황에서 미·중 패권 경쟁 여파로 중국 내 애국심 바람이 불었고, 우리나라의 대중국 교역이 최고 26% 수준에서 현재 19%까지 떨어졌다. 기업으로서는 굉장히 어려운 상황에 놓인 것이다.

GDP(국내총생산) 대비 100%를 넘어선 가계부채도 문제다. 부채가 많은데 금리가 오르니 가계의 소비 여력이 사라졌다. 이밖에 저출산과 고령화에 따른 인력난도 굉장히 심각한 상황이다.

이러한 고금리, 고물가, 고부채, 수출 감소, 인력난 등 문제가 복합적으로 작용해 중소기업을 더욱 어렵게 만들고 있다.

△ 국제금융협회(IIF)가 최근 발표한 '세계 부채 보고서'에 따르면, 올해 1분기 한국의 GDP 대비 가계 부채 비율은 102.2%로, 세계 34개국 중 1위 수준이다.

좋은 기업도 경제 상황에 따라 한계기업이 될 수 있다. 일례로, 과거 해운업이 어려움을 겪자 일부 기업의 구조 조정을 실시했는데, 이후 코로나19 사태를 거치면서 해운업 가치가 20배 올랐다. 지금 와서 보면 당시의 해운업 구조 조정은 한 치 앞도 내다보지 못한 근시안적인 결정이었던 셈이다. 이번에도 똑같은 잣대로 봐야 한다. 당장 한계기업이라고 해서 좀비기업으로 취급할 게 아니라, 선별적으로 접근해 정책 방향을 구분할 필요가 있다.

Q **코로나 기간 중소기업, 자영업자 등에 대한 대출 만기를 연장하거나 원금과 이자 상환을 유예하는 조치가 오는 9월 말로 종료되는데, 추가 연장이 필요할까요?**

현재와 같은 복합 경제위기 상황에서는 정책 금융의 역할을 확대하는 것이 맞다. 만약 9월 말 이후 이자도 내지 못하는 기업들에 대한 대출 회수가 일시적으로 진행된다면 어떻게 될까? 연쇄 부도 사태를 맞이할 수 있고, 최악의 경우 금융권 부실로 이어질 수 있는 문제다. 게다가 일시적으로 어려움을 겪는 기업이라고 하면, 장기적으로 볼 때 국가가 손해를 보는 셈이다. 정책 금융, 정책 지원을 통해 살 수 있는 기업에는 최대한 기회를 더 줘야 한다.

△ 윤석열 정부는 대·중소기업 양극화 해소를 목표로 삼고 14년째 공회전만 거듭하던 '납품단가 연동제'를 법제화하고, • 스타트업 기술 보호 • 인력난 해소를 위한 외국인 고용허가제 개편 • 근로 시간 유연화 등 노동 개혁에 박차를 가하고 있다.

Q **10월부터 시행되는 중소기업계 숙원사업 납품단가 연동제에 대한 소회가 남다르실 것 같은데요?**

납품 협상을 통상 1년에 두 번 정도 하니까 납품단가가 한 번 책정되면 원자재 가격 인상분을 반영하기 어려운 구조였다. 그런데 글로벌 공급망 재편 과정에서 원자재 가격이 크게 올랐다. 심지어 100% 오른 품목도 있다. 중소기업으로서는 납품할수록 손해를 보는 상황에 직면한 것이다. 대기업에 납품단가 인상을 요구하면 되지 않느냐고 반문할 수 있겠지만, 거래가 끊길 수 있어 현실적으로 쉽지 않은 문제다. 그래서 중소기업계에서는 제조 원가에서 차지하는 주요 원자재 가격이 10% 이상 오를 때 납품단가에 반영해 달라고 요구했다. 다행스럽게도 이 부분이 상생협력법과 하도급법에 반영됐고, 10월 시행을 앞두고 있다. 물론 대기업과 중소기업이 서로 원할 경우, 납품단가 연동제를 적용하지 않아도 되는 등 법의 맹점도 존재하지만, 이익과 손실을 대기업과 중소기업이 함께 나눌 수 있는 법적 토대가 마련됐다는 측면에서 상징적인 의미가 있다. 공정과 상생에 대한 제도적·법적 기반이 있는 것과 없는 것은 차원이 다른 문제 아니겠나?

Q **스타트업 기술 탈취 근절을 위한 대책도 마련 중이라는데, 어떻게 보시는지요?**

제조 위탁-수탁사 간의 기술 탈취 근절을 위한 제도적 보완은 많이 마련됐다고 본다. 다만 하도급이 아닌데 아이디어를 탈취하는 사례도 많지 않나. 스타트업을 더 육성하기 위해서는 이런 부분에 대한 법적 보완이 추가로 이뤄질 필요가 있다.

Q **인력난이 심각하고 외국인 인력에 의존할 수밖에 없는 상황이라 중소기업계에서는 외국 인력 제도 개선을 요구하고 계시는데, 어떻게 생각하시는지요?**

작년 하반기 기준으로 중소기업 부족 인원이 60만 5,000명이라고 한다.

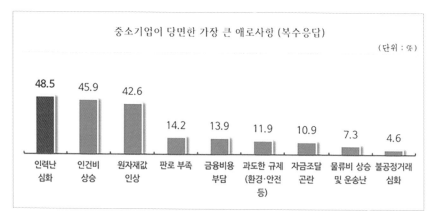

중소기업중앙회가 5월 15~18일 303개 중소기업 대상으로 실시한 '윤석열 정부 중소기업 정책 만족도 및 정책 과제 조사'에서 응답 기업의 48.5%는 중소기업이 당면한 가장 큰 애로사항(복수 응답)으로 인력난 심화를 꼽았고, • 인건비 상승(45.9%) • 원자재값 인상(42.6%) 등이 제시됐다 ｜ 중소기업중앙회

특히 뿌리 산업을 중심으로 내국인 근로자를 구하기 어려운 업종이 있다. 근로자 평균 연령이 60대인 곳도 상당하다. 그런 곳은 외국인 근로자를 고용할 수밖에 없는 부분이 있다. 현재 중소기업계가 요구하는 건 외국인을 마음껏 고용할 수 있게 해달라는 거다. 많은 중소기업이 내국인 근로자에 비례해 외국인 근로자를 고용할 수 있는 '외국인 근로자 쿼터제' 때문에 만성적 인력난에 허덕이고 있다. 아무리 채용 공고를 내도 내국인 근로자가 오지 않으니, 외국인 근로자도 고용할 수 없는 악순환에 놓인 것이다.

　일정 횟수 이상 채용 공고를 냈음에도 내국인 인력을 구하지 못할 때는 예외 조항이 필요하다고 본다. 나아가 외국인 근로자에 대한 5년간 5회 이직 허용 규정을 3회로 제한하고, 기업이 정규직 채용 전에 인턴 제도를 운영하는 것처럼 연수 시간을 가질 수 있게 해준다면 현실적으로 큰 도움이 될 것이다. 우리나라는 저출산·고령화 문제로 인해 외국 인력을 받을 수밖에 없지 않은가. 더 늦기 전에 외국 인력 정책에 대한 종합 재검토가 필요하다는 생각이다.

Q   **중소기업계가 요구하는 노동 개혁 핵심은 무엇인가요?**

근로 시간 유연화다. 아무리 채용 공고를 내도 내국인 근로자를 뽑기 어려운 업종이 있고, 사람을 모집하는 데에는 큰 어려움이 없지만 탄력적 근로 시간 도입이 필요한 업종이 있다. 스타트업과 연구개발 업종이 대표적이다. 미국의 경우 주당 40시간 근로를 규정하고 있지만, 1.5배 초과근로수당만 주면 얼마든지 추가 근로가 가능하다. 그래서 미국 실리콘밸리는 평균 근로 시간이 80시간 가까이 된다.

테슬라의 경우 일감이 몰릴 때는 100시간씩 일한다고 한다. 그런데도 유명 공대 학생들은 실리콘밸리 입성을 꿈꾼다. 일본도 노사가 합의하면 월 100시간, 연간 720시간까지 연장 근로를 허용하고 있다. 우리나라 역시 하루빨리 근로 시간 유연화를 도입해야 한다. 다만 노사 합의, 노동자 개인의 합의를 전제로 말이다. 특히 채용 공고를 아무리 해도 인력 충원이 어려운 30인 미만 영세기업에 대한 주 60시간 근로 허용이 시급한 상황이다.

Q   **관심사인 중대재해처벌법에 대해, 중소기업계에서는 내년 시행을 앞둔 50인 미만 사업장의 중대재해처벌법 적용을 유예해야 한다고 요구하고 있는데, 도입이 어려운 상황인가요?**

최근 중소기업중앙회에서 실시한 설문조사를 보면, 50인 미만 중소기업의 40.8%가 중대재해처벌법 적용일에 맞춰 의무 사항 준수가 불가능하다고 응답했다. 이대로 시행한다면 영세 중소기업 10곳 중 4곳은 범법기업이 된다는 의미다.

Q   **중대재해처벌법 적용의 가장 큰 문제는 뭔가요?**

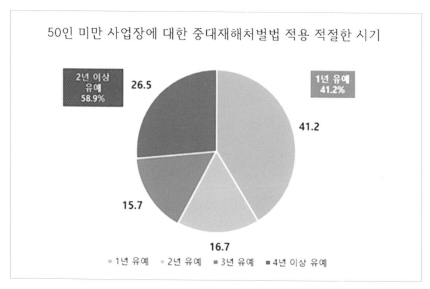

중소기업중앙회가 최근 50인 미만 중소기업 대상으로 설문조사를 실시한 결과, 40.8%는 중대재해처벌법 적용일에 맞춰 의무사항 준수가 불가능하다고 답했다. 그리고 그 중 절반은(58.9%) 2년 이상 유예가 필요하다고 봤다 ㅣ 중소기업중앙회.

중대재해처벌법은 사업장에서 근로자가 1명 이상 사망하면 사업주 또는 경영책임자를 1년 이상 징역 또는 10억 원 이하 벌금에 처하도록 한다. 그런데 조항 자체가 굉장히 애매모호하다. 'ㅇㅇㅇ 규정만 준수한다면 처벌하지 않는다.'는 게 있어야 하는데, 어떤 부분을 준수해야 하는지 애매하다. 그리고 작업장에서 일어나는 사고의 경우 근로자 부주의가 많다. 50% 이상이라고 볼 수 있다.

그런데 사고가 나면 사업주가 책임을 져야 하니 교도소 담장 위를 걷는 심정이라고 한다. 기업이 지켜야 할 사항을 명확히 하는 법적 보완을 거쳐 기업들이 법을 준수할 수 있게끔 한 다음 시행해도 늦지 않다.

Q   추가로 법 개정이 필요한 부분이 있는지요?

안전보건 전문인력을 구하는 게 쉽지 않다. 인력이 한정돼 있다 보니, 대기업 쏠림이 발생해 영세기업은 사람을 구하고 싶어도 구하지 못하는 상황이다. 일정 기간 해당 분야 종사한 사람으로 안전보건 전문인력을 대체할 수 있도록 하거나, 전문가 한 명이 여러 영세기업을 담당할 수 있도록 하는 등의 보완책 마련이 필요하다.

Q 마지막으로 하시고 싶은 말씀이 있다면?

경제가 활력을 찾기 위해서는 결국 기업, 특히 중소기업이 살아나야 한다. 그래야 투자가 늘고 일자리가 확대된다. 그러자면 기업 하기 좋은 환경을 만들어 주는 것이 중요한데, 안타깝게도 관련 민생법안은 국회에서 계속 잠들어 있다. 가장 쉬운 게 투자 활성화를 유도하는 것이지만, 그런 부분에는 관심이 없어 보인다. 우리는 과거 온 국민이 힘을 합쳐 IMF 외환 위기와 글로벌 금융위기를 극복해낸 경험이 있다. 그때처럼 여야 구분 없이 위기의식을 갖고 협치의 정신을 발휘해주길 바라는 마음이다.

산업현장 이슈
중심의 연구 활동

라정주 원장이 이끄는 (재)파이터치연구원은 다양한 산업현장 이슈를 중심으로 연구 활동을 하고 있다. 최근 5년간(2019~2023년 6월) 연구원 1인당 과제 수행 건수는 대략 7~8건, 국제 논문 게재 건수는 1건으로, 국내 국책 연구기관들의 연구 실적을 크게 웃돈다.

올해 상반기에만 〈가업 상속세 감면의 거시경제적 효과〉와 〈국토보유세를 통한 기본소득외 거시경제직 효과 분석〉 2편의 논문을 SSCI급 국제 학술지에 게재하는 성과를 냈다. 최근에는 혁신기업에 복수의결권을 도입할 경우 실질 국내총생산(GDP)이 3년간 0.63%(11조 7,000억 원) 증가한다는 내용의 〈혁신기업 복수의결권 도입 효과〉 보고서를 발표하여 주목받았다. 벤처기업, 기술 혁신(이노비즈)기업, 경영혁신(메인비즈)기업 등 전체 혁신기업을 대상으로 한 연구 결과였다.

(재)파이터치연구원 원장

(재)중견기업연구원 연구위원

안보경영연구원 국방경제연구실장

한국전문가컨설팅그룹 선임연구원

육군 지휘관·참모 역임

육군사관학교·서울대 국제통상 석사

서울대 경제학 박사

라 정 주

복수의결권 도입, 전(全) 혁신기업에 확대 적용해야

"정부의 근로 시간 규제는 코미디다. 근로 시간은 노사 합의의 몫이며, 정부는 감독자 역할만 해야 한다. 또 중기(中企) 인증 비용 부담 문제는 규제개혁위원회에서 논의할 필요가 있다. 특히 복수의결권 도입에 따른 거시경제적 효과를 제대로 누리기 위해서는 (복수의결권 대상 기업의) 허들을 더욱 낮춰야 한다."

라정주 (재)파이터치연구원 원장은 이같이 주문했다.

현재 '복수의결권 도입' 법안은 비상장 벤처기업만 포함하고 있으며, 이마저도 시행령을 만드는 과정에서 '투자 유치 금액 누적 100억 원 이상, 직전 투자 50억 원 이상'의 조건이 충족되어야 복수의결권 주식을 발행할 수 있게 하는 방안을 논의 중인 것으로 알려졌다.

"이대로라면 상당수 벤처기업이 혜택을 받지 못할 것으로 보인다. 보다 많은 벤처기업이 발행 대상 기업이 될 수 있도록 세부 기준을 낮춰야 한다. 나아가 장기적으로는 벤처기업뿐 아니라 다른 혁신기업인 이노비즈, 경영혁신기업으로 확대 적용하는 것이 필요하다."

라 원장은 이렇게 주장하며 인터뷰에서 복수의결권을 비롯해 경직된 근로 시간 제도, 연공서열제 중심 임금체계, 각종 인증 비용 부담, 최저임금 이슈 등에 대해 경제학자이자 연구자로서의 소신과 견해를 밝혔다.

Q   **복수의결권 도입을 골자로 하는 '벤처기업육성에 관한 특별조치법' 일부 개정안이 지난 4월 국회 본회의를 통과했는데, 어떻게 보셨는지요?**

벤처기업의 경우 기술은 있으나 자금이 없어 어쩔 수 없이 외부 투자를 받아야 하는 현실적인 문제가 있다. 그리고 그에 대한 조건으로 투자자에 지분을 넘겨줘야 하므로 결과적으로는 경영권이 위협받을 수 있다는 문제가 오랜 시간 제기돼 왔다. 어떻게 보면 절실하게 나온 법안인 셈이다. 비상장 벤처기업에 한정한 점이 아쉽긴 하지만, 복수의결권 도입의 첫발을 뗐다는 점에서 환영한다.

Q 최근 "복수의결권 도입 시 실질 GDP가 3년간 11조 7,000억 원 증가한다."는 내용의 보고서를 발표하셨는데, 내용을 간략히 설명해 주신다면?

복수의결권 도입에 따른 거시경제 효과를 들여다보고 싶어서 시작한 연구였다. 그 결과 혁신기업에 복수의결권을 도입할 경우, 실질 GDP가 3년간 0.63%, 돈으로 환산하면 11조 7,000억 원이 증가한다는 결론이 나왔다. 지금 0.1%가 급한 상황 아닌가. 굉장한 경제 효과를 기대할 수 있는 셈이다. 이뿐만이 아니다. 총 실질자본, 총 실질 소비, 실질 설비투자도 3년간 각각 1.23%(93조 7,000억 원), 1.23%(10조 5,000억 원), 1.23%(2조 1,000억 원) 증가하는 것으로 나타났다. 다만 이는 벤처기업뿐 아니라 이노비즈, 경영혁신기업 등 혁신기업 모두를 대상으로 연구한 결과다.

(재)파이터치연구원

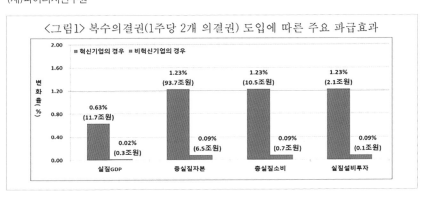

〈그림1〉 복수의결권(1주당 2개 의결권) 도입에 따른 주요 파급효과

Q   이와 같은 파급효과가 발생하는 주된 원리는 무엇인가요?

복수의결권을 도입하면 경영권을 방어할 수 있는 혁신기업이 늘어난다. 이로써 총노동수요와 총자본수요가 증가해 임금이 오르고, 자본 공급량이 늘어난다. 이는 소비자의 수입을 증가시켜 소비 촉진을 유도한다. 늘어난 총노동수요와 총자본수요는 실질 GDP 증가로 이어지고, 늘어난 자본 공급량은 실질 설비투자 증가로 연결되는 것이다.

다만 비(非)혁신기업에 복수의결권을 도입하면 그 효과는 크게 축소된다. 3년간 실질 GDP, 총 실질자본, 총 실질 소비, 실질 설비투자 증가율(금액)이 각각 0.02%(3,000억 원), 0.09%(6조 5,000억 원), 0.09%(7,000억 원), 0.09%(1,000억 원)에 그치는 것으로 나왔다. 비혁신기업의 경우 혁신 투자를 하지 않기 때문에 파급효과가 확대되지 않은 것으로 보인다.

Q   본격 시행까지는 5개월 정도 남았는데, GDP 제고 효과를
       극대화하기 위해서는 어떤 제도 보완이 필요하다고 보시는지요?

복수의결권을 보다 많은 벤처기업이 활용할 수 있도록 시행령을 잘 만들어야 할 것 같다. 법안에는 '투자 유치로 창업자 지분이 30% 이하로 하락할 때 복수의결권 주식을 발행'할 수 있다.

시행령에는 이 경우를 보다 세분화해야 하는데, '투자 유치 금액이 누적 100억 원 이상이면서 직전 투자가 50억 원 이상인 기업'이 복수의결권 주식을 발행할 수 있는 대상으로 고려되고 있다. 하지만 이렇게 되면 상당수 벤처기업은 배제될 수밖에 없다. 복수의결권 도입의 거시경제적 효과를 제대로 누리기 위해서는 보다 많은 벤처기업이 발행 대상 기업이 될 수 있도록 세부 기준을 낮출 필요가 있다.

Q   세부 기준을 너무 높이면 법안만 통과됐을 뿐, 효과는 미미할 것이란 말씀인가요?

그런 우려가 크다. 시행령에서 허들을 낮추는 것에서 한 걸음 더 나아가 장기적으로는 다른 혁신기업인 이노비즈, 경영혁신기업으로 확대하는 것이 필요하다고 본다. 그래야 효과가 거시적으로 나타날 수 있다.

Q   법안 내용 자체의 아쉬움은 없는지요?

법안이 통과돼 어쩔 수는 없지만 추후 개정이 필요한 부분이 있긴 하다. 상장 후 3년이면 보통주로 전환되도록 했는데, 이런 규정은 해외 어느 곳에도 없다. 소액주주의 입장에서 보면 투자 3년 후 지배구조가 바뀌는 것 아닌가. 굉장히 큰 리스크로 다가올 수 있다.

Q   벤처업계 생산성 향상을 위해 노동 경직성을 완화해야 한다는 이야기도 나옵니다. 예를 들어 다양한 근로 시간, 근로 형태를 인정해야 한다는 주장인데. 이에 대한 견해는?

주 52시간 근무제, 주 60시간 근무제 이야기를 하는 건 한 마디로 코미디다. 노사 간 합의에 따라 자유롭게 일하는 것이 타당하다고 본다. 정부는 기업이 추가 근무수당을 제대로 주는지, 노사 간에 합의가 제대로 이뤄지고 지켜졌는지에 대한 감독자 역할만 하면 된다. 국제협력개발기구(OECD)의 통계를 보면, 오히려 주 52시간 근무제 도입 후 근로 시간 단축 속도가 줄었다는 것을 알 수 있다. 여러 가지 이유가 있겠지만, 군대에 가면 평소에 좋아하지 않았던 초코파이가 너무 먹고 싶은 심리와 같지 않을까. 근로 시간을 52시간으로 묶으니까 52시간을 다 채우고 싶은 거다.

순위	2015~2017년		2019~2021년	
	국가	변화율(%)	국가	변화율(%)
1	슬로베니아	-3.9	룩셈부르크	-8.3
2	**한국**	**-3.1**	이스라엘	-7.7
3	슬로바키아	-2.3	슬로바키아	-6.4
4	칠레	-1.5	포르투갈	-5.4
5	스위스	-1.1	벨기에	-5.3
6	캐나다	-1.0	오스트리아	-4.4
7	리투아니아	-1.0	아이슬란드	-3.2
8	폴란드	-1.0	뉴질랜드	-3.0
9	독일	-0.8	리투아니아	-2.7
10	라트비아	-0.8	**한국**	**-2.6**
11	프랑스	-0.8	영국	-2.6
12	호주	-0.7	스페인	-2.5
13	룩셈부르크	-0.7	이탈리아	-2.4
14	일본	-0.6	독일	-2.3
15	노르웨이	-0.5	그리스	-2.3
16	핀란드	-0.4	일본	-2.2
17	미국	-0.3	체코	-1.9
18	아이슬란드	-0.3	프랑스	-1.8
19	포르투갈	-0.3	라트비아	-1.8
20	덴마크	-0.2	호주	-1.6
21	스페인	-0.1	네덜란드	-1.5
22	스웨덴	0.1	헝가리	-1.5
23	헝가리	0.1	핀란드	-1.3
24	이탈리아	0.1	스위스	-1.0
25	뉴질랜드	0.2	칠레	-0.7
26	벨기에	0.2	스웨덴	-0.6
27	오스트리아	0.2	덴마크	-0.6
28	아일랜드	0.2	멕시코	-0.5
29	에스토니아	0.3	슬로베니아	-0.3
30	멕시코	0.4	캐나다	-0.3
31	그리스	0.6	아일랜드	0.2
32	영국	0.7	노르웨이	0.6
33	네덜란드	0.8	코스타리카	0.7
34	이스라엘	1.2	미국	0.8
35	체코	1.4	폴란드	2.7
36	코스타리카	1.4	에스토니아	4.3

OECD 통계에 따르면, 주 52시간 근무제를 시행하기 전인 2015년부터 2017년까지 근로자당 연평균 실제 근로 시간 변화율은 -3.1%로 OECD 국가 36개국 중 2위였다. 하지만 주 52시간 근무제를 시행한 후인 2019년부터 2021년까지 근로자당 연평균 실제 근로 시간 변화율은 -2.6%로, 10위를 내렸다 ㅣ (재)파이터치연구원.

결국 빈대를 잡으려다 초가삼간을 태우는 결과로 이어졌다는 생각이다.

　　또 연공서열제를 폐지하고 직무능력 중심의 임금체계로 전환해야 한다고 본다. 우리 연구원 분석에 따르면, 연공서열제로 청년 실업자가 연간 약 9,000명 증가하는 것으로 분석된다. 기업 입장에서 노동비용은 늘어나는데 생산성이 오르질 않으니까 신규 채용을 억제하는 결과로 나타난 것이다.

Q　　**각종 인증제도와 관련해 비용 부담을 느끼는 중소기업이 많은 것 같은데, 어떤가요?**

중소기업중앙회가 작년 10월에 300개 제조업 종사 중소기업을 대상으로 인증제도 실태조사를 했다. 그 결과를 보면 응답 기업의 52.7%가 인증제도 중 개선해야 할 1순위로 인증 취득 비용을 언급했다. 그도 그럴 것이 중소기업 1곳당 연평균 신규 인증 비용을 보면 100만 원 이상~500만 원 미만이 37.7%로 가장 많지만, 2,000만 원 이상도 24.7%에 달했다. 이와 별개로 인증 사후 관리 비용도 필요한데, 100만 원 이상~500만 원이 32%로 가장 많았고, 2,000만 원 이상도 16%나 됐다. 신규 인증과 인증 사후 관리 비용을 합치면 많은 곳은 매년 5,000만 원을 인증 비용으로 쓰고 있다는 것이다. 중소기업의 입장에서는 큰 부담일 수밖에 없다.

Q　　**그렇다면 정부가 인증 비용을 일부 지원해줘야 할까요?**

그냥 인증 비용 자체를 낮추면 된다. 규제개혁위원회에서 다양한 논의를 하고 있는 것으로 아는데, 이 부분도 손봐야 한다고 본다. 다만 인증 비용을 낮추자고 해서 인증의 허들을 낮추자는 의미는 아니다. 현재의 인증 비용은 과도하게 높으니까, 그 부분만 조정됐으면 하는 바람이다.

Q 산업현장 이슈와 관련해 다양한 연구를 진행하신 걸로 아는데,
몇 가지를 소개해 주신다면?

최저임금 관련 연구가 있다. 노조에서 최저임금 인상률 24.7%를 요구
하고 있지 않나? 그래서 최저임금 인상률이 높았던 2018년(16.4%)과
2019년(10.9%)에 어떤 현상이 일어났는지를 들여다봤다. 결과적으로
는 종업원 없이 혼자 일하는 자영업자가 늘었고, 자영업자의 삶의 질이
확 떨어지는 모습이 나타났다. 그 결과를 보고, 최저임금을 '물가상승률+
실질 GDP 성장률+소득분배 조정률'로 결정하자고 제안했다. 단, 소득분
배 조정률은 실질 GDP 성장률을 넘기지 않아야 한다.

그리고 자영업 최저임금에 한해서는 실질 GDP 성장률과 물가상승
률 중 하나만 적용하는 거다. 최저임금법 4조에 따르면 업종별로 구분할
수 있게 돼 있으므로 충분히 가능하다. 그러면 중소기업도, 자영업자도 충
분히 납득할 수 있는 수준에서 최저임금이 결정될 수 있지 않을까 싶다.

중소기업에 대한 법인세 인하 효과도 점검해 봤다. 결론은 현 상태
에서는 효과가 미미하다는 것이었다. 재미있는 게 우리나라뿐 아니라
OECD 통계로 해도 똑같은 결과가 나왔다. 변수는 '노조'였다. '임금 결
정의 유연성'이라는 지표가 있다. 노조의 협상력이 크면 이 지표는 하락
하고, 반대로 노조의 협상력이 낮으면 이 지표는 상승한다.

그래서 OECD 통계를 가지고 임금 결정 유연성 상위 25%와 하
위 25%에 대한 법인세 인하에 따른 고용 창출 효과를 살펴봤는데, 상위
25%는 고용이 증가했는데, 하위 25%는 아무런 효과가 없었다. 또 다른
지표인 '노사 협력 지수'로 봐도 동일한 결과가 도출됐다. 결국, 법인세를
깎아줘도 노조의 힘이 세면(노조의 협상력 확대) 배당을 늘리거나 보너
스를 더 주고 끝난다는 거다. 달리 말하면, 노사관계가 좋아야 법인세 인
하 효과도 극대화될 수 있다는 의미다.

Q **굉장히 재미있는 결과로 보이는데요?**

이밖에 가업 상속 이후 업종 전환의 어려움이 경제에 미치는 영향, 공무원 수 증가에 따른 거시경제 영향, 소기업·자영업자 ERP(전사자원관리) 비중 확대에 따른 대출 변화 등에 대한 연구를 진행했거나, 진행 중이다. 다양한 산업현장 이슈를 학술적으로 들여다보는 연구기관은 (재)파이터치연구원이 유일하다고 자부하고 있다. 앞으로도 다양한 연구 활동을 통해 산업계 발전, 나아가 경제 발전에 보탬이 되기를 바라는 마음이다.

비정규직 근로자
현실 고민해야…
노동시장 이중구조
개선 시급

"경제활동 주체는 대기업과 양대 노총만 있다고 생각하는데, 실제로는 중소·중견기업, 자영업자, 소상공인도 모두 포함된다. 관련 정책을 논의할 땐 실제 중소기업에서 일하고, 차별받는 노동자의 상황을 충분히 반영해야 한다. 늘어나는 비정규직 프리랜서와 초단기 근로자에 대한 고민이 필요하다. 고용불안 현상으로 플랫폼 노동사, 비성규직, 특수 형태 근로자 등 노동법의 보호를 받지 못하는 불안정한 노동자 계층에서 상시적인 고용불안 현상이 나타나고 있다."

윤동열 건국대학교 경영학과 교수(산학협력단장, 경영학박사)의 지적이다.

(현) 건국대학교 경영학과 교수
(산학협력단장, ESG지원단장)

제40대 한국생산성학회 회장

한국지속가능경영연구원 원장

건국대 기술지주회사 대표이사, 전)

제35대 대한경영학회 회장

제26대 전국대학교 산학협력단장
연구처장협의회 회장

울산대 경영학부 부교수 역임

오하이오주립대 대학원 인적자원개발학 박사

윤동열

일자리 창출, 민간기업이 주도하고 정부가 지원해야

"기간제법은 연장 아닌 폐지로 가야 하고, 무기계약직 등도 검토가 필요하다. 대기업-중소기업 개선, 정규직-비정규직 개선, 남성-여성 임금 차이 개선이 현 정부 노동 분야의 중요 과제이다."

윤동열 교수의 진단이다. 그동안 한국에선 기간제, 단기간, 파견 등의 형태로 비정규직이 증가해왔다. 이러한 비정규직 근로자는 약 812만 명으로, 임금 근로자의 37%를 차지하고 있다. 지난 수십 년간 노사정이 정규직-비정규직 간 임금 격차를 줄이려는 시도를 지속해왔지만 변화는 크지 않았다.

2001~2023년 경제활동인구 부가 조사 결과에 따르면, 정규직 임금은 2001년 시간당 8,012원에서 2023년 기준 2만 483원으로 올랐다. 이에 비해 비정규직은 2001년 4,557원에서 2023년 1만 3,690원으로 올라, 정규직과 비정규직의 임금수준은 여전히 격차가 큰 실정이다.

"여전히 힘없는 중소기업 근로자들에 대해 어떻게 수직적인 원하청 관계를 개선하고, 그들의 목소리를 대변하면서도 일자리를 유지할 수 있을지가 가장 큰 걱정거리이다."

이와 함께 윤동열 교수는 노동시장 이중구조 개선 필요성에 대해서도 목소리를 냈다.

"노동시장 이중구조 개선이 시급하다. 특히 비정규직 차별 개선을 위해선 차별 혐의가 있거나 의심되는 사업장에 대한 근로감독을 강화하고 차별시정제도를 손봐야 한다. 이런 차별을 해소할 가장 근본적인 방법은 정규직과 비정규직, 대기업과 중소기업, 남녀 성별 간의 격차를 해소하는 것이다. 또 사회적 공론화는 물론 광범위한 이해관계자 간의 합의가 필요하며, 노사정이 협약서에 도장을 찍었다고 끝나는 게 아니라 사회 전체적으로 수용될 수 있어야 한다."

Q　　한국이 당면한 저출생·고령화 심화 문제,
　　　일자리로도 해결할 수 있을까요?

일과 가정이 양립할 수 있는 직장이 늘어난다면 가능할 것으로 보인다. 저출산·고령화 문제는 일자리 부족이 아니라 일자리 양극화와 관련이 있다. 지난해 전국의 출생신고 건수는 23만 5,039건으로 전년 대비 7.7%(-1만 9,589) 감소한 것으로 나타났다. 더구나 합계출산율은 작년 0.72명을 기록한 뒤 2025년 0.65명까지 떨어질 것으로 예측된다.

　노동시장 이중구조와 일자리 계급화는 청년층에 결혼 포기, 저출산의 원인을 제공한다. 실제로 청년들에게 어떤 일자리를 원하냐고 물어보면 장기근속보다 임금 수준, 일과 삶의 균형(work&balance) 등 근로조건을 더 고려한다고 한다. 이미 지방 중소기업의 경우 구인난에 봉착되어 있으며, 서울 서비스 업종보다 많은 월급을 주더라도 청년들이 서울·수도권을 선택한다. 중소기업은 적정 수준 임금은 물론, 개선된 작업환경을 제공하기 위해 노력해야 하지만, 스스로 이를 제공하기엔 어려운 상황이다. 문제 해결을 위해선 민간 부문의 일자리 창출을 위하여 생산가능인구 활용 극대화를 위한 유휴인력 활용 관련 적극적인 대책이 필요하다.

　또, 경제활동 참여에 부정적이거나 포기한 청년, 경력 단절 여성, 일자리를 원하는 고령층 등에 대한 경제활동 인구로의 전환이 요구된다. 이러한 부분들을 고려했을 때 진정한 '좋은 일자리'는 얼마나 우리 사회에 많이 있는가를 다시 한번 생각해 볼 필요가 있다.

Q　　최근 청·장년층의 근무 시간은 감소하는 데 반해 고령·여성층의
　　　근로 시간은 증가하고 있다는 분석이 나오는데, 이에 대한 견해는?

생산가능인구 감소와 연결되어 있다. 2018~2019년부터 시작된 생산가

능인구 감소에 더해 재작년부터 인구감소가 본격화되면서 업종 및 지역에 따라서 빈 일자리가 발생하고 있다.

먼저 고령층에선 65세 이상이 늘고 있는데, 은퇴하더라도 자녀교육비, 연금제도 등 노후 생활을 보장할 만큼 충분히 준비되어 있지 않은 경우가 대다수다. 그런데 지금 우리 인구 구조 변화를 봤을 때 65세 이상에 대한 고령층이라는 용어 사용에 변화가 있다. 일본도 많은 변화가 있었는데, 최근 데이터를 보면 도요타에서 고령자들 가운데 일하기를 원하는 사람들이 많이 있는 것으로 나타났다.

70세 이상임에도 28% 이상이 일을 하겠다는 의지를 밝혔고, 실제로 일을 하고 있다. 한국은 '60세 정년'이지만 앞으로는 65세, 70세까지도 정년의 의미가 없어질 수 있고, 70대~80대가 되든 실제 그 나이에 맞게 일할 수 있는 근로 요건, 본인의 업무·직무 수행 여부를 따질 수 있다.

여성층의 경우 최근 30~35세 여성들의 사회 참여가 증가하고 있다. 이는 저출생과도 연계된다. 여성의 직업적인 측면이나 사회적 참여하는 증가할 수 있지만, 출산 양육 등은 감소할 수밖에 없는 것이다. 한국의 경우 결혼을 하게 되면 자녀, 양육에 대한 책임의 많은 부분을 여성이 갖게 되지만 유럽 등 다른 국가를 보면, 남성들의 육아휴직이 자유롭고, 여성이라고 해서 꼭 자녀를 양육하는 의무를 갖지 않는다.

또 짚고 넘어가야 할 부분은 30대 미만의 여성과 남성의 임금 격차로, 이 나이대에 여성 임금이 남성보다 15% 정도 낮다. 문제는 40대가 됐을 때의 재취업이다. 경력 단절이 되다 보니 관련 조사에서 40세 이상의 여성 임금은 남성의 50% 수준밖에 되지 않는다. 여성 측면에선 굉장히 어려운 부분으로 작용할 수 있으며, 정규직이 아닌 기본적인 급여를 받을 수밖에 없는 무기계약직, 기간제 등을 선택하는 어려운 상황들이 있다.

Q 책 『백지에 그리는 일자리』에서 산·학·연·관 협업 일자리 창출 등

민간 고용시장의 중요성을 언급하셨는데, 구체적으로 말씀하신다면?

일자리 창출은 민간기업이 주도하고, 정부는 이를 정책적으로 지원하는 그림이 되어야 한다. 하지만 현재 상황은 일부 대기업이나 정부, 지자체가 주도하고 일자리의 양적인 부분에 초점을 맞추고 있다.

　지역 경제와 전반적인 국가 경제 성장을 위해선 무엇보다 기업들의 대규모 투자와 더불어 좋은 일자리 창출이 필요하다. 지역인재의 수도권 유출을 막고, 새로운 인구의 유입을 촉진하기 기업이 함께해야 한다.

　그동안 광역·기초 지방자치단체에서 다양한 경제특구를 운영해 왔지만, 실질적인 효과는 기대에 미치지 못했다. 왜냐하면 중앙정부 주도의 특구 설계·지정으로 지방의 수요가 충분히 반영되지 못해 특구를 지정해 놓아도 기업들이 입주하지 않거나, 특구에 제공되는 인센티브의 수준도 기대보다 낮았기 때문이다.

　대표적인 예로 광주·군산·구미 등 일부 지역에서 특정 산업 및 기업과 협력해 추진된 상생형 일자리 사업이 있다. 상생형 일자리 모델 자체가 임금형임에도 저임금을 기반으로 신규 투자 유인과 투자유치가 이뤄졌고, 지역경제에 중·장기적인 발전전략이 미흡했다.

　이러한 기존 특구의 한계점을 극복하고 기업의 지역투자 확대와 좋은 일자리 창출을 위해서는 과감한 지원을 제공하는 정부 정책이 필요하다. 최근 지방시대위원회에서 발표한 기회발전특구는 지방정부의 주도로 수립한 특구 계획에 따라 세제 감면, 규제 특례, 재정 지원, 정주 여건 개선 등 기존의 특구와 차별되는 인센티브 제도의 도입을 명시하기도 했다. 특히 상속세, 양도세, 소득·법인세, 취득세, 재산세 등 기업활동 전반에 걸쳐 파격적인 세제 혜택이 부여되어야 한다.

Q　　우리나라는 저부가가치 부문 고용 비중이 높은데,

노동시장 미스 매치 해결방안은?

한국에서 대기업이 되게 많을 것 같지만 관련 자료('250인 이상 기업 일자리가 전체에서 차지하는 비중'− OECD·한국개발연구원)에 따르면 사실 우리나라는 13.9%밖에 되지 않는다. 이는 전체 일자리에서 대기업이 차지하는 비중을 따진 것이다. 미국이 57.6%로 제일 높고 스페인이 31.3%, 이웃 나라 일본도 40.9%로 집계됐다.

OECD 평균 32.2%인 것과 비교해도 우리나라의 수치는 낮다. 한국에서 큰 비중을 차지하는 건 5인 미만의 기업, 자영업자 등이다.

자영업은 좋은 일자리가 마련되기 쉽지 않은 상황이며, 레드 오션에서 경쟁해야 하는 부분이 있다. 지금 한국에선 제조업 업종이 굉장히 줄어들고 있는 데 반해 서비스 업종은 증가하고 있다.

저부가가치에서 고부가가치로 바뀌도록 업종 전환이 필요하다. 정부는 자영업자의 비중을 좀 줄이고 대기업을 통해 성장할 수 있는 기업들의 성장 동력 확대를 위한 노력에 관심을 기울여야 한다.

Q AI의 발전으로 인해 양질의 일자리가 감소(대체)할 것이란 경고가 나오는데요?

AI 발전으로 인해 양질의 일자리가 감소한다고만 보기는 어려울 것 같다. 상대적으로 기계·로봇의 대체로 생산 제조, 단순 업무 등에서 일자리가 줄어들 수 있다. AI의 발전이 장기적으로는 양질의 일자리를 대체할 수 있다고도 생각한다. 실제로 미국, 인도 등 다른 국가들의 경우 의료 산업에서 AI, 로봇 등을 활용해서 검진, 수술 등에 보조로 활용하고 있다. 의료뿐만 아니라 마케팅, 인사 채용 분야에서도 관련 프로그램이 많이 개발되고 있다. 동시에 새로운 일자리, 더 좋은 일자리가 생길 수도 있다. AI로 인한 일자리 변화는 무조건 나쁘게만 볼 필요성은 없다고 생각한다.

Q   어떤 일자리가 '좋은 일자리'일까요?

구직자들의 여러 가지 경험과 개인적인 이야기가 될 수 있어서 객관적으로 보기는 어렵겠다. 그렇지만 저는 좋은 일자리가 '개인이 성장할 수 있는 일자리'라고 본다. 주변 사람들에게 왜 이 일을 하냐고 물으면 좋아하는 일이고, 짧은 기간이라도 본인의 사회적 자본을 쌓기 위해 선택하고 있다고 답한다. 그 일이 경력 개발과 성장 가능성을 갖고 있다고 보는 것이다.

두 번째로는 금전적인 부분이다. 우리가 흔히 금전적 보상하면 직접 보상과 간접 보상을 들 수 있다. 월급 그 자체뿐만 아니라 급여 외에도 받을 수 있는 근로 시간, 근로 유연성 등과 같은 간접적인 보상도 생각한다는 것이다. 또한 직장이 주는 자부심인 고용 브랜드도 영향을 미치기 때문에 사람들이 중소기업보다 대기업을 많이 가려고 한다.

최근 청년들은 돈을 아무리 많이 줘도 단순한 노무·업무들을 하지 않는다. 본인의 워라밸을 지키면서도 일한 만큼, 노력에 대한 보상으로 돈을 벌 수 있는 일자리를 찾는다.

공정하고 합리적으로 의사결정이 이뤄질 수 있어야 한다.

Q   한국 고용·노동과 관련해 법 개선 또는 정책을 제안하신다면?

기간제법에 대해서도 손볼 필요가 있다고 생각한다. 최근에는 '기간제법'(근로자를 2년 이상 고용하면 정규직으로 전환하자는 취지의 법)과 관련해 (근로자 고용 기간을) 2년에서 3년, 5년으로 늘려라, 이런 이야기가 나오는 것 같다. 그러나 저는 기간제, 무기계약직이라는 제도 자체가 없어져야 한다고 생각한다. 그 이유는 기간제법을 통해서 2년이라는 시간 이후 인력들을 실제 추가 활용할 수 있는 방안이 없기 때문이다. 2년을 3년, 4년으로 늘린다고 해도 시간만 늘어나는 것이다.

우리가 흔히 말하는 무기계약직과 공무직이 있는데, 이들을 '준규직'이라고 말한다. 정규직과 기간제 중간에서 완충 역할을 맡고 있는 이들은 기간제보다 비교적 안정감을 가질 수 있겠지만, 직무로는 정규직, 무기계약직의 업무량 등이 나누어져 있다. 실질적으로 직장인들에게 계급을 부여하는 것과 다를 바가 없다.

또한 앞서 말했던 국내 대기업의 비중(13.9%)이 줄어들고 있는 여러 이유 중 하나가 기간제, 아웃소싱 등의 활용이다. 지금의 우리 경제에서 그나마 생산 비용을 좀 감소시키면서도 기업이 성과를 내거나 이런 이윤을 낼 수 있는 것 중 하나가 기간제나 무기계약직을 활용하는 것이다. 그래서 저는 이 부분에 대해서도 좀 파격적인 검토가 뒤따라야 한다고 생각한다.

Q 마지막으로 하실 말씀은?

통계청 임금·근로·일자리 소득 수치를 보면, 1999년 대기업과 영리 기업 중 중소기업 근로자의 임금 격차는 28.3%였는데, 2021년 임금 격차는 52.8%로 확대됐다. 대기업과 2차 협력업체 간의 격차는 더욱 벌어진 것으로 나타났다. 최근에 벌어지는 여러 가지 이슈 중 하나가 거대 노총 중심으로 협의가 이루어지다 보니까 그들을 위한 정책들이 많이 만들어지고 있다. 그래서 저는 중소기업의 기업인들이 실제 어떤 부분들을 요구하고 있는지도 좀 바라봐야 한다고 말하고 싶다.

노사정이 모두가 저마다의 역할이 있다. 지금까지 노사 모두 정부에 너무 많이 의존해왔고, 정부도 노사 양대 주체가 해결해야 할 의제에 너무 깊이 관여하려고 했다. 노사의 자율적인 상생 노력이 꽃을 피워야 노동생산성이 올라가고 좋은 일자리 창출될 것이다.

창업 기업에 대한 성장 기반도 마련해야 한다고 본다. 일단 기본적으로 창업에 대한 부분들을 고민할 때 단순하게 창업 기업의 숫자를 늘리는 것이 아니라, 우리가 흔히 얘기하는 기술 사업화를 통해서 지속적으로 성장할 수 있는 그런 부분, 그러니까 토대를 조성해 주는 것이 필요하다. 장기적인 안목에서 기업을 성장하고 키울 수 있고, 실제 자유롭게 기업활동을 할 수 있는 그런 부분들을 만들어주는 것이 가장 중요하다고 생각한다.

마지막으로, 윤석열 정부가 남은 기간 노동 분야에서 해결해야 할 과제로 보는 건 • 대기업과 중소기업 간의 개선 • 정규직과 비정규직 간의 개선 • 남자와 여자의 임금 차이다. 영국, 독일, 스웨덴 등 성공한 노동 개혁의 뒤에는 정부의 강력한 리더십이 있었고, 한 정부가 아닌 여러 정부가 함께 노동시장 문제를 해결하기 위해 노력하고 있다.

선진국의 노동 개혁과정을 살펴보더라도 노동시장 유연성의 제고가 수반되지 않는 정책은 대부분 실패로 귀결됐다. 이 시점에서 우리나라는 우선 국민의 공감대를 끌어내고, 정부가 강력한 리더십으로 노동시장 이중구조 개선을 힘 있게 추진하며 이를 뒷받침하는 노력이 필요하다. 현 정부가 노동시장 이중구조에 대한 개선의 방향성이라도 제대로 잡는다면 다음 정부는 물론 15~20년 이상의 개혁을 이어 나갈 수 있다.

'주주행동주의'는
대세

"최근 종영한 JTBC 드라마 〈재벌집 막내아들〉에서 주인공 진도준(송중기 분)이 행동주의펀드 대주주로 나왔어요. 저에게는 굉장히 감동적으로 다가왔습니다."

이창환 얼라인파트너스자산운용(이하 얼라인) 대표는 공감신문 인터뷰에서 이같이 말했다. 이 대표는 미국 대표 투자은행인 '골드만삭스'와 세계 3대 사모펀드 운용사인 '콜버그크래비스로버츠(KKR)' 서울사무소를 거쳐 2021년 행동주의펀드 얼라인을 설립했다.

설립 3년 차이지만, '얼라인' 이름 석 자에 느껴지는 무게는 남다르다. 에스엠 지분 단 1.1%(특수관계인 포함)로 이 회사의 사상 첫 배당과 지배구조 개선을 이끌어냈고, 올해 1월부터 전개한 '은행주 캠페인'을 통해 국내 주요 금융지주의 총주주환원율을 30%대로 높이는 성과를 이뤄냈다.

(현) 얼라인파트너스자산운용 대표이사

콜버그크래비스로버츠(KKR) 서울사무소 상무

골드만삭스 애널리스트

서울대 경영학과 학사

이 창 환

주주환원율, 韓 증시 재평가 기회 될 것

이창환 대표는 총주주환원율 30%대 달성의 영광을 1,400만 '동학개미'에게 돌렸다. 신종 코로나바이러스 감염증(코로나19) 확산 이후 개인 소액주주들의 주식시장 진입이 대거 이뤄졌고, 이 바람에 '주주행동주의' 시대를 열 수 있었다는 것이 그의 설명이다.

"만약 3~5년 전이었다면 (주주 제안은) 받아들여지지 않았을 것이다. 아마 가루가 되도록 두들겨 맞은 다음 (얼라인은) 공중분해 됐을 것이다."

자본시장의 관심을 한 몸에 받고 있는 이창환 대표. 그의 최고경영자(CEO)로서 목표는 무엇일까. 역시나 '누구나 선망하는 최고의 투자회사 만드는 것'이라는 답이 돌아왔다.

그리고 얼라인의 활동이 궁극적으로는 '코리아 디스카운트(한국증시 저평가)' 해소에 도움이 될 것이란 믿음이 있다고 덧붙였다.

"세계적인 투자자 벤저민 그레이엄이나 워런 버핏도 처음에는 행동주의였다고 합니다. (미국의 경우) 많이 싸우다 보니 판례가 쌓였고, 지금의 선진시장이 만들어진 것이죠. 한국도 이제 시작입니다. 막을 수 없는 흐름이라고 봅니다."

이창환 대표는 청년들에게 "어려운 상황이지만, 포기하지 말고 희망을 가져보라."는 말도 잊지 않았다.

Q 　최근 '주주행동주의'가 국내 자본시장의 화두로 떠올라 소액주주들의 목소리에도 부쩍 힘이 실리는 모습인데, 이러한 변화를 어떻게 바라보고 있는지요?

너무나 자연스러운 자본시장 발전 과정이다. 미국, 일본 등도 비슷한 과정을 거쳤다. 세계적인 투자자인 벤저민 그레이엄이나 워런 버핏도 처음에는 행동주의였다고 한다. (미국의 경우) 많이 싸우다 보니 판례가 쌓였고, 지금의 선진시장이 만들어진 거다. 한국도 이제 시작이다. (주주행동주의는) 막을 수 없는 흐름이라고 본다.

Q   **주주행동주의 확대가 한국의 고질적인 증시 저평가 문제를 해결하는 데 도움이 될 수 있을까요?**

그렇다. 오늘 골드만삭스에서 보고서를 냈다. 최근 한국에서 주주행동주의나 주주제안이 무척 늘어나고 있는데, 이것이 기업의 지배구조 개선 노력을 이끌어 궁극적으로는 코리아 디스카운트 해소에 큰 도움이 될 것이라는 분석이었다. 제 생각과 같다. 너무나 당연한 거다.

Q   **말씀처럼 너무 당연한 건데 왜 지금까지는 주주행동주의가 확대되지 못했던 걸까요?**

우리나라는 경제성장의 역사가 짧다 보니 그런 기회가 없었던 것 같다. 이런 걸 할 수 있는 금융자본이 형성되지 못했고, 또 주주 권리에 대한 국민적 인식이 부족하기도 했다.

Q   **그렇다면 지금은 어떻습니까?**

코로나19 확산을 기점으로 '동학개미' '서학개미'가 생겨나고, 관련 유튜브 방송이 늘어나면서 반전이 찾아왔다. 통계를 보면 주식투자자 수가 2019년 600만 명에서 2021년 1,400만 명으로 크게 늘었다. 자연스럽게 주주행동주의를 펼칠 수 있는 여건이 만들어진 것이다.

Q 그동안 한국에서는 '행동주의펀드=기업사냥꾼'으로 비쳤던 것이 사실인데, 얼라인이 추구하는 행동주의펀드는 어떤 모습인가요?

애당초 '행동주의펀드=기업사냥꾼'이란 인식 자체가 오해였다고 본다. 과거엔 주식투자를 하는 사람이 상대적으로 적었고, 관련 유튜브 방송도 없었다. 그런 상태에서 (행동주의펀드로부터) 방어하는 쪽, 변화를 원치 않는 쪽에서 '먹튀'라는 프레임을 씌웠다. 하지만 투자란 결국 투자를 해서 수익을 내고 매각하는 것 아닌가. 너무 당연한 거다. 그걸 '먹튀'라는 단어로 정리하는 것은 적절하지 않다는 생각이다.

Q '먹튀' 비난은 과거 주가를 올려 자신들의 이득만 취한 뒤 빠져나가는 행태를 일부 보였기 때문이 아닐까요?

실제로 그랬을까 싶다. 개인적으로는 (과거 국내 기업에 투자한 행동주의펀드들이) 실질적인 변화를 일으켰다고 생각한다. 사람들이 대표적인 사례로 이야기하는 게 엘리엇-현대차그룹인데, 결국 현대차그룹은 엘리엇 때문에 애당초 계획했던 지배구조 개편을 철회해야 했다.

그리고 기업가치에 변화가 없는데 주가를 반짝 띄워 돈을 번다? 사실상 쉽지 않다. 투자 대상이 큰 기업일수록, 투자 규모가 클수록 더욱 그렇다. 기본적으로 주가는 그렇게 움직이지 않는다.

Q 얼라인 설립 후 첫 번째 투자처로 에스엠을 선택했는데, 특별한 이유가 있었나요?

간단하다. 케이팝 산업의 성장성이 눈에 보였고, 그중 에스엠의 밸류에이션(기업가치)이 가장 저렴했다.

에스엠 CI. 얼라인은 설립 후
첫 번째 투자처로 에스엠을 선택,
적극적인 주주행동 결과 사상 첫 배당,
라이크기획과의 계약 종료, 이수만
총괄 PD로부터의 독립 등을 이끌어냈고
이를 통해 주가 상승을 견인했다.

Q　적극적인 주주행동 결과 사상 첫 배당, 라이크기획과의
　　계약 종료, 이수만 총괄PD로부터의 독립, 그리고 주가 상승…
　　이 정도면 행동주의펀드로서의 목표는 이뤄낸 것으로 보이는데,
　　더 남은 목표가 있나요?

거버넌스(지배구조) 개선이라는 1차 목표는 이뤄냈다고 본다. 그걸로 인
한 주가 효과는 다 반영됐다. 2차 목표는 사업구조 개선이다. 회사에서
최근 발표한 'SM 3.0'은 굉장히 좋은 사업 계획이다.

　　이대로 실행된다면 저는 3년 안에 에스엠의 기업가치가 지금보다
2~3배 상승할 수 있다고 본다. 제가 에스엠 사외이사 후보로 추천돼 있
는 만큼, 장기적으로 그 과정(SM 3.0)을 함께하겠다고 생각한다.

Q　얼라인을 알린 계기가 됐던 '은행주 캠페인"과 관련하여, 은행은
　　관치의 영역이 많아 주주행동이 이뤄진 적이 없는 업종인데,
　　어떻게 은행주에 주목하게 된 건가요?

금융 쪽에서 경력을 쌓았기 때문에 개인적으로 잘 이해하는 산업이기도

하고, 기본적으로는 밸류에이션이 너무 낮았기 때문이다. 우리나라 은행의 경우 합리적인 자본 배치가 안 돼 있다. 밸류에이션이 높을 때는 대출을 늘리는 전략이 맞지만, 밸류에이션이 낮을 때는 대출을 늘리는 것보다 자사주 매입·소각이나 배당 확대가 합리적이다. 그런데 지금 국내 은행은 밸류에이션이 낮음에도 불구하고 대출 성장에 힘쓰는 상황이다. 그래서 "대출 성장을 국내총생산(GDP) 성장률 수준으로 맞추고, 이를 통해 배당이나 자사주 매입을 늘리자."고 제안했다.

결과적으로 국가 경제에도 도움이 되는 제안이었다. 은행의 밸류에이션이 높아지면 금융시스템 위기 시 주식 발행을 통한 자금조달이 가능해 과거 IMF 외환위기 때처럼 혈세를 투입할 필요가 없어진다.

또 대출 증가 속도를 늦추는 것 자체로도 의미가 있다. 지금처럼 대출이 GDP의 2~3배씩 증가하면 부동산에 거품이 생기고, 인플레이션(지속적인 물가상승) 문제가 발생하게 된다.

Q 은행주 캠페인 결과 KB금융이 지난해 총주주환원율 33%를 발표했는데요?

30% 정도를 예상했다가 깜짝 놀랐다. 이게 정말 큰 의미가 있는 게, 지난 10여 년간 30%를 넘긴 적이 없었다. 그런 상황에서 KB금융뿐 아니라 신한금융, 하나금융, 우리금융 모두 화답해주었다. 솔직히 이렇게까지 신경을 써줄 거라고는 생각하지 못했다.

주주들을 위한 결단에 굉장한 감동을 받았다.

Q 얼라인의 역할이 컸다고 보는데요?

제가 느끼기에 이미 주주 친화 정책에 대한 관심이 높았던 셈이다. 자그마한 계기만 만들어주면 될 일이었다. 그런 게 필요했던 것 같다.

Q 그런데 얼라인이 지분을 보유하고 있는 JB금융에서는
오히려 주주제안을 거절했는데요?

당연히 JB금융 경영진과 저희의 생각은 다를 수 있다. 저희가 원하는 건
주가 상승이다. 지금 저희가 제안하는 건 주식 수를 줄이자는 건데, 회사
에서 생각해 보면 회삿돈으로 주식을 사서 소각해야 하지 않나. 주가는
올라가지만 당장 회사의 성장에는 도움이 되지 않는다.
　그러니 어쩔 수 없는, 본질적인 이해관계의 충돌이 있을 수밖에 없다.
하지만 전 세계 모든 은행과 우리나라 6개 은행이 우리가 하는 말에 동의
한 이유가 있지 않겠나. 합리적인 분들인 만큼, 장기적으로는 합리적인
방향으로 결정해주실 것으로 생각한다. 우리는 (이달 주주총회에서) 주
주로서 주주권을 행사하고자 한다.

Q 최근 금융당국이 '금융의 공공성'을 강조하면서 배당 확대에
제동을 거는 듯한 모습을 보였는데, 이에 대한 견해는?

정부가 배당 확대에 제동을 걸었다고는 생각하지 않는다. 저는 배당을 늘
리기 전에 자본 건전성 부분을 확실하게 챙기라는 취지로 이해했다. 맞는
말이고, 공감하는 부분이다.
　저희 제안의 기본은 대출 성장을 조금 줄이자는 것이다. 그러면 자본
도 더 쌓을 수 있고, 주주환원도 늘릴 수 있다. 정부의 감독 방향과 배치
되지 않으면서 주주들도 혜택을 누릴 수 있는 방안이라고 생각한다.

Q 일각에서는 관치금융이라고 지적하는데?

개인적으로는 정부로서 역할을 잘하고 있다고 생각한다. 우리나라 은행들이 상대적으로 건전성 관리가 잘 돼 있지 않나. 정부에서 보수적으로 잘 감독했기 때문이다. 지금 이야기하는 부분도 지배구조 개혁이나 경쟁을 조금 더 강화하겠다는 정도 아닌가. 충분히 합리적이라고 본다.

Q   최근 홍콩 출장을 다녀왔다고 들었는데, 어떤 업무였는지요?

펀드 조성을 위해 해외 투자자분들을 만나고 왔다. 에스엠과 은행주 캠페인 덕분에 얼라인을 알릴 수 있었지만, 펀드 운용 규모는 그리 크지 않은 상황이다. 감사하게도 국내외 투자자분들이 많은 관심을 보여주고 계셔서 해외에 있는 운용사와 파트너십을 통해 펀드 조성을 추진하고 있다. 현재로서는 (총 펀드 운용 규모) 최소 1조 원을 목표로 하고 있다.

Q   앞으로의 계획이라면?

첫 번째는 누구나 선망하는 최고의 투자회사를 만들고 싶다. 그리고 저희는 대형 상장사를 위주로 투자할 계획이기 때문에 저희의 활동이 궁극적으로는 코리아 디스카운트 해소에 도움이 될 것이란 믿음이 있다.

　　두 번째는 주주자본주의에 대한 인식을 더욱 고양시키는 활동을 해보고 싶다. 저는 JTBC 드라마 '재벌집 막내아들'에서 주인공 진도준이 행동주의펀드 대주주로 나왔다는 사실 자체로 굉장히 감동을 받았다. 상황이 크게 바뀐 거다. 만약 (얼라인의 주주행동이) 3~5년 전에 나왔다면 받아들여지지 못했을 거다. 아마 가루가 되도록 두들겨 맞은 다음 공중분해 됐을 거라고 본다.(웃음) 제 개인적으로는 재능이 있지만 형편이 어려운 분들을 지원하고 싶은 꿈이 있다. 저 역시 사회의 도움을 받으면서 이 자리까지 왔기 때문이다. 그 꿈을 이루기 위해 열심히 달려보려고 한다.

Q　　30대 청년 CEO로서 또래 청년들에게 마지막으로
　　　한 말씀 해주신다면?

포기하지 말고, 희망을 잃지 말라는 말씀을 꼭 드리고 싶다. 어려운 상황
이지만 다 같이 힘을 냈으면 한다. 저 역시 포기하지 않고, 많은 청년에게
희망을 줄 수 있는 사례를 만들기 위해 최선을 다하겠다.

연금 목적은
노후 소득 보장

"최근 일본 출신 예일대 교수가 노인은 강제 할복해야 한다고 주장해 화제를 모았다. 우리 역시 '노인은 죽어야 한다.'고 말하는 사회가 아닐까? 세계 10위권 경제 대국이지만 노인 빈곤은 꼴등이다. 심지어 중국보다, 대만보다 노인빈곤율이 높다. 영국의 경우 노인빈곤율을 약 30%에서 15%까지 낮춘 전례가 있다. 우리는 왜 하지 않을까. 관심이 없기 때문이다."

한국연금학회장인 김원섭 고려대 사회학과 교수는 공감신문 인터뷰에서 이렇게 지적했다.

(현) 고려대 사회학과 교수

한국연금학회장, 한국사회보장학회 국제이사

국민연금재정계산위원회 위원

국민행복연금 자문위원

국민연금공단 혁신자문위원회 위원

국민연금관리공단 국민연금연구원
연금제도팀장 역임

독일 빌레펠트대 사회정책학과 연구교수

독일 브레멘대 사회학 학사 · 석사 · 박사

고려대 사회학 학사

김원섭

고령화 시대 효과적인 재정 지출 필요

김원섭 교수는 '노후 소득 보장'을 위한 연금 개혁을 주장하는 대표적인 인물이다. 경제적 관점에서 접근하면 결국 '더 많이 내게 하거나 덜 주는' 방향으로 모수 개혁에 집중하게 되고, 이것이 연금 개혁 실패를 되풀이하게 만든 원인이라는 게 그의 생각이다. 문제가 그뿐이라면 그나마 다행이다. 더 큰 문제는 경제협력개발기구(OECD) 평균의 3배에 달하는 노인 빈곤율이 던진 '오명'이다. 김 교수는 이렇게 꼬집는다.

"다른 나라는 경제성장률에 맞춰 급여를 늘렸는데, 우리는 경제적 관점으로 접근해 재정 건전성만 신경 쓰다 보니 연금 급여율(소득대체율)을 70%에서 올해 기준 42.5%까지 낮췄다. 그 결과가 뭐겠나? 노인 빈곤이다."

그렇다면 김 교수가 말하는 연금 개혁의 핵심은 무엇일까. 바로 연금의 구조를 뜯어고치는 것이다. 기본적으로는 기초연금 100% 지급을 주장하고 있다. 65세에 이르면 전체(全體) 노인에게 기초연금을 지급해야 한다는 것. 결국 정부의 재정 지출을 늘려야 하는 문제다.

"OECD 국가 중 국내총생산(GDP) 대비 공적연금의 정부 재정 지출 비율이 가장 낮은 나라가 한국이다. 기초연금을 50만 원씩 전 국민에게 지급한다고 해도 2040년 GDP의 10%에 못 미친다. 고령화 시대에 대비하고자 한다면 재정을 효과적으로 쓸 필요가 있다."

Q   **현시점에서 연금 개혁이 왜 필요한가요?**

연금 개혁은 늘 필요했다. 문재인 정부 때도 연금 개혁을 시도했다. 결과적으로 실패했지만 말이다. 북핵 문제와 코로나 사태로 세게 밀어붙이지 못한 영향도 있지만, 결론적으로는 기업을 설득하지 못했다.

Q **왜 기업 설득에 실패했다고 보시는지요?**

기업은 '퇴직연금'이라는 명목으로 직원 월급의 8.3%를 강제로 내야 한다. 거기에 국민연금을 직원과 반씩 분담하고 있다. 현재 국민연금 보험료율이 9%니까 기업의 할당은 4.5%다. 직원 월급의 12.8%를 이미 내고 있다. 그런데 지금보다 더 내라고 하면 어떻게 될까? 특히 자금 여유가 없는 중소기업의 입장은 어떤가? 국민연금 보험료율 인상은 사실상 인건비가 올라가는 개념이다. 근로자 채용을 줄이거나, 최악의 경우 문을 닫아야 하는 상황을 고민할 수 있다고 본다. 자영업자의 부담도 상당하다.

게다가 자영업자는 혼자 다 내야 한다. 현재(보험료율 9%)도 부담스러운데, 15%를 내라고 하면 현실적으로 가능할까? 독일의 경우 국민연금으로 (국민 전체의) 90%가 커버된다. 자영업자는 연금 대신 민간 보험을 든다. 국민연금은 본래 근로자를 위한 거다. 그런데 우리는 자영업자를 포함해서 설계했다. 애초에 설계가 잘못된 것이다.

Q **그렇다면 우리나라는 왜 자영업자를 국민연금 납입 대상에 포함한 걸까요?**

자영업자가 들어온 건 국민연금 제도 도입 10년 뒤인 1998년이다. 당시에는 국민연금으로 다 할 수 있다고 봤다. 앞으로 자영업자가 없어질 것이라고 봤기 때문이다. 산업구조가 전근대적이어서 자영업자가 있는 것이고, 경제 발전에 맞춰 자영업자 수는 급속도로 줄어들 것으로 전망했다. 선진국이 다 그랬으니까. 하지만 모든 예측이 맞아들어가는 것은 아니지 않나. 국민 3명 중 1명은 여전히 자영업자다. 게다가 '플랫폼 노동자'라는 새로운 개념도 생겼고, 비정규직도 늘어났다. 애초에 설계가 잘못됐을 뿐 아니라, 구조개혁을 놓친 결과물인 셈이다.

Q   **구조개혁이 필요하다는 뜻인가요? 자영업자 부분 외에
또 어떤 구조상 문제가 있다고 보시는지요?**

국민연금 평균 급여가 53만 원이다. 60%는 40만 원 이하를 받는다. 20년 이상 가입자는 90만 원가량 받을 수 있지만, 전체의 10% 정도에 불과하다. 연금제도를 일찍 도입한 다른 나라들은 경제성장에 맞춰 급여 수준(소득대체율)을 높였지만, 우리는 70%에서 60%로, 또 50%로 계속 낮췄다. 현재는 42.5% 수준이고, 2028년에는 40%까지 낮아질 예정이다. 이러니 용돈 수준이라는 지적이 나오는 거다.

게다가 국민연금 수급자는 (65세 노인 전체의) 약 45%에 불과하다. 절반도 못 받는다. 특히 누가 못 받느냐? 여성들이 못 받는다. 국민연금 가입자의 무소득 배우자(전업주부)는 국민연금 적용제외자로 분류되기 때문이다. 처음에는 (소득대체율이) 70%니까 부부가 같이 쓰면 된다는 생각이었다. 하지만 지금 40% 선까지 내려오지 않았나? 그러면 무소득 배우자에 대한 조치가 따라왔어야 했는데, 그냥 방치했다. 대안이 없는 것도 아니다. 일본의 경우 국민연금을 2종(기초연금+후생연금)으로 나누고, 남성에게 여성 배우자의 기초연금 보험료를 내게 했다. 그래도 못 받는 사람은 국가가 대신 내준다. 그 결과 일본은 전체 국민이 기초연금을 받는다. 하지만 우린 안 했다. 복지보다 기금에만 관심이 있었다.

Q   **그렇다면 교수님은 기초연금 100% 지급을 주장하는 것인가요?**

그렇다. 현재 국민연금 사각지대가 존재하는데, 이 경우 기초연금을 쫙 깔아주면 문제가 해결된다. 국민연금 가입자라면 100만 원 정도를 연금으로 받을 수 있고, 사각지대에 있는 국민은 최소 50만 원을 받을 수 있다. 소득 조사를 통해 하위 30%에게는 15만 원을 더 주면 그분들은 65

만 원 정도 받는 거다. 그러면 절대빈곤은 없어지지 않을까.

Q   하지만 재정 건전성 문제가 있지 않을까요?

기초연금을 50만 원씩 전 국민에게 지급한다고 해도 2040년 GDP의 10%에 못 미치는 재정 지출이다. OECD 평균은 20% 정도다.

그것조차 안 쓰면 결과는 노인 빈곤이다. 고령화 시대에 대비하려면 (재정을) 효과적으로 조금 더 써야 하지 않겠나?

(노인 복지를 위해 정부 재정을 확대한다는 가정이 있으면) 국민연금은 오히려 줄여도 된다. 예를 들어 수급 개시 연령을 68세로 미룰 수 있다. 대신 '실업 부조'를 주면 된다. 실업급여는 보통 1년 주면 끝이지만, 실업 부조는 연금 받기 직전까지 주는 개념이다. 대부분 나라는 실업급여와 실업 부조를 함께 운영한다. 우리도 도입을 고민해 볼 필요가 있다고 본다.

Q   연금 개혁의 핵심이 모수 개혁이라고 생각했는데,
전혀 다른 방향의 이야기로 보이는데요?

모수 개혁을 이야기하는 건 경제적 관점에서 접근했기 때문이다. 경제적 관점에서는 '앞으로 적자가 날 수 있다. 기금이 부족하니 더 걷고, 덜 줘야 한다.'는 측면에서 접근한다. 일각에서는 '기금이 곧 적자 상태에 빠지기 때문에 미래 세대는 못 받을 수 있다.'는 말로 위기감을 조성하기도 한다. 명백한 가짜뉴스인데도 말이다. 기금이 없다고 해서 연금을 안 주는 나라는 전 세계 단 한 곳도 없다. 게다가 연금은 법적으로 사유재산과 같아 헌법소원에서 (개인이) 100% 이긴다.

반대로 사회복지 관점에서 접근하는 사람들은 '노인 복지' 측면에서 생각한다. 기금이 고갈돼서 연금을 못 준다는 건, 사적연금 개념이다. 민

김원섭 교수는 연금의 목적이 노인 복지에 있음을 명확히 인지해야 한다고 했다 ㅣ 사진 픽사베이

간 보험회사가 재보험을 들 듯, 국민연금의 백업(Back-up) 보험은 국가다. 그래서 국가가 망하지 않는 한 연금을 못 받을 일은 없다. 왜냐, 노인 복지는 국가의 중요한 의무이기 때문이다.

국민연금의 본래 도입 취지와 한국의 구조적 문제를 들여다보기 위해서는 국민연금 도입 역사를 알아야 한다. (공적)연금은 1880~1910년 초에 도입됐다. 그때는 지금처럼 노령연금 개념이 아니라 장애연금이었다. 공장에서 일하다가 장애인이 되는 경우가 많았기 때문이다. 그래서 연금에는 항상 폐질(廢疾) 및 노령연금이라고 적혀 있었다. (폐질보험이란 피보험자가 질병이나 상해로 경제적인 활동력을 잃었을 경우 일정한 보험금을 지급하는 보험을 의미하는데) 폐질(廢疾)이 우선이었던 거다. 예를 들어 독일의 경우 연금 수급 개시일이 70세인데, 당시 노동자의 평균 수명은 30세 정도였다. 노령보험금을 받는 사람은 거의 없었던 셈이다.

이후 1950년대 들어서면서 생산성이 높아져 풍요사회가 시작된다. 사람들이 부유해지고, 또 오래 살게 된다. 문제는 젊은 사람은 잘살게 됐지만, 전쟁(2차 세계대전)을 몸소 겪은 노인들은 일을 못 하니 빈곤해졌다는 것이다. 노인 개개인의 능력과 상관없이 세대 간에 엄청난 빈부격차가 생겼다. 그래서 각국은 연금(지급액)을 늘리기 시작한다.

소득대체율을 20~30%에서 50~60%로 두 배 정도 올린다. 물론 1980년대부터 경제가 안 좋아지고 노인 수도 많아지면서 조정이 시작된다. 다만 (지급액을) 깎는 게 아니라 수평을 유지하는 방향이었다. 그게 일반적인 연금의 작동 원리다.

Q   그렇다면 우리나라는 어떤가요?

한국은 한참 늦은 1988년 국민연금 제도를 도입했다.

당시 유엔(UN) 가입국 중 연금을 도입하지 않은 나라는 아랍에미리트와 우리나라가 유일했다고 한다.

게다가 우리는 적립식으로 도입했다. (보험료를) 받고 (연금을) 바로 주는 게 아니라, 기금을 쌓아 20년 뒤부터 주기로 했다. 그래서 연금이 실제 지급된 건 2008년도부터다. 연금 도입 당시에는 근로자 10인 이상 기업체만 들어와서 가입자 수 700만 명이었고, 1998년에 자영업자가 들어오며 가입자 수 1,800만 명이 됐다. 수급자는 없는데 가입자가 급속하게 늘어나니 자연히 기금은 쌓여갔다. 그런데 이후 우리는 지급액을 계속 깎았다. 다른 나라는 경제가 성장하는 동안 소득대체율을 올렸는데, 우리는 70%에서 60%로, 또 50%로 계속 깎았다. 2008년부터는 매년 0.5%p씩 낮아져 2028년 40%까지 하락하는 구조다. 그 결과 올해 소득대체율은 42.5% 수준이다. 그 결과가 뭐겠나? 노인 빈곤이다.

실제로 2020년 기준 한국의 노인빈곤율은 38.97%로, OECD 평균

(13.5%)의 두 배를 웃돈다. 세계 10위권 경제 대국이지만, 노인 빈곤은
꼴등이다. 심지어 중국보다, 대만보다 노인빈곤율이 높다. OECD와 비
교해 볼 것도 없다. 동아시아에서 제일 높다.

**Q 결국 노인 빈곤 해결을 위한 방향으로 연금 개혁이 필요하다고
보시는지요?**

그렇다. 영국의 경우 노인빈곤율을 약 30%에서 15%까지 낮춘 전례가
있다. 우리는 왜 하지 않을까. 관심이 없어서다. 최근 일본 출신 예일대
교수가 노인은 강제 할복해야 한다고 주장해 화제를 모았다. 우리 역시
'노인은 죽어야 한다.'고 말하는 사회가 아닐까?

**Q 어쨌든 지난해 10월 출범한 국회 연금개혁특별위원회가
모수 개혁 논의를 정부 몫으로 돌렸는데, 어떻게 보셨는지요?**

첫 번째는 정치적 이유다. 보험료율을 올려야 하는데 욕먹기는 싫었을
거다. 두 번째는 앞서 말씀드렸듯 모수 개혁과 구조개혁이 붙어있기 때
문이다. (보험료율을) 올리자니 이미 퇴직연금 부담이 있는 기업이 걸
리고, 보험료율 인상 대안으로 나온 소득대체율 인상(50%까지) 방안
은 기초연금이 걸린다. 기초연금 자체가 국민연금 소득대체율을 60%
에서 40%로 낮추면서 도입한 제도이기 때문이다.
　정리하자면 퇴직연금 개혁, 기초연금 조정이 필요하니까 모수 개혁
조차 어려워진 거다. 충분히 예상했던 일이다.

**Q 만약 구조개혁 없이 모수 개혁을 하게 된다면, 적정 보험료율은
얼마라고 보시는지요?**

현재 구조에서는 12% 이상 어렵지 않나 싶다. 국민연금은 한계가 많다. 자영업자를 넣은 상태에서 보험료를 15% 이상 올린 나라는 전 세계 어디에도 없다. 만약 15% 이상 올리고 싶다면 자영업자를 빼내면 된다. 또 기업의 반발을 잠재우려면 퇴직연금을 없애면 된다.

그래서 퇴직금 전환제(퇴직연금 기여금 일부를 국민연금으로 전환하는 것) 이야기가 계속 나오는 거다.

Q   기금 운용 수익률을 1%만 높여도 8년 정도 기금 고갈 시기를
     늦출 수 있다는 분석이 나오는 만큼 수익률 개선 노력도
     필요해 보이는데요?

우리가 그럴 능력이 있는지, 우리나라 금융시장이 그 정도로 성숙해 있는지가 중요하다. 영국, 미국도 제대로 수익을 내기 어렵다고 이야기한다. 독일의 리스터연금은 2001년 도입했을 당시 예측 수익률이 2.5%였는데, 15년 운용한 결과 (수익률이) 그 절반밖에 안 됐다. 사람들 평가가 어땠는지 아나? 2.5% 수익률을 낼 만큼 독일 금융시장이 성숙하지 않았다고 했다. 즉, 1%는 굉장히 큰 꿈일 수 있다는 의미다. 현실화할 수 있는지를 냉정히 판단하고 이야기해야 한다. 물론 드라마 〈재벌집 막내아들〉의 막내아들이 온다면 달성이 가능한 꿈일 수 있겠지만 말이다.

Q   연금 개혁에 대한 젊은 세대의 거부감이 존재하는 것 같은데,
     이에 대한 견해는?

1970년대 이후 현재를 생각하면 국가 전체 GDP는 100배, 1인당 GDP는 10배 성장했다. 100배, 10배 잘살게 된 거다. 복지도 마찬가지다. 1990년대만 해도 정부의 복지 지출은 2.5% 수준이었다. 그마저도 대부

분 공무원에게 갔고, 일반 국민은 받는 게 거의 없었다. 하지만 지금은 14%까지 늘었다. 아동수당, 실업급여 등등 누릴 수 있는 혜택이 많아졌다. 이 추세면 2040년 세계 복지국가 톱(Top)5에 들어갈 것으로 예측된다. 제가 말하고 싶은 건, 복지국가에서는 원래 세금을 많이 내야 한다는 거다. 지금 우리가 노인이라고 부르는 분들은 국가에서 받은 것 없이 스스로 살아온 분들이다. 그래서 적게 냈던 거다. 게다가 사람의 인생이라는 게 천년만년 젊음을 유지할 수 있는 게 아니지 않나. 누구든 복지가 필요해지는 순간이 온다. 노인이 받는 연금을 왜 젊은 세대가 내야 하냐고? 누구든 노인이 되기 때문이다. 미래를 위한 투자라고 생각했으면 한다.

Q   연금 개혁 성공을 위한 핵심 열쇠는 무엇이라고 생각하는가?

정치다. 연금 개혁은 노인의 소득 보장이 너무나 중요해서 가족이나 시장에 맡길 수 없다고 생각했을 때 가능한 거다. 그 생각을 누가 하느냐? 국가의 중요한 정책 결정권자다. 한 가지 예로, 2008년 기초노령연금을 도입하면서 '기초연금 급여율을 5%에서 10%까지 올린다.'는 내용을 기초연금법 부칙(附則)에 담았다. 법에 명시돼 있으니 그냥 올리면 되는 건데, 이명박 대통령은 안 올렸고, 박근혜 대통령은 올렸다. 결국 정책 결정권자의 의지가 중요하다는 것이다.

(현)세계경제연구원 이사장

연세대 경제대학원 석좌교수 · 국민연금공단 이사장

국제증권감독기구(IOSCO) 아태지역위원회 의장

초대 금융위원장 · 외교통상부 국제금융대사

국제금융센터 소장 · IMF 외환 위기 경제부총리 특보

세계은행 수석연구위원 · 미국 미시간주립대학 경영학 교수

인디애나대학교 대학원 경영학 박사

인디애나대학교 대학원 경영학 · 경제학 석사

서울대학교 경제학과

제10회 자랑스런 부고인상 · 아시아 지역 올해의 CEO상
청조근정훈장 수상

전광우

연금 개혁 자체
수익률 제고부터…
기금 운용
개혁 시급

"보험료율 인상과 같은 모수 개혁도 필요하지만, 그에 못지않게 기금 운용 개혁이 시급합니다." 이같이 주문하는 전광우 세계경제연구원 이사장은 서울대 경제학과를 나와 미국 인디애나대에서 경영학 박사 학위를 받고, 미시간주립대학에서 교수 생활을 한 뒤 세계은행에서 수석 이코노미스트를 역임한 국제금융 전문가다.

2009년부터 2013년까지 국민연금공단 이사장을 지내며 기금 운용의 꽃을 피웠다. 대체투자 비중을 늘리고 투자 대상을 국내외 자산으로 확대하는 등 선제적이면서도 공격적인 기금 운용을 통해 2010·2011년 2년 연속 두 자릿수 수익률을 달성하는 쾌거를 이뤘다. 임기 4년간 만든 기금 운용 수익은 89조 원으로, 같은 기간 삼성전자의 순이익(대략 67조 원)을 뛰어넘는 수준이었다.

수익률 1%p 상승 시 기금 고갈 시기 8년 늦출 수 있어

"기금 운용 수익률을 1%포인트(p)만 높여도 기금 고갈 시기를 8년가량 늦출 수 있다. 2%p 상승 시에는 16년이 아니라, 그 이상의 연장 효과를 볼 수 있다."

전 이사장은 이렇게 덧붙였다.

국민연금연구원 등에 따르면 최근 10년간 국민연금의 연평균 운용 수익률은 4.99%다. 운용 자산 규모가 비슷한 캐나다 연금투자위원회(9.58%)의 절반 수준이다. 보수적인 운용으로 유명한 일본 공적자금(5.30%)보다도 낮다.

"(보험료율 인상 등) 모수 개혁에는 상당한 저항이 뒤따를 수밖에 없다. 개혁에 성공한다고 해도 점진적인 조정이므로 효과는 크지 않다. 궁극적으로는 수익률을 높이려는 노력이 선행되어야 한다. 물론 수익률을 높이는 작업이 쉬운 일은 아니다. 다만 수익률을 높이려는 노력은 안 하면서 국민에게 보험료를 더 내라고 하는 것은 말이 안 된다. 이거야말로 직무 유기다."

Q　　경기둔화와 경기침체를 놓고 전문가 간 의견이 엇갈리는 모습인데, 올해 경제를 어떻게 전망하고 계시는지요?

상당히 어렵다고 보지만, 변수가 많은 상황이다. 세계적인 전문가들의 의견이 엇갈리는 이유도 여기에 있다. 예를 들어 노벨상 수상자인 조셉 스티글리츠 컬럼비아대 교수는 "더 이상의 금리 인상은 안 된다. 오히려 빨리 낮춰야 한다. 그렇지 않으면 미국을 포함해 전 세계적으로 아주 심각한 침체를 겪을 수 있다."고 경고했다. 또 다른 쪽에서는 "금리를 더 올려서 인플레이션(지속적인 물가 상승)을 빨리 잡아야 한다."고 주장한다.

흔히 "경기 예측은 어렵다. 특히 미래에 관해 그렇다."고 이야기한다.

그만큼 변수가 많다는 의미다. 그런데 현재(변수의) 스펙트럼이 제가 과거에 경험한 것에 비해 훨씬 넓다. 작년 말 국제통화기금(IMF) 총재는 경제성장률 전망치 하향 조정을 예고했다. 하지만 얼마 지나지 않아 다보스포럼에서 "우려했던 것보다 괜찮다."는 메시지를 던졌다. 가장 큰 배경은 중국의 리오프닝(경제 재개)이었다. 소비, 투자, 생산이 살아나면서 중국은 물론 세계 경제에 긍정적인 효과를 줄 것이란 진단이었다.

　게다가 12월 통계를 보니 유럽의 경제 상황이 애당초 우려했던 수준보다 훨씬 괜찮았다. 겨울철 가스 가격이 폭등해 엄청난 어려움을 겪을 것이라고 예상했지만, 온난화 덕에 그 부담이 확 줄었다. 물론 그렇다고 해서 (성장률 하향 조정) 변수가 없어진 것은 아니다. 예를 들어 중국 리오프닝은 호재이면서 악재일 수 있다. 집단면역을 기대하지만 새로운 변이의 확산으로 경제가 더욱 악화할 수 있다. 우크라이나-러시아, 미국-중국 등 지정학적 문제도 여전히 활화산 같다. 한국만 하더라도 컨센서스는 1%대 중반이지만, 노무라는 마이너스(-) 성장을 이야기한다. 하반기에 경기가 반등하는 '상저하고'를 기대하지만, 안개가 상당히 짙다.

Q　중국 리오프닝이 인플레이션을 가중(加重)시킬 수 있다는 우려도 나오는데요?

맞다. 어떻게 보면 양날의 검이다. 중국발(發) 인플레이션 재확산이 현실화하면 악순환의 고리로 들어갈 수밖에 없다. 인플레이션을 잡기 위해 금리를 더 올려야 한다. 그래서 JP모건 제이미 다이먼 회장 같은 인물은 (미국 연방준비제도 정책금리를) 6% 이상 올려야 한다고 주장한다. 결국 아주 얇은 얼음판을 걸어가는 상황이라고 봐야 한다.

Q　2021년 말 공감신문과 진행한 인터뷰에서 차기 정권(현 윤석열

정부)에 제언하고 싶은 내용으로 '부채 감축과 기업 역동성 회복
을 통한 경제 체질개선'을 언급하셨는데, 아직 1년이 채 안 되긴
해도 현 정부의 추진 방향에 대한 의견은?

튼튼한 국가재정은 한국과 같은 비(非)기축통화국 입장에서 최후의 보
루다. 과거 IMF 외환 위기나 글로벌 금융위기를 조기에 극복할 수 있었
던 것도 과감한 재정 집행 덕분이었다. 그 실탄은 모두 국가재정에서 나
온 거다. 그런데 지난 정부에서 국내총생산(GDP) 대비 국가채무 비율
이 급속도로 늘었다. 빠른 재정 악화 속도에 경고음도 많이 나오고 있다.
그런 의미에서 현 정부가 재정 건전성 회복이라는 아젠다를 선택한 것
은 방향을 제대로 잡은 것이라고 볼 수 있다. 다만 재정 건전성 회복은 단
칼에 이룰 수 있는 문제가 아니다. 또 경기가 악화된 상황에서는 취약계
층이나 한계기업에 대한 일정 부분 재정 투입이 필요하므로 성과에 대한
평가는 조금 더 시간을 두고 하는 것이 맞는다고 생각한다.

　　그다음, 민간 경제 활성화를 통해 우리나라의 잠재 성장률을 높이겠
다는 것이 현 정부가 추구하는 방향인데, 이는 제가 평소 생각했던 맥락
이기도 하다. 이를 위해서는 노동 개혁, 규제개혁이 필요하다. 지난번 물
류연대 파업 때 정부가 법과 원칙으로 대응했는데, 노동 개혁 성공의 실
마리를 보여줬다는 측면에서 긍정적으로 평가하고 있다.

Q　　당시 연금 개혁의 중요성도 강조하셨는데, 연금 개혁이 왜 필요한가요?

이대로 가면 우리 미래세대가 세금 폭탄을 안아야 하기 때문이다. 우리나
라는 고령화 속도가 굉장히 빠르면서 출산율은 꼴찌다. (보험료를) 낼 사
람은 줄어들고 있는데, 받아야 할 사람은 많을 뿐 아니라 오래 받아야 하
는 구조가 형성되고 있는 거다. 특히 보험료율 현실화가 굉장히 시급한

과제다. 우리나라의 보험료율은 9%로, 경제협력개발기구(OECD) 평균 (18%)의 절반 수준에 그친다.

Q   **국민연금은 5차 장기 재정추계 결과 연금 기금 소진 시점이 2055년으로 예측됐다고 발표했는데, 이 시기 국민연금 수령 자격이 생기는 1990년생부터는 국민연금을 받을 수 없다는 의미인가요?**

못 받는 게 아니라, 엄청난 세금을 내야 하는 구조다. 연금제도는 크게 두 가지로 구분한다. 하나는 기금을 쌓아서 연금으로 돌려주는 '적립식 연금 제도'다. 다른 하나는 그때그때 필요한 만큼 세금을 받아서 연금으로 돌려주는 '부과식 연금제도'다. 역사적인 흐름으로 보면 적립식으로 시작했던 나라들이 어느 단계가 지나면 부과식 또는 혼합형(적립식+부과식)으로 옮겨가게 된다. 우리가 지금 개혁을 안 하고 놔두면 2055년 기금이 제로(0)가 된다. 그다음은 마이너스(-)다. 이 시기에 (국민연금공단이) 약속한 연금을 주려면 국민이 소득의 30% 정도를 세금으로 내야 한다. 도저히 감내할 수 없는 문제다. 그러므로 소프트랜딩(연착륙)의 관점에서 보험료 정상화가 필요하다는 거다. 고갈 시기를 계속 늦춰 나가야 한다.

Q   **연금 개혁을 위해 필요한 국민적 공감대 형성 부분이 아직은 약해 보이는데요?**

본래 개혁은 어렵다. 혁명보다 어렵다고 한다. 혁명은 새벽에 한 방으로 가능하지만, 개혁은 전방위로 꾸준히 지속해야 한다. 저항도 워낙 많다. 특히 연금 개혁은 개혁 중에서도 가장 골치 아픈 개혁이다. 국민적 공감대 형성이 어렵다. 젊은 사람일수록 저항이 훨씬 크다. 연금 개혁이라고 하면 보통 '더 내고 덜 받아야 한다.'고 한다. 산술적으로 맞는 이야기일 수 있다. 하지만 그런 식의 접근으로는 젊은 사람들의 공감을 이끌 수 없다. 다른 측면의 대안이 필요한 이유다.

Q   **일각에서는 보험료율 상향 조정과 함께 소득대체율을 낮춰야 한다고 주장하는데, 이에 대한 견해는?**

현재 국민연금 2,000만 가입자들이 받는 평균 수령액이 50~60만 원 정도라고 한다. 노후 보장이 되는 수준이 아니다. 그런데 더 줄인다? 말이 안 된다. 보험료율을 높이려면, 그만큼 국민이 지금보다 더 나은 혜택을 받을 수 있도록 디자인해야 한다. 그래야 젊은 층의 마음이 조금이라도 열리지 않겠나?

Q   **그렇다면 한국 상황에 가장 적절한 연금 개혁 방향은 무엇이라고 생각하는지요?**

숫자로 조정하는 모수 개혁도 필요하지만, 상당한 저항이 뒤따를 수밖에 없다. 그마저도 점진적으로 올리니 효과가 별로 없다. 저는 모수 개혁 못지않게 기금 운용 개혁을 추구해야 한다고 본다. 최근 10년간 국민연금공단의 연평균 운용 수익률이 4.99%다. 운용 자산 규모가 비슷한 캐나다 연금투자위원회(9.58%)의 절반 수준이다. 운용 수익률을 1%p 높이면 기금 고갈 시기를 약 8년 늦출 수 있다고 한다. 2%p를 높이면 16년이 아니라, 그 이상으로 연장 효과가 있다. 물론 수익률을 높이기가 쉬운 일은 아니다. 다만 수익률을 높이려는 노력은 안 하면서 국민에게 보험료를 더 내라고 하는 건 말이 안 된다. 이게 바로 직무 유기다.

Q   **수익률 높이기 위해 어떤 노력이 필요할까요?**

수익률 경쟁은 이를테면 국제금융시장에서의 전쟁이다. 전쟁에서 이기려면 프로가 뛰어야 한다. 실력 있는 전문가를 불러 모아야 한다.

일부에서는 민간에서 전문가를 부르면 위험 투자만 할 것이라고 우려하는데, 제가 이야기하는 건 진짜 프로다. 위험 관리를 잘하면서 평균 수익률을 높이는 프로를 써야 한다는 의미다.

사실 소관부서인 보건복지부부터 (수익률 제고에) 적극적이지 않다. 기금 운용에 대한 전문성이 부족하기 때문이다. 기금운용위원회라고 있다. 복지부를 비롯해 고용노동부, 농림축산식품부, 민주노총, 한국노총 등이 참석한다. 따지고 보면 국민연금공단은 우리나라 주식시장에서 가장 큰 손이다. 그런데 금융위원회는 (기금운용위원회에) 안 들어온다. 20~30년 전에 만들어진 시스템이 현재까지 이어오고 있다. 게다가 국민연금공단의 기금운용본부는 전주로 내려가 있다. 과거 매우 정치적인 이유로 이전했다. 그 바람에 많은 인재가 이탈했다.

이제는 터놓고 이야기해야 한다. 캐나다연금투자위원회의 기금 운용 수익률이 좋아진 것도 개혁을 통해서였다. 민간 전문가를 중심으로 기금 운용 체계를 뜯어고쳤다. 국민연금공단의 자산 규모가 1,000조 원이다. 2~3%p만 수익률을 높여도 20~30조 원이다. 기금 운용이 핵심인데, 그걸 외면하고 있으면 안 된다.

Q 과거 국민연금의 장기 재정추계 결과를 보면, 2003년(1차) 추계에서 2047년이었던 기금 소진 예상 시점이 2008년(2차) 추계에서 2070년으로 크게 연장된 바 있다. 당시 연금 개혁 시도가 있었던 건가요?

2차에 걸친 개혁이 있었다. 1998년(1차) 김대중 대통령 때 소득대체율을 70%에서 60%로 낮추고 연금 수급 개시 연령을 60세에서 65세(2033

년 목표)로 늦추는 작업을 했다. 지금 질문하신 내용은 2007년 노무현 대통령 때 실시했던 2차 개혁이다. 당시 소득대체율을 60%에서 50%로 더 낮췄다. 이후 2009년부터 매년 0.5%p씩 낮춰서 2028년 40%로 낮아지는 구조다. 그동안의 개혁은 돈 주는 걸 줄이는 방식이었던 셈이다.

Q   소위 말하는 MZ세대 사이에서는 "안 내고 안 받고 싶다."는 이야기도 심심치 않게 들린다. 국민연금을 의무화하지 않는 방향에 대해서는 어떻게 생각하시는지요?

역설적으로 이야기하면 MZ세대에게 국민연금이 더 필요할 거라고 본다. 기대 수명이 더 늘어나기 때문이다. 개인적으로 주식 투자 등을 통해 노후 자금을 마련하면 된다고 이야기할 수 있지만, 그렇게 쉽지 않다. 어떻게 보면 국민연금은 강제 저축이다. 지금 당장은 부담스러울 수 있지만 분명히 노후 생활에 이바지할 수 있는 부분이 있다. 선진국들이 연금제도를 괜히 운영하는 것이 아니다.

Q   2020년 기준 한국의 노인빈곤율은 38.97%로, OECD 평균(13.5%)의 2배를 웃돈다. 보다 많은 국민이 안락한 노후를 보장받을 수 있도록 정부에서 연금 개혁과 함께 추진해야 할 정책이나 방안이 있다면?

사적연금 활성화를 위한 제도적인 노력이 있어야 한다고 본다. 또 기초연금에 대한 선택과 집중이 필요하다. 걸핏하면 전 국민에게 기초연금을 줘야 한다는 주장이 나오는데, 이러한 포퓰리즘 접근은 지양해야 한다. 취약 계층의 노후 소득 보장에 대해 조금 더 관심을 기울였으면 하는 바람이다.

안정 속
디지털 혁신 등
한국은행
변화 추진

한국은행이 달라졌다. 수직적이고 폐쇄적인 조직에서 수평적이고 대외지향적인 조직으로 180도 변화를 시도하고 있다. 이러한 변화의 중심에는 이승헌 부총재가 자리해 있다. 일하는 문화는 물론 중앙은행 업무에 인공지능(AI) 등 디지털 신기술을 도입하기 위한 전담 조직인 '디지털혁신실' 신설을 주도했으며, 이를 통해 시대의 변화에 능동적으로 대응할 수 있는 기반을 다졌다는 평가를 받는다.

"개혁은 혼자서 할 수 없는 일이다. 'BOK 2030' 수립과 실행에 함께 힘써준 임직원들에게 감사드린다. 한은도 이제는 안정 속에 변화를 추구해야 한다. 이를 통해 한은의 높아진 위상을 느낄 수 있을 것이다."

(현) 숭실대 교수

(전) 한국은행 부총재

한국은행 부총재보·국제국 국장

공보관·국제국 국제총괄팀 팀장

국제국 외환시장팀 팀장

미국 에모리대 경영학 석사

서울대 경제학과·서울 경신고

이
승
헌

수평적 시너지… 외부 기관 리뷰 확대로 조사연구 질적 고도화

일례로 이전에는 연구보고서를 작성하면 팀장·국장·총재 등 수직 라인으로 보고했지만, 이제는 조직 내 동료와 관련 부서, 심지어 금융감독원·대학 등 외부 기관의 리뷰를 받는다. 수평적이고 대외지향적인 조직이라는 지향점 아래 조사연구의 질적 고도화라는 일석이조(一石二鳥)의 효과까지 얻을 수 있는 선순환 구조이다.

이승헌 부총재는 한국은행 중장기 발전전략인 'BOK 2030'을 수립한 인물. 32년간 '한은맨'으로서 묵묵히 자리를 지킨 그는 한국은행에 요구되는 역할을 위해서는 혁신해야 한다는 걸 체감했고, 뚝심 있게 밀어붙여 지금의 '변화하는 한국은행'의 틀을 만드는 데 성공했다.

Q **한국은행 통합별관 구축 작업을 주도하시면서 작업 과정에 우여곡절이 많았던 만큼 입주 소감도 남다르실 것 같은데요?**

6년이라는 상당히 오랜 시간이 걸렸기 때문에 말씀하신 대로 우여곡절이 있었다. 법적 분쟁, 코로나19 확산, 주 52시간제 도입, 중대재해처벌법 시행 등으로 공사 기간이 지연되고 비용이 추가됐다. 게다가 기대보다는 개인 공간이 좁아질 것이라는 등 우려 섞인 목소리도 나오다 보니 별관건축본부 식원들의 사기가 다소 꺾인 상태였다. 하지만 입주 전 완공 단계에서 쭉 둘러보는데, 성공했다는 생각이 들더라. 아니나 다를까 입주 후 직원들의 우려도 하나하나 깨졌다. 개인 공간은 크지 않지만, 대신 오픈 공간이 많이 생겼다. 원하는 곳에서 함께 일할 수 있도록 하자는 애당초의 콘셉트가 잘 구현됐고, 직원들의 만족도도 꽤 높다.

Q **특히 마음에 드는 공간이라면?**

가장 먼저 시야에 들어온 건 4층 식당·휴게공간이었다. 보자마자 '성공했구나' 하는 생각을 했다. 저희가 기본적으로 세운 첫 번째 원칙은 보안과 안전, 그리고 두 번째는 오픈 공간을 많이 만들자는 거였다.

바깥으로는 보안과 안전성을 보강하면서, 내부적으로는 통합 컨퍼런스 홀을 만들고 직원들이 쉽게 이용할 수 있는 회의 공간을 넓히는 등 오픈 공간으로 꾸몄다. 이창용 총재의 말씀처럼 어디서든 편하게 일하고, 팀 구분 없이 수평적으로 토론할 수 있는 환경을 조성한 것이다. 디자인적인 아름다움은 물론이다.

Q   중장기 발전전략 'BOK 2030'의 일환으로 지난해 6월 조직의 수평적 문화 확산과 직원의 전문성 강화를 핵심으로 하는 '경영 혁신 방안'을 발표했는데, 긍정적인 변화가 느껴지시는지요?

경영혁신 방안의 핵심 가치 중 하나는 수평적 시너지였다. 과거의 한국은행은 수직적인 문화가 너무 강했다. 이걸 좀 내리자고 했고, 권한의 하부 위임을 통해 구현했다. 업무 방식에서도 '동료 리뷰'를 크게 확대했다. 페이퍼(연구조사)가 올라가면 전에는 주로 내가 소속된 팀의 팀장, 국장, 총재 등 수직 라인으로 의사소통을 했는데, 이제는 관련 부서, 옆 팀, 심지어 금융감독원과 기획재정부 등 외부 기관, 교수, 외부 기관에까지 보내서 리뷰를 받는다. 수평적 문화를 통해 궁극적으로는 페이퍼의 완성도가 높아지는 효과로 이어질 것을 기대한다.

Q   과거 다소 폐쇄적이었던 조직문화에서 외부 리뷰까지 받는다는 게 쉽지 않았을 텐데, 굉장히 고무적인 변화로 보이는데요?

단순히 페이퍼 과정에서의 리뷰뿐 아니라 평가 시스템 자체도 개방적으로 바뀔 것이다. 내 상급자뿐 아니라 옆 부서도 평가해, 위에만 잘 보이면 되는 게 아니라 내가 다른 부서에 실질적인 도움이 되고 있는지까지 평가하기 때문에 훨씬 단단해질 수 있는 것이다.

Q   확실히 연구조사의 질적 제고를 기대할 수 있겠군요?

아무래도 내부 보고에 그치지 않고, 바깥에 퍼블리싱되니까…. 과거에는 내 라인의 평가만 반영됐다면, 이제는 한국은행 전체, 국민 전체에 퍼블리싱되면서 (경제에) 도움이 되는 방향으로 가는 거다. 페이퍼의 가치가 완전히 달라졌다고 볼 수 있다.

Q   평소 스트레스는 어떻게 푸시는지요?

수영을 한다. 몸이 힘들 때 수영을 하고 나면 오히려 개운하더라. 눈을 감고 천천히 수영을 하면 자는 것보다 더 편안하다는 생각도 든다.

Q   부총재가 되신 후 언론에서 '세대교체'라는 평가를 내놨을 때, 더 잘해야겠다는 부담도 있으셨을 것 같은데, 마음속에 새긴 목표나 각오는 무엇이었는지요?

이주열 총재께서 주창하신 조직 변화, 조직 혁신에 대한 생각을 많이 했다. 30년간 한은맨으로 살아오면서 답답했던 부분이 있었고, 변화가 필요한 부분을 누구보다 체감하고 있었기 때문에 그런 걸 개선하고 싶다는 목표가 있었다. 그리고 그렇게 나온 게 중장기 발전전략인 'BOK 2030'이었다. 그걸 진행하는 과정에서 부총재가 됐기 때문에 이걸(BOK 2030) 확실히 추진하고 완성해야겠다는 각오를 다졌다.

Q　가장 의미 있다고 생각하는 성과를 하나 꼽아주신다면?

디지털 혁신을 꼽고 싶다. 시대가 디지털로 막 달려가고 있지 않나. 한국은행은 그 어느 조직보다 데이터를 많이 쓰기 때문에 디지털 혁신의 의미가 크다. 그래서 BOK 2030의 네 가지 전략 중 하나로 디지털 혁신을 내세우면서 IT 쪽에 인공지능(AI)을 어떻게 담을 수 있을까 정말 많이 고민했다. 하지만 AI는 전문가가 필요하고 많은 투자도 필요한 분야 아닌가. 잠시 주저했지만, 한은에도 AI에 정통하면서 열정적인 직원들이 많이 있더라. 그들을 찾아내 하고 싶은 일을 할 수 있도록 자리를 마련해주니 생각보다 빨리 성과를 낼 수 있었다. 그래서 지금은 디지털혁신실이 한국은행에서 핫(hot)한 조직으로 인식되고 있고, AI라든지 디지털 기술을 활용해 여러 부서와 협업하며 성과를 만들어내고 있다.

　　최근 챗GPT 등이 빠르게 발전하고 있는데, 적어도 그것을 따라갈 수 있는 조직이 생겼다는 측면에서 무척 큰 성과라고 자부한다.

Q　특별히 기억에 남는 직원이 있다면?

마남진 강릉본부장 생각이 많이 난다. 조직 혁신을 한다고 하니까 내부에서는 어떻게 바꾸자는 이야기보다 불편함을 호소하는 게 더 많았다. 그런데 그런 직원들의 목소리까지 모두 듣고 소통해야 한다고 강하게 어필했던 게 당시 전략기획팀장이었던 마 본부장이었다. 직접 소통 채널을 만들기도 했다. 아마 경영진이 독단적으로 추진했다면 실패했을 텐데, 마 본부장이 조직원 전체와 의사소통할 수 있게 노력해 준 덕분에 인정할 거 인정하고 개선할 거 개선하고 설득할 거 설득하면서 지금까지 올 수 있었다. 사실 마 본부장뿐이 아니다. 한국은행이 이렇게까지 변화했다는 건 놀라운 것인데, 마 본부장을 비롯해 많은 직원의 노력과 역할이 있었기 때문에 가능했다는 생각이 든다. 그 직원 한 명 한 명이 기억에 오래 남을 것 같다.

Q 조직원 전체와 소통했다는 건, 결국 부총재님이 열려있는 분이기에 가능했다고 보는데?

감사한 말씀이지만, 개혁은 절대 혼자서 할 수 있는 일이 아니다.

정말 여러 사람의 공이 모여야 한다. 많은 인재가 밑에서 하나하나 움직였기에 가능했던 일이다.

Q 2년여간 금융통화위원으로 활동하셨는데, 불확실성이 높은 만큼 어려움도 많으셨을 것 같습니다만?

금리 인상은 쉽지 않은 일이었지만, 선진국 대열에 있는 나라 중 한국이 가장 먼저 금리를 올렸다. 금통위원과 실무진들은 '세상의 흐름을 제대로 봤구나' '정책 판단을 시의적절하게 잘했구나' 하는 자부심이 있다. 저희는 2021년 5월에 금리를 올릴 수 있다는 커뮤니케이션을 시작했고, 8월 첫 금리 인상을 실행했다. 다른 나라보다 6개월 이상 빠른 결정이었다. 금리를 (다른 나라보다) 먼저 올리면 경제가 어려운데 올린다고 욕먹을 수 있겠지만, 반대로 늦게 올린다면 급하게 올려야 해 경제에 큰 충격을 줄 수 있다고 판단했다. 그러면 어떤 걸 선택할 것인가,

첫 번째가 낫겠다. 욕을 먹더라도 선제적으로 움직여야 한다는 결정을 내린 것이다. 작년에 미국 연준(연방준비제도)이 금리를 급히 올리는 과정에서 굉장히 어려웠는데, 우리가 먼저 올려놓지 않았다면 미국보다 더 큰 압력을 받았을 거다. 부동산 시장은 더 빠르게 고꾸라지고, 금융은 완전히 망가졌을 거라고 본다. 우리는 먼저 움직이면서 시장이 조정할 여유 공간을 만들어낼 수 있었다. 굉장히 자부하고 있다.

Q　보통은 연준을 보고 움직이는데, 선제적으로 잘 판단하셨다는 생각이 듭니다만?

그 밑거름에는 내부적으로 여러 가지 검토가 있었다. 조사국 등 정책 부서에서 인플레이션, 가계대출, 금융안정 등 여러 측면으로 분석하고, 과거 사례와 코로나 이후 정책 대응 등을 보며 지속적으로 토론했다. 저희 내부적으로는 연준이 결국 그렇게(가파른 금리 인상) 나올 것이고, 시장에 상당한 스트레스를 줄 수밖에 없다고 판단했다. 앞서 말씀드린 수평적인 토론 문화가 어느 정도 많이 정착되면서 도움이 된 부분이 크다고 본다.

Q　입행 후 32년간 국내외 금융위기를 다 경험하셨는데, 당시 분위기는?

세상은 큰 틀에서 보면 10년 단위로 변하는 것 같다. 90년대는 규제 시대였지만, 1997년 국제통화기금(IMF) 외환위기를 넘어서면서 시장이 개방됐다. 2008년에는 또 다른 위기로 또 다른 시대가 열렸고, 2020년 코로나19 팬데믹으로 다시금 변화가 찾아왔다.

　네 번째 시기라고 볼 수 있다. 앞선 세 번의 위기로 우리 국내 경제와 시장에의 충격은 어마어마했다. 하지만 결과적으로는 한국의 경제주체들이 슬기롭게 잘 받아넘겼고, 그 레슨을 통해 변화를 이뤄낼 수 있었다. 세 번의 경험을 통해 잘못된 것들에 대해 반성했으며, 시장과 경제는 더욱 단단해졌다. 저희 정책당국도 준비가 많이 돼 있다. 최근 인플레이션 및 시장 불안에 대응하는 것을 보면 굉장히 노련해졌다는 것을 알 수 있다.

Q　한국은행은 디지털 경제 전환에 대비해 CBDC 연구에 속도를 내고 있는데, 앞으로 화폐의 개념이 종이에서 디지털로 바뀔 것으로 보시는지요?

아직은 결론을 내릴 단계가 아니다. 다만 세상이 변하고 있는 건 맞다. 가상자산이나 이런 것들이 아직은 법적인 안정성이 떨어지고 소비자 보호 이슈도 강하게 대두되고 있지만, 부정할 수는 없다고 생각한다.

그리고 가상자산을 안정화하는 과정의 끝은 CBDC나 중앙은행 제도로 연결될 수밖에 없다. 가상자산도 하나의 위험자산으로 존재할 수 있지만, 그 가치의 안정성도 중요하다. 그래야 자산이 기초하는 배후의 거래가 활발히 이뤄지고, 가치도 확대될 수 있기 때문이다.

Q   시대 변화에 따라 한국은행의 역할도 재정립될 필요가 있다고 보시는지요?

'왜요? 지금요? 제기요?'라고 하는 '3요'가 의미하는 바는 기성세대가 열려있어야 한다는 거다. 그런 측면에서 보면 바깥으로 여는 것과 더불어 내부의 새로운 세대에게 여는 걸 이야기해야 하는데, 저희가 변화의 과정에서 풀어야 할 숙제라고 본다. 그게 또 다른 변화의 모습이라 인식하고 있고, 어떻게 해야 하는지에 대한 방법들을 지금 찾고 있다. BOK 2030에는 '개방'을 언급하지 않았지만, 개방은 시대의 흐름이다. 그래서 공간(통합별관) 자체에 개방이란 콘셉트를 녹여냈고, 페이퍼의 외부 공개 확대도 추진한 거다. 이창용 총재 역시 대외 개방과 협력을 강조하고 계신 만큼, 이 부분에서 큰 진전이 이뤄질 것으로 보고 있다.

Q   후배 한은맨들에게 하시고 싶은 말씀이 있다면?

한은도 이제는 안정 속에서 디지털 혁신 등 변화에 능동적으로 대처하는 모습을 보이고 있다. 점차 한은의 높아진 위상을 느끼게 될 것이라고 말씀드리고 싶다.

(현) 경희대 입학사정관

한국대학입학사정관협의회 초대 회장

경희대 행정학 박사 · 거창대성고

임 진 택

대입제도의
문제점은
'한 줄 세우기'

"한국 대학입시제도의 가장 큰 문제는 '한 줄 세우기'입니다."

임진택 경희대학교 입학사정관은 국내 대입 입시제도 및 대학교와 관련된 문제점에 대해 이같이 답했다.

"우리 사회에서 전국 또래의 아이들을 이 정도로 한 줄로 세우는 게 있을까 생각해 보면 수능이 유일하다고 본다. 한 줄로 세운 학생들에 대하여 계속 꼬리표를 붙이며, '서열화 카르텔'이라는 고정화된 틀 속에 가두고 있다. 이는 대학 교육까지도 영향을 미친다. 그러나 결국 이를 깨지 않으면 근본적인 해결이 될 수 없다고 생각한다."

입시는 단순하고, 교육은 다양해야

"학부모가 입학설명회 듣는 입시 구조가 안타깝다."고 전제한 임진택 입학사정관은 입시 문제의 시작이 목적과 수단의 뒤바뀜이라고 언급, "입시는 '수단'에 불과한데, 그 절차 속에 교육적 이념이나 가치를 부여하고 있다. 거기서부터 문제가 되는 것"이라고 지적했다. 그러면서 이러한 교육 문제를 해소하기 위해 '대입은 단순하게, 교육은 다양하게'로 학생의 학습권이 최대한 보장될 수 있는 대입제도가 이뤄져야 한다고 주장했다.

"입시는 단순해야 하고 교육은 다양해야 한다. 그리고 이를 위해선 고교 교육과정과 대학 교육과정을 자연스럽게 연계하는 대입제도여야 한다. 그동안 우리는 고교 교육-대학 교육 간의 연결고리를 교육적 관점에서 별로 찾지 않았던 것 같다. 그저 선발 관점에서 연결시키려고만 했다. 고등학교 생활을 잘하는 학생이 대학, 사회생활도 잘할 것이라고 본다. 학교 교육을 충실히 이수하면 누구나 대학에 진학할 수 있는 제도여야 한다. 현재 고등학교에서는 고교학점제라는 큰 변화의 줄기가 시작된 상황이다. 대학 입학 이후에도 자신의 진로와 적성을 찾아보고 재(再)진입할 수 있는 기회를 열어줘야 한다."

Q **고교 교육과 대학 교육과정의 연결고리로 무전공, 다전공 등을 언급하셨습니다만, 어떠한 변화가 나타나고 있는지요?**

서울 일부 대학교에서는 이미 단과 대학별·계열별·무전공 입학 정원으로 학칙을 바꾸고 있다. 한편, 교육부는 올해 '대학교육혁신지원사업'에서 '모집 전공 학과 등 구분 없는 모집'을 핵심 평가지표로 삼고 계획서를 제출하도록 했으며, 대학 조직의 기본 단위를 학과·학부로 정의한 규정을 없애기로 입법 예고한 바 있다. 이에 따라 대학은 2025학년도부터 신입생을 '무전공'으로 선발하는 것이 가능해진 상황이다.

그러나 동시에 대학교와 교수들에겐 학과를 지킬 수 있는지에 대한 문제가 발생한다. 종합대학의 경우 무전공으로 학생을 뽑으면 소위 '비인기 학과'의 수강 인원이 안 나올 수 있다.

이를 해결하기 위해 중·장기적으로 보면, 특히 약 10년의 중기적 관점으로 수시 모집은 학과별 '전공 예약', 나머지 정시 모집에선 계열 단위로 선발할 수 있다. 수시 '전공 예약'을 통해 특정 전공을 희망하는 학생들에게 기회를 주고, 학과의 최소 인원을 확보할 수 있는 것이다.

이러한 무전공 선발이 과거 학부제와 같은 실패가 반복되지 않으려면, 전공 탐색 기간 학생들을 어떻게 지도할 건지가 굉장히 중요하다. 소속감 등의 문제를 막기 위해 단과대학 자체가 전체적으로 학생들을 관리할 수 있는 구조가 되어야 한다. 또한, 전공 예약이 아니더라도 원하는 학과가 있는 학생들을 위해 1학년 때 희망 전공을 받고, 그 이후에도 계속 탐색하고 바꿀 수 있도록 기회를 줘야 한다.

Q **최근 교육계에서 킬러 문제가 논란이 되기도 했습니다만,
어떻게 보시는지요?**

수능이 필요하다고 보는 입장이지만, 킬러 문항은 변별력을 낮게 만든다고 본다. 현재 수능은 변별력 있는 시험이 아니다. 한 문제를 맞히냐, 못 맞추냐에 따라 수능 성적이 결정되고, 재수 삼수를 부추기는 등 부작용이 너무 크다. 그렇기에 수능은 고등학교 생활 기초학력을 확인할 정도로 변별력을 더 떨어트리고, 고등학교 생활을 잘했는지 판단하는 학교생활 기록부, 이 두 가지를 조합한 대입제도가 시행되어야 한다.

Q **대학 입학이 적성에 맞는 전공을 찾아가는 '수단' 역할이 되어야**

한다고 하셨는데, 대학 등 반대 목소리는 없을까요? 또 이는 취업
시장의 변화로도 이어질까요?

대학 교수로서는 학과 정원을 보장받기를 원할 수밖에 없다. 그런데 이는
결국 수요자(대학생), 공급자(학교 관계자) 중 어느 입장을 들어줘야 하
는지에 대한 문제다. 그렇지만 학생들에겐 학습권이 있으므로 학생 입장
에선 이러한 변화가 자연스러운 현상일 것이다. 취업 시장의 변화는 '서
열화 카르텔'과 관련이 있다. 특정 학교, 학과 출신을 뽑는 식의 문화는
앞서 말한 '한 줄 세우기' 입시 문제가 해소되면 사라질 것이라고 본다.

Q **2025년에는 고교학점제 본격 적용, 대학 신입생 '무전공 선발'**
이 가능해질 전망이고, 또 정부는 2025학년도 입학생이 치를
2028학년도 대입 제도를 2024년(2월)까지 발표해야 하는데,
어떻게 보시는지요?

지금은 조용히 입시의 안정성을 강조하는 분위기이지만, 당장 대학입시
의 변화가 없으면 4년 후 '쓰나미'가 올 것이다. 제가 자꾸 학생들에게
재진입할 수 있는 여러 기회를 열어주자고 주장하는 이유는 사회의 큰
틀 안에 대입 제도가 있기 때문이다.
　대학입시가 수능시험 점수에 연연하는 한 고등학교 수능시험을 준
비하는 입시학원으로 묶일 수밖에 없다. 대학 학과 특성화와 무관한 대
학 서열화도 견고할 수밖에 없다. 이걸 과감하게 깨려면 좀 시끄러워도
된다. 지금 시끄럽지 않으면 2028년에 쓰나미가 올 것이라는 게 이 때
문이다. 우리 사회의 에너지를 대학입시에 더 이상 소모하기보다 입학
후 취·창업, 진로 준비로 옮겨가야 할 시기이다. 그러기 위해선 대입제
도는 단순화하고 교육은 다양화하는 방향이어야 한다.

Q 이러한 교육 변화 이후엔 한국의 '대학 서열주의', '사교육 카르텔' 등의 문제들이 해결될 것이라고 보시는지요?

우리 사회는 중·고등학생 시험 성적, 대학 입학 등 첫 결정이 쭉 이어지는 틀에 박힌 시선이 있다. 그러나 거듭 강조한 '재진입' 문화 만들어줘야 한다. 그뿐만 아니라 편입생에 대한 약간의 차별 인식도 전환이 필요하며, 사회에 진입할 때도 재진입 기회를 줘야 한다.

고등 교육에 이어 대학에 입학한 학생들에게 무전공, 광역 모집 단위 등 어떤 방식으로든 진로 탐색, 학과 선택의 시간을 주는 게 '진로 탐색 연계'이다. 이를 통해 대학 서열화는 입학 후 진로 탐색의 선택권을 보장하는 '학과 특성화'로 자연스럽게 무너질 것이다.

Q 대학 진학, 진로로 고민인 학생들과 학부모에게 전하고 싶은 말씀이 있다면?

제일 안타까운 건 학부모가 입학설명회 자리를 채우는 상황이다. 지금의 입시는 다양하고 복잡하게 짜여 있어서 학생들이 이해하기 어려울 것이라고 보고, 학부모들이 자녀를 대신해 컨설팅, 설명회를 쫓아다니는 구조다. 하지만 제도가 단순화되면 학부모들이 들을 이유가 사라지게 된다. 입학사정관으로서 학부모님들께 대학교 이름만 따지지 말고, 맞는 학과를 선택해야 한다는 말을 전하고 싶다. 결국 대입 제도는 진로 탐색 연계형 제도로 설계되어 갈 것이다. 그러므로 좋아하는 공부를 해야 한다. 학생의 진로와 적성에 맞춰 탐색하는 과정에 더 충실해야 하며, 이러한 과정은 평생 반복해야 할 일이기 때문에 주도적 습관을 갖기 위해 노력하는 게 학생, 학부모로서 해야 할 역할이라고 생각한다.

(현) 서울대학교 푸드테크 학과장

한국푸드테크협의회 공동회장

대통령소속 농어업농어촌특별위원회 위원

서울대 식품공학과 석·박사

이
기
원

푸드테크,
식생활 당면과제는
소비자 중심
식품산업 전환

"최근 식품의 생산·유통·소비 전 과정에 걸쳐 가치소비·초개인화 등 수요자 중심의 새로운 패러다임으로 전환되고 있습니다. 여기에 푸드테크가 첨병 역할을 할 것입니다."

이기원 서울대 푸드테크 학과장은 푸드테크가 주목받는 이유를 이렇게 설명했다. 식품을 의미하는 푸드(food)와 기술을 의미하는 테크(tech)를 결합한 푸드테크는 주로 식품산업에 인공지능, 사물인터넷 기술 등 4차 산업기술을 적용해 식품의 생산이나 가공 과정 등을 관리하는 산업으로 알려져 있다.

이기원 학과장은 서울대 식품공학과를 졸업하고 동 대학원에서 석·박사 학위를 취득했다. 이어 2006년부터 건국대학교 생명공학과에서 교수로 재직하다가 2011년 서울대 식품·생명공학 전공 교수로 자리를 옮겼고, 2021년 푸드테크 학과장을 맡아 푸드테크업계의 인재 양성을 진두지휘하고 있다. 또 2022년부터는 푸드테크 관련 '학·연·관·산'을 아우르는 협의체인 한국푸드테크협의회 공동회장을 맡고 있기도 하다.

먹을 것에 진심이고, 문제 해결할 창발(創發) 인재 키워야

이기원 학과장은 푸드테크가 단순히 식품산업에 기술을 접목한 분야에서 더 나아가 식품산업의 '초개인화' 시대에 대응하고 소비자들이 직면한 환경·건강 등 다양한 문제를 해결할 수 있는 해결사 역할을 하기 위해 출발했다고 강조했다. 아울러 푸드테크의 태동은 단순히 먹거리 산업의 변화에서 더 나아가 식문화와 사회를 바꾸는 '혁명'이라고도 했다.

그는 푸드테크가 아직 일반 소비자들에게 생소하다는 지적에 대해선 이미 우리 생활에 깊숙이 접목돼 있다고 귀띔했다. 첨단기술로 알려진 배달로봇·스마트팜·대체육(代替肉)은 물론 최근 우리가 흔히 접하는 키오스크·밀키트·무인매장·모바일앱을 통한 음식 배달·개인 맞춤형 음식 추천 서비스도 푸드테크에 포함된다는 것이다. 그는 "더 쉽게는 냉장고와 전자레인지 등도 푸드테크에 속한다."고도 설명했다.

이 학과장은 정부나 관련기관이 제조나 생산 측면에서 추산한 푸드테크 시장 규모보다 유통과 소비 등 전 과정에 걸쳐 추산된 실제 규모는 훨씬 클 것으로 보고 있다. 농림축산식품부에 따르면 세계 푸드테크 시장 규모는 2020년 기준 약 5,542억 달러로 2017년 대비 38% 증가했다. 우리나라 푸드테크 시장 규모도 2020년 61조 원으로 2017년 대비 31% 늘어난 것으로 추산되고 있다. 그러나 그는 국내 시장 규모를 500~600조 원에 달할 것으로 본다는 것이다.

이 학과장은 푸드테크 산업 발전을 위해 창발(創發) 생태계 조성이 중요하다고 강조했다.

"우선 기존의 농업과 식품산업의 질서와 관행에 얽매이지 않고 먹는 것에 진심이면서 소비자들이 직면한 문제를 해결하려는 절박함이 있는 인재가 푸드테크 산업을 이끌 수 있다."

이러한 인재들이 만들어내는, 기존에 없었던 혁신적이고 새로운 산업 생태계가 바로 창발 생태계라는 것이다.

그는 민간 주도의 창발 생태계 조성을 위해 정부가 대학과 기업을 매칭해주는 역할을 해야 한다고 조언하기도 했다.

Q 푸드테크 시장 규모가 확대되고 있는데, 푸드테크가 주목받는 이유는 무엇일까요?

식생활과 식문화, 식품산업이 변화의 시기를 맞고 있다.

기존의 식생활에서 주요 메뉴는 '엄마가 해주시는 뜨끈한 밥'이었다면 이제는 편리성과 다양성이 중요해지며 배달주문, 밀키트 등이 식생활의 큰 부분을 대체하기 시작했다. 또 단순히 배고파서 먹는 시대에서 벗어나 이제는 개개인의 취향과 입맛이 중요해지며 개인 맞춤형 식단을 추천받는 등 초개인화 시대로 나아가고 있다.

아울러 전 인류의 공통과제인 기후 위기 해결이 식생활에서도 중요한 화두로 떠오르며 식품의 생산·유통·소비·폐기 등 전 과정에 걸쳐 탄소 발생 저감(低減)에 대해서도 관심이 높아지고 있다. 또한 즐겁게 먹으며 건강도 챙기자는 헬시플레져 트렌드의 확산으로 건강한 먹거리에 대한 관심도 늘고 있다.

이에 따라 농업과 축산 등 1차산업 중심이었던 식품산업은 푸드테크 산업의 발전과 함께 소비자 편리성, 초개인화, 당면과제 해결 등을 위한 키오스크·밀키트·무인매상·모바일앱을 통한 음식 배달·개인 맞춤형 음식 추천 서비스·대체육·배달로봇 등 다양한 산업으로 확장되고 있다.

결국 푸드테크는 먹거리와 관련된 수요자의 다양한 문제를 해결하기 위한 산업으로 규모 또한 500~600조 원에 달할 것으로 추산된다. 글로벌 푸드테크 산업 규모도 4경 정도로 추산할 수 있다.

Q 푸드테크 산업 발전이 국민의 삶에 어떤 변화를 주고 있는지요?

푸드테크로 인해 식생활에 있어서 수요자 중심으로의 변화가 더욱 가파르게 일어날 것으로 보인다. 신선식품 새벽 배송을 통해 간편하게 식품을 배송받을 수 있게 됐으며 인공지능(AI)을 통해 나에게 맞는 식단이나 음식점을 추천받을 수 있게 됐다. 앞으로는 환경을 위해 축산농가에서 키운 고기 대신 실험실에서 키운 배양육을 먹게 될 것이다.

Q **정부는 지난 2022년 12월 '푸드테크 산업 발전방안'을 발표하고 ▲1,000억 원 규모의 푸드테크 전용 펀드 조성 ▲푸드테크 융합 연구지원센터 구축 ▲푸드테크 기업 인증제 도입 등을 추진하고 있는데, 푸드테크 산업 기반 마련을 위한 이러한 정부의 움직임을 평가해 주신다면?**

우선 푸드테크 산업의 미래 지향성을 꿰뚫어 보고 발전방안 마련 등을 위해 발 빠르게 움직인 것은 잘한 일이라고 본다. 이와 같은 관심과 추진력을 통해 우리나라가 푸드테크 분야에서 세계 최초라는 타이틀을 달게 된 것도 뜻깊게 생각한다. 푸드테크학과가 설치된 국가가 아직 우리나라밖에 없고 푸드테크 민간협의체인 푸드테크협의회가 출범한 것 역시 최초다. 앞으로 푸드테크 산업의 발전을 위해 산업 기반 마련과 아울러 창발 생태계 조성에도 함께 힘을 기울여 주셨으면 한다.

Q **푸드테크 산업의 발전을 위한 첫걸음으로써 창발 생태계 조성을 주장하셨는데, 창발 생태계 조성이 왜 필요하고 어떻게 조성할 수 있을지요?**

창발 생태계에서 가장 핵심은 바로 창발 인재다. 창발 인재는 먹는 것에 진심이면서 먹거리와 관련된 문제를 해결하고자 하는 의지와 추진력이 있는 인재이다. 또 문제 해결 방식에 있어서 기존의 식품산업의 관행과 질서에 얽매이지 않고 창의적인 발상을 할 수 있어야 한다.

실제로 저녁에 일이 늦게 끝나면 아침에 먹을 것이 없어서 새벽 배송에 착안하게 된 사례나 우유 등 유제품 알러지 때문에 비건 사업을 시작하게 된 사례 등을 보면 알 수 있다. 대체육 스타트업인 비욘드미트, 임파서블푸드나 비건 스타트업인 인테이크 등이 그런 경우다.

특히 수년 전 쿠팡이 1조짜리 물류센터 10개를 짓겠다고 했을 때, 대부분 그 가능성을 이해하기 어려웠지만, 지금은 쿠팡을 대체할 수 있는 기업이 없을 정도가 됐다.

아무도 하지 않았지만, 수요자들의 취향과 요구를 예견해 새로운 시장, 새로운 산업을 만들어 나가는 것이 바로 창발 정신이다.

쿠팡처럼 대체 불가능한 기업, 글로벌시장에서 손가락 안에 꼽을 수 있는 기업이 되려면 사업 분야가 훨씬 전문적이어야 하고 그런 면에서 협업이 중요한 요소가 될 수밖에 없다.

돈을 벌려는 기업과 기술을 개발하는 기술자, 대학의 전문가 등이 같이 움직이는 창발 생태계 조성이 필요한 이유다.

Q 푸드테크 산업이 발전하려면 민간이 주도해야 한다고 강조하셨는데, 이유는?

푸드테크는 태생적으로 민간 주도가 될 수밖에 없다. 수요자의 요구를 해결하는 것이 가장 중요한 핵심 원동력이기 때문이다. 이에 대학이 정부의 연구사업을 수행하는 형식이 아니라, 정부가 기업과 대학을 매칭해주는 방식으로 가야 한다. 그래야 연구 결과를 보고서로 제출하면 끝나는 게 아니라 연구·사업 성과로 이어지게 된다. 또 이렇게 해야 글로벌시장으로 뻗어나갈 수 있는 창발적인 사업모델이 구축될 수 있는 것이다.

Q　　**푸드테크에 대한 소비자들의 관심을 높일 수 있는 방안이라면?**

식품을 잘 생산하고 유통하고 소비하는 측면도 중요할 것이다. 그러나 더 나아가 인류의 지속가능성을 위한 식생활에 대해, 개개인의 건강한 삶을 지키기 위한 식생할에 대해 고민할 필요가 있다고 본다. 단순한 식품이 아닌 지속가능성과 건강이라는 가치를 먹는다고 생각한다면, 그만큼 식생활의 사회적·개인적 중요성을 깨닫고 있다면 모두가 '먹는 것에 진심'인 창발 인재가 될 수 있을 것이다.

논문 작성의 시작과 끝은 문헌 연구

"논문 작성의 시작이자 끝은 문헌 연구입니다."

논문 작성으로 골머리를 앓고 있는 이들을 위해 최근 『논문 작성 설명서』를 PDF 형식으로 무료 배포한 김진호 스위스 경영대학(SSM) 교수는 이같이 강조했다.

김 교수는 현재 '루첸스'라는 이름의 논문 컨설팅 홈페이지를 개설하여 운영 중인데, 이 홈페이지를 토대로 논문의 완성도를 높이기 위한 컨설팅 서비스를 2회에 걸쳐 무료로 제공한다. 일종의 재능 기부다. 『논문 작성 설명서』도 이곳에 업로드했다. 김 교수는 논문 작성 과정에서 가장 중요하지만, 아이러니하게도 많은 논문 작성자가 중요성을 간과하는 단계로 '문헌 연구'를 지목했다.

(현) 스위스 경영대학 한국 대표

AI빅데이터 박사 · 석사과정 운영

서울과학종합대학원(aSSIST) AI빅데이터
석사 · 박사 과정 설립, 운영

미국 펜실베이니아 대학 와튼스쿨 마케팅 박사

미국 펜실베이니아 대학 와튼스쿨 경영학 석사

서울대 경영대학

『우리가 정말 알아야 할 통계 상식 백 가지』
『괴짜 통계학』『빅데이터가 만드는 제4차
산업혁명』『빅데이터 리더십』『가장 섹시한
직업, 데이터 사이언티스트』『빅데이터
사용설명서』등 다수 저술

김진호

목적에 맞는 논문이 좋은 논문, 차별적인 공헌(독창성)이 있어야

김진호 교수는 다음과 같이 피력했다.

"논문은 차별적인 공헌(독창성)이 있어야 한다. 그렇지 않으면 논문으로서의 가치를 잃는다. 내가 하고자 하는 연구 주제가 차별화된 공헌인지를 알기 위해서는 기존 것을 알아야 한다. 그게 바로 문헌 연구다. 많은 학생이 기존 논문을 나열하는 수준에서 문헌 연구를 마치는데, 그건 문헌 연구가 아니라 문헌 연구를 흉내 낸 것일 뿐이다. 문헌 연구의 목적은 내 논문의 차별성을 설득하는 것이다. 심사하는 사람으로 하여금 '다음 페이지를 읽지 않아도 좋은 논문이라는 걸 알 수 있겠다'라는 생각이 들게끔 해야 한다."

김 교수는 인터뷰에서 논문 작성법뿐 아니라 인공지능(AI) 활용에 대한 견해, 최근의 논문 심사 트렌드 등에 대한 폭넓은 이야기를 전했다. 마지막으로 '좋은 논문은 무엇인가'라는 질문에 "목적에 맞는 논문"이라고 강조했다. 박사 학위 취득, 승진 등 목적을 분명히 해야 논문 작성의 효율성을 더욱 높일 수 있다는 취지다.

Q 루첸스 홈페이지를 통해 『논문 작성 설명서』 PDF 파일을 무료 배포하신 이유는?

우리나라는 한 해에 1만 8,000여 명이 박사 학위를 받는다고 한다. 학위를 받기까지 평균 5년 정도 걸리고, 막상 박사 학위를 못 받는 분들도 있으니 10만여 명이 논문 때문에 힘들어하고 있다고 볼 수 있다. 그분들에게 도움을 드리고 싶어 틈틈이 『논문 작성 설명서』를 썼다. 그리고 이왕이면 보다 많은 분이 읽길 바라는 마음으로 온라인 무료 배포 방식을 취했다.

Q 논문을 쓸 때 처음 마주하게 되는 고민은 '주제 선정'인데,

좋은 주제를 고르는 교수님만의 노하우가 있다면?

제 경우 박사 과정(미국 펜실베이니아 대학 와튼스쿨)에 있을 때 최신 논문 다섯 편을 읽고 토론하는 훈련을 했다. 그게 수업이었다. 논문 작성자는 왜 이 주제를 선택한 건지, 부족한 점은 없는지, 시대적으로 필요한 논문인지 등을 늘 생각해야 했다. 매일 그 틀에서 남의 논문을 비판적으로 바라보다 보니 어떤 게 좋은 논문인지 어떻게 써야 좋은 논문인지를 자연스럽게 터득하게 되더라. 이런 훈련은 주제를 선정할 때도 큰 도움이 될 수 있다.

Q 전공 분야의 최신 논문을 읽으면서 생각하는 훈련을 하라는 말씀인가요?

그렇다. 최신 논문 10편만 가지고 그런 훈련을 해도 시야가 달라진다. 논문 한 편을 읽더라도 '이 사람은 왜 이렇게 했지?' '시야를 이렇게 비틀어 보면 어떨까?' 등을 계속 생각해 보는 것이다.

Q 추가적인 노하우가 있다면?

사실 주제는 우리 주변에 널려 있다. 예를 들어 우리나라는 자살 공화국이다. 10·20·30대 사망률 1위가 자살이다. 1년에 박사 학위를 받은 사람 수만큼 자살로 죽는다고 한다. 그런데 이 문제에 대해 제대로 접근한 연구는 많이 없다. 챗GPT도 재미있는 주제다. 내 전문 영역에 있어서 뭐가 재미있을까를 늘 생각한다면 소재는 무궁무진하게 많다.

Q 『논문 작성 설명서』에서 "문헌 연구가 논문 작성의 시작이자 끝"이라고 말씀하셨는데, 그 이유는?

논문은 독창성이 있어야 한다. 다른 말로 차별적인 공헌이라고 한다. 인류의 지식 창고가 있으면 거기에 새로운 거 하나를 집어넣어야 한다. 만약 차별적인 공헌이 없다면 그 논문은 논문으로서의 존재 가치를 상실한 거다. 그런데 내가 생각한 주제가 차별화된 공헌인지를 알려면 당연히 기존의 것을 살펴봐야 하지 않겠나. 그래서 문헌 연구를 하는 건데, 단순히 문헌을 뒤지고 읽는 것만으로는 부족하다. 요약하고 정리해야 한다. 어떤게 빠졌고, 어떤 게 불일치되고, 어떤 건 왜 안 했고, 어떤 건 방법을 바꾸면 새로운 시각이 나올 수 있는지를 봐야 한다.

　　그래서 문헌 연구를 논문의 시작과 끝이라고 표현한 거다. 해외 저널은 논문을 심사할 때 서론이 얼마나 체계적으로 작성돼 있는지, 문헌 연구가 논문의 차별적인 공헌을 잘 설득하고 있는지를 중요하게 본다. 사실 그것만 잘 돼 있으면 뒤는 거의 안 읽는다. 어차피 잘했을 테니까….

Q　　**문헌 연구를 효율적으로 할 수 있는 방법이 있다면?**

리뷰 논문을 이용하는 거다. 리뷰 논문은 약 10년간 일정 분야나 주제로 어떤 연구가 있었는지 잘 보여준다. 나 대신 문헌 연구를 요약해주는 셈이다. 리뷰 논문만 싣는 저널도 있으니 잘 활용한다면 시간 낭비를 크게 줄일 수 있을 것이다. 추가로, 리뷰 논문을 리뷰하는 효율적인 방법도 있다. 처음에는 초록과 서론만 읽는 거다. 그리고 꼭 필요한 건 압축해서 표를 보고 결론도 읽으면서 최종적으로 읽어야 할 논문의 수를 줄여가면 된다. 굉장히 중요한 부분이기 때문에 『논문 작성 설명서』에서도 두 챕터에 걸쳐 설명했다.

Q　　**만약 리뷰 논문에 없는 주제라면?**

읽을 게 없으니 삶이 편해지는 거다. (웃음) 다만 너무 어렵거나 필요 없는 주제라는 의미이기도 하다. 고생할 준비는 해야 할 거다.

Q **논문 구성 단계에서 중요한 부분이지만, 많은 학생 또는 연구자가 중요성을 간과하는 부분이 있다면?**

모델, 데이터의 수집, 데이터 분석 등은 논문을 좀 읽고 통계학을 들으면 누구나 할 수 있다. 그 뒷부분은 결과가 나온 걸 쓰기만 하면 된다. 가장 중요한 건 계속 강조했듯 문헌 연구다. 논문을 보다 보면 남의 논문을 나열하는 수준에 그친 것도 많다. 그건 엄밀히 말해 문헌 연구가 아니라 문헌 연구를 흉내 낸 거다. 문헌 연구는 내 논문의 차별성을 설득하기 위한 것이다. 부각할 구성과 흐름을 생각하면서 프레임을 짜야 한다.

　심사하는 사람으로 하여금 '다음 페이지를 읽지 않아도 좋은 논문이라는 걸 알 수 있겠다'라는 생각이 들게끔 해야 한다.

Q **원하는 연구 결과가 나오지 않을 때는 어떻게 대처하는 게 좋을까요?**

병가지상사(兵家之常事, 항상 있는 일)다. 이런 경우를 '서랍 가설'이라고 한다. 낮과 밤의 중간 지대가 있다는 결과를 원했는데, 막상 연구해보니 낮과 밤이 전부인 거다. 그러면 논문이 성립되지 않는다. 서랍에 넣어야 한다. 그렇다고 해서 너무 낙담할 필요는 없다. 괜찮은 사람이라고 생각해 사귀었는데, 막상 생각했던 것과 다른 경험이 있지 않나. 그런 일이 몇 번 반복되면 사람을 제대로 보는 눈이 생긴다. 이것도 마찬가지다. 서랍 가설이 될 확률이 적은 주제를 고르는 눈이 생기게 돼 있다.

Q **논문 작성 시 인공지능을 활용하는 것에 대해 어떻게 바라보고 계시는지요?**

백지장도 맞들면 낫다는 생각이다. 인공지능은 똑똑한 하인이다. 챗GPT도 쓸 수 있으면 잘 쓰면 된다. 다만 그걸로 완전한 논문을 기대하면 안 된다. 현재로서는 받을 수 있는 도움이 한정적이다.

그렇다고 해서 인공지능이라는 똑똑한 하인의 역할을 마다할 필요는 없지 않겠나. 오히려 감사한 일이다. 한 가지 중요한 점은, 물어볼 때 잘 물어봐야 한다는 거다. 구체적으로 질문해야 한다. 어떻게 물어보는지가 결과에 미치는 영향이 크기 때문이다. 반대로 잘만 물어본다면 논문을 작성하는 데 상당한 도움을 받을 수 있을 것이다.

Q   최근 해외 저널의 논문 심사 트렌드가 있다면?

너무 큰 시장 변화가 있었다. 과거에는 구독 중심이었다. 1년씩 회비를 낸 사람만 볼 수 있었다. 그리고 시장이 뻣뻣했다. 논문 하나를 내는 데에 빠르면 1년~1년 6개월가량 걸렸다. 그런데 오픈 저널이 생겼다. 일주일 안에 첫 번째 노티스(Notice)를 준다. 그 뒤에 이어지는 프로세스도 빠르다. 한 달 반이면 논문이 나온다. 대신 전 세계 누구나 원하면 다운로드를 할 수 있게 처리한다. 그 비용은 논문 작성자의 몫이다.

두 저널의 장단점은 분명하다. 구독 중심 저널은 리뷰 프로세스의 퀄리티가 좋고, 권위가 높다. 하지만 시간이 오래 걸린다. 반대로 오픈 저널은 심사가 빠른 만큼 리뷰 프로세스에 문제가 있는 저널이 있을 수 있다. 그런 점을 고려해 잘 선택해야 한다. 긍정적인 사실은 오픈 저널 시장이 커지면서 구독 중심 저널도 프로세스를 단축하려 시도하고 있다는 것이다. 소비자(논문 작성자) 친화적으로 계속 달라질 것이라고 본다.

Q   해외 저널은 국내 사례연구를 잘 실어주지 않는다고 하던데, 어떤가요?

원래 사례연구를 잘 안 실어준다. 사례연구를 실어주는 저널이 한두 개 있다고 해도 100개 논문 중 사례연구는 1~2개에 그친다. 이마저도 사례가 정말 의미 있어야 한다. 우리나라 사례를 들어 연구하고자 한다면 삼성이나 LG처럼 누구나 아는 사례를 들어야 한다.

사례 자체가 대단하지 않으면 힘들다고 봐도 된다.

Q　　마지막으로, 교수님이 생각하시는 좋은 논문이란?

이 세상에서 형용사가 붙는 건 다 상대적이다. 좋은 논문이라고 하면 '누구' 입장에서 좋은 건지, 그 주체를 생각해야 한다. 만약 이 논문을 통해 사회 문제를 해결하고 싶다면 그 목적에 부합하는 논문인지를 봐야 할 거고, 박사 과정 학생이라면 논문 심사를 수월하게 통과할 수 있는 논문이 좋은 논문일 것이다.

승진을 위해 논문을 쓰고 있다면 해외 유명 저널에 실리는 논문이 좋은 논문일 테고 말이다. 결국 내 목적에 맞는 논문이 좋은 논문이라는 생각이다. 목적의 서포트가 되는 거다.

회색지대 놓인
개인사업자
신용평가

41만 4,964명. 지난해 6월 말 기준 3개 이상 금융사에서 돈을 빌린 자영업자의 수다. 6개월 전과 비교해 무려 10만 명 이상 급증했다. 대출이 필요하지만, 낮은 신용등급 탓에 시중은행 문턱을 넘지 못해 2금융권까지 손을 뻗은 결과다.

이에 대해 김상우 한국평가정보(KCS) 대표는 이렇게 설명했다.

"개인사업자는 사실상 회색지대에 놓여 대표자 개인의 신용도에 기반한 반쪽짜리 신용평가 방식에 의존한 채 금융권에서 소외되고 있었다. 일반 회사원과 달리 개인사업자들은 은행에 직접 방문할 여유가 없으므로 빠르게 빌려 쓸 수 있는 현금서비스·카드론 등을 이용했고, 역설적으로 개인 신용도 하락으로 이어지는 악순환의 구조에 빠지게 됐다."

(현) 한국평가정보 대표

SBI저축은행 핀테크
태스크포스(TF)팀 이사 · NICE평가정보

포항공대 산업공학과

김
상
우

'사업 성과' 중심 평가로 전환해야

한국평가정보는 전업 개인사업자 신용평가(CB)사로, 한국신용데이터와 카카오뱅크가 각각 1, 2대 주주로 참여해 설립했다. 한국신용데이터가 운영 중인 '캐시노트' 등 데이터를 활용해 개인사업자 대출 심사에 쓰일 신용평가모형을 제공한다. 개인사업자 신용도의 기반이자 본질인 '사업역량'이 제대로 평가받을 수 있는 기회의 장을 마련한 것이다.

물론 개인사업자 CB는 이제 막 태동하기 시작한 시장으로, 모형의 정교화를 위해서는 정부의 관심이 필요한 상황이다. 예를 들어 공공기관 혹은 사업자 간의 실험적 데이터 결합이 용이하도록 규제를 풀어줄 필요가 있다는 게 김상우 대표의 제안이다.

"개인사업자 CB업 신설 취지에 맞춰 사업 초기에 개인사업자·소상공인의 대출 심사 시 개인 신용도에 의존해 신용평가가 이뤄지는 현재의 불합리한 관행을 개선하기 위해 '사업 성과' 중심의 신용평가 체계 전환에 집중할 예정이다. 이를 통해 개인사업자 대상 포용적 금융서비스 제공뿐 아니라 다양한 정책 집행의 효율성 제고에도 이바지할 것으로 기대한다."

Q   최근 개인사업자 신용평가(CB) 모형이 주목받는 이유는 무엇인가요?

개인사업자는 급여소득자와 분명하게 다른 행태를 보인다. 일반 직장인과 달리 휴가라는 개념도 희미하고 은행에 직접 방문할 시간 여유도 없다. 그래서 빠르게 빌려 쓸 수 있는 현금서비스·카드론 등 높은 금리의 대출 상품을 주로 소비하고, 역설적으로 이것이 개인 신용도의 저하로 이어지는 악순환의 구조에 빠지게 됐다. 다시 말해 개인사업자 신용도의 기반이자 본질인 사업역량이 제대로 평가받을 기회가 전무(全無)했던 셈이다.

이러한 상황은 코로나 발생과 맞물리면서 걷잡을 수 없이 악화했다. 거리두기 정책으로 매출은 없는데 임대료·인건비는 그대로 지불해야 하니 자금조달이 더욱 절실해졌다. 이제 명확하게 사업역량에 기반한 평가에 집중해 사업주 개인 신용도에 의존하고 있던 기존 불합리한 관행을 개선해야 하는 숙제가 드러난 것이다.

Q **사업역량이 제대로 평가받을 수 있는 기회가 전무했다고 말씀하셨는데, 조금 더 구체적으로 설명하신다면?**

금융권에서 개인사업자를 바라보는 시선과 실제 현장에서 대출을 취급하는 행태들을 돌아보면, 개인사업자를 사장님이 아니라 개인으로 바라본다. 대출 신청을 한 개인사업자의 사업장이 어떤 상황인지 알고 싶어도 관련 데이터가 부족하기 때문이다. 데이터가 있다고 해도 적시성이 매우 떨어진다. 예를 들어 개인사업자의 종합소득세 신고는 보통 5월 말을 기준으로 이뤄진다. (종합소득세 신고 전인) 4월에 대출 신청이 들어오면, 2020년 자료를 바탕으로 평가해야 하는 상황이 발생하는 거다. 1년 반 전 데이터를 활용하면 당연히 신뢰도가 높을 수 없고, 그러니 대표자 개인의 신용도에 의존해서 평가할 수밖에 없는 상황이 됐다.

문제는 이렇게 될 경우 제대로 된 신용평가를 할 수 없다는 것이다. 대표자 개인의 신용도가 나빠도 장사가 잘되는 집이 있고, 반대로 창업한 지 얼마 안 돼 대표자 개인의 신용도는 좋지만, 장사 역량이 부족한 곳도 있다. 보통 후자에 대출 금리와 한도가 좋게 나오는데, 은행으로서는 장기적으로 리스크의 요인이 될 수 있다. 그러므로 개인 신용도가 조금은 부족해도 사업이 잘되는 분들에게 더 좋은 조건으로 대출이 실행될 수 있도록, 한국평가정보가 중간 역할을 하고자 하는 것이다.

Q   일각에서는 고금리 기조에 증가세를 이어가고 있는 개인사업자
대출이 부실 뇌관이 될 수 있다는 우려도 제기되는데,
개인사업자 CB 모형으로 인해 대출 승인율이 높아지면
더 위험한 것 아닌가요?

당연히 고민해야 할 문제고, 우려할만한 상황이라고 생각한다. 개인사업자 대출 총액은 2020년 코로나 확산 시점부터 급격하게 증가해 올해 3월 기준 665조 원에 육박한 것으로 알고 있다. 게다가 이 중 183조 원은 3개 이상 기관에서 대출한 다중채무자라고 하니, 특히 이러한 분들은 고금리 기조가 너무나 어려운 상황일 것이다.

다만, CB사가 단순히 대출 승인율을 높이는 역할을 하는 것은 아니다. 본질적으로 CB사는 개인사업자가 경제주체로서 합리적인 평가를 받아 제도권 금융 기회를 가질 수 있도록 도와야 하며, 이 과정에서 건전한 개인사업자 여신이 자연스럽게 증가하는 것을 바람직한 방향으로 인식하고 있다.

바꿔 말하면, 악의적인 개인사업자가 과도하게 대출받는 경우를 방지하는 것과 맥락이 같다. 따라서 개인사업자 CB 모형은 신용위험을 높이는 것이 아니라 건전한 여신 비중을 높이는 것이 목적이며, 이를 통해 오히려 고금리 기조와 대출 증가 추세에 해답이 될 수 있다고 본다.

정책적 지원은 정부가, 합리적인 신용정보 제공은 CB사가, 여신 건전성 관리는 금융기관이 모두 각자의 역할에 충실해야 작금의 어려운 시국을 이겨낼 수 있다고 생각한다.

Q   CB의 핵심은 결국 데이터다. 관련해 한국평가정보의 강점은
무엇인가요?

기본적으로, 한국평가정보의 개인사업자 CB업 진출은 모회사 한국신용

데이터가 캐시노트 서비스를 통해 확보한 개인사업자 130만 정보가 있기에 가능했다. 130만이라는 숫자가 전체 개인사업자 수에 비하면 부족하다고 볼 수 있지만, 캐시노트는 오프라인 사업장을 두고 있는 분들이 타깃이다. 국내 1위 사업자인 신한카드의 가맹점 숫자를 보면 180~190만 정도 되는데, 그러면 전체의 70% 이상을 반영하는 셈이기 때문에 대표성은 충분하다는 생각이다.

개인사업자 CB업을 시작한 일부 신용카드사들과 비교하면, 사업자 동의 아래 다양한 데이터를 활용할 수 있다는 걸 강점으로 꼽고 싶다.

신용카드사들은 각 사가 보유 중인 가맹점 정보를 가지고 매출을 추정해 신용평가를 한다. 카드사별로 수도권 백화점·대형마트 이용률이 높거나 지방 고객이 많은 등 고객 특성이 다르므로 데이터에 노이즈가 낄 가능성이 높다.

반면 한국평가정보는 사업주 동의에 기반하기 때문에 8개 카드사 데이터는 물론, 국세청 홈택스를 통해 종업원 수, 사업자 면적, 임대료 등 정보까지 확보할 수 있다. 단순히 매출을 추정하는 것을 넘어, 정확한 매출 규모와 효율까지 판단할 수 있는 것이다. 그러니까 모형의 변별력 차원에서는 (신용카드사 등 경쟁사 대비) 우위에 있다고 볼 수 있다.

Q **금융 이력은 부족해도 상환능력은 충분한 '씬파일러'를 발굴하기 위해서는 결국 모형을 정교화하는 작업이 무엇보다 중요할 것으로 생각되는데, 한국평가정보는 어떻게 대응하고 있는지요?**

일반적인 CB사의 신용평가모형은 금융 이력이 평가의 상당 부분을 차지한다. 따라서 금융 이력이 부족한 '씬파일러' 이슈가 크게 작용할 수 있다. 하지만 KCS의 모형은 매출 등 사업자의 역량정보를 기반으로 하고 있어 사업장이 일정 기간 영업함에 따라 매출이 인식되면 정교한 신용평가가 가능하다.

그렇더라도 신규 창업자와 같이 사업 이력이 부족한 씬파일러는 발생할 수밖에 없지만, 이러한 한계를 극복하고자 KCS는 최소 6개월 이내의 사업 이력만 있어도 평가 요소의 80% 이상 평가가 가능해 씬파일러 대상을 최소화하도록 설계했다. 나아가 신규 창업자들 또한 금융거래에서 소외되지 않도록 더욱 개선된 모형을 개발해 나갈 예정이다.

Q   사업 이력을 최소 6개월 이내로 잡은 특별한 이유가 있는지요?

소위 말하는 '오픈발'이 끝난 이후 안정적으로 자리를 잡고, 어느 방향으로 곡선을 그리는지 판단이 가능한 시점이 3~6개월 사이이기 때문이다. 지역·업종별 피어그룹(분석기업) 분석 데이터에 대입해 사업 성과를 평가하며, 이밖에 아까 말씀드린 것처럼 국세청 홈택스 자료 등을 통해 충분히 예측 가능하다고 판단하고 있다.

Q   모형을 정교화하는 과정에서 힘든 점은 없었나요?

모형의 정교화를 위해 가장 중요한 사안은 모델 개발에 필요한 데이터를 어떻게 확보하느냐이다. KCS는 모회사인 한국신용데이터가 캐시노트 서비스를 통해 확보한 개인사업자 130만 정보와 사업자의 매줄 정보 능 방대한 빅데이터를 보유하고 있어 위와 같은 한계를 극복할 수 있었다. KCS는 이에 더해 자체 플랫폼을 기반으로 향후 보다 많은 개인사업자 데이터를 확보해 지속적으로 모형을 고도화하고자 한다.

또 개인사업자는 업종·업태·규모 등이 매우 다양하므로 획일화된 정보로 정교하게 판단하는 데 한계가 있다. 따라서 장기적으로 업종·지역·규모 등 각 사업의 특성에 맞게 추가 대안 정보를 수집하고 분석해 금융

기관에 적시 제공함으로써 개인사업자에게 불합리한 금융시장 관행과 한계를 극복하고, 모든 개인사업자에게보다 합리적인 금융서비스를 이용할 수 있는 환경을 조성하고자 한다.

Q　　**개인사업자 CB 모형 정교화를 위해 개선이 필요한 규제나 도입이 시급한 제도·법 등은 어떤 게 있을까요?**

CB 모형 정교화를 위해서는 개인사업자의 수입·지출 등 행태를 잘 설명해줄 수 있는 다양한 데이터가 필요하다. 아무리 통찰력 있는 가설을 수립했다 하더라도, 관련 데이터를 얻지 못한다면 모형 결과를 검증할 수 없기 때문이다. 문제는 모형을 개선·검증할 정도의 데이터를 모으는 데 막대한 비용과 시간이 소요된다는 사실이다. 따라서 데이터를 보유한 공공기관 또는 사업자 간의 실험적 데이터 결합이 용이하도록 규제에 대한 해소 및 인프라 제공이 필요하다는 생각이다.

　기본적으로 가명 결합을 기본으로 하므로 특정인에 대한 식별 활용이 불가능하고, 공적인 인프라를 이용한다면 유출에 대한 리스크도 헤지(위험 회피)할 수 있으므로 빠른 혁신을 추진하기 위한 제도가 마련되면 속도를 낼 수 있다고 본다. 예를 들어, 공공기관이 보유한 데이터에 대한 결합 분석 인프라를 CB사 등 공익에 대한 책임을 부여받은 데이터 전문 분석 기관들에 제공하고, 실제 데이터 활용에 대한 사회적 효익이 얼마나 되는지 측정해 볼 수 있겠다. 효익이 충분하다면 그것을 기반으로 새로운 제도의 기틀을 마련할 수 있을 것이다.

Q　　**금융 업무에 비금융 데이터를 이용하는 것을 두고 일각에서는 과도한 개인정보 활용이 아니냐는 지적도 나오는데, 어떻게 생각하시는지요?**

국내 CB사에서는 신용평가 시 통신료나 공공요금 납부 실적 등 일부 비금융 정보를 활용하고 있는데, 이를 금융소비자에 긍정적인 지표로 활용하고 있다. 개인정보 주체의 권리를 침해하려는 목적은 전혀 없다고 볼 수 있는 거다. 금융 이력 부족 고객은 비금융 정보를 활용한 신용평가를 통해 자연스럽게 신용점수 상향을 기대할 수 있고, 안정적인 신용 수준을 확보한 고객이 금융시장에 안착하면서 전체 생태계의 개선이 이뤄질 수 있다. 실례로, 미국 FICO라는 회사에서는 통신료·공공요금 납부 정보 등을 활용한 신용위험 측정모형을 개발해 이미 약 1,500만 명의 금융 이력 부족자에 대한 신용점수를 산출한 바 있다.

　나아가 저희가 집중해서 다루는 영역은 개인정보라기보다 기업정보에 가깝다. 물론 개인사업자들도 매출 등 정부가 공유되는 데 거부감을 느낄 수 있다. 하지만 매출 정보를 공개했을 때 얻을 수 있는 이익이 손해보다 더 크다. 내 사업의 경쟁력을 드러냄으로써 더 많은 거래 관계를 형성할 수 있게 된다. 게다가 국내 개인정보보호 법규에서는 정보 주체의 권리 보장을 위해 정보 제공 시 정보 주체의 동의를 명확히 받도록 하고 있다. 이에 따라 국내 CB사들도 비금융 정보 활용 시 건(件)마다 제공 동의 절차를 필수적으로 거쳐야 한다. 이처럼 비금융 정보의 활용은 단단한 정보 주체의 권리보장 체계 아래서 이뤄지고 있으므로 일각에서 우려하는 개인정보·프라이버시 침해는 특별히 발생하고 있지 않다고 생각한다.

Q   앞으로의 계획은?

한국평가정보는 개인사업자 CB업 신설 취지에 맞춰, 사업 초기에 개인사업자·소상공인의 대출 심사 시 '개인 신용도'에 의존해 신용평가가 이뤄지는 현재의 불합리한 관행을 개선하기 위해 '사업 성과' 중심의 신용평가 체계 전환에 집중할 예정이다. 현재 한국평가정보는 올해 7월 전업 최초로 개인사업자 신용평가업 허가를 받은 후, 카카오뱅크를 비롯한 국내 대형 금융기관의 개인사업자 신용평가모형 개발 프로젝트를 수주하는 등 빠르게 성과를 만들어 나가고 있다.

또 주요 저축은행들과 개인사업자의 신용평가 고도화를 위한 구체적인 논의를 진행하고 있으며, 일부 금융기관과는 4분기 중 관련 프로젝트 계약 체결을 예정하고 있는 등 업무 영역을 제2금융권까지 확대하고 있다.

위와 같은 성과들을 기반으로, 머지않아 금융기관에서 한국평가정보의 데이터와 모형을 기반으로 대출 심사가 이뤄질 것을 기대하고 있다. 이를 통해 개인사업자 대상 포용적 금융서비스 제공뿐 아니라 더 나아가 다양한 정책 집행의 효율성 제고에도 이바지할 것으로 기대한다.

창업 성공확률 높이는 방법은?

증시가 얼어붙고 벤처캐피탈(VC) 시장이 주춤하는 상황에서도 창업 열기로 뜨거운 곳이 있다. 바로 대학가다. 대학에서 학생 창업가들을 마주하고 있는 오정석 서울대 경영대학(원) 교수는 특히 실패를 두려워하지 않고 오히려 성장의 자산으로 삼는 '요즘 학생'들의 자세를 높이 평가했다.

"요즘 학생들은 한 가지 아이템을 성공시키기 위해 목을 매는 게 아니라, 3~4개 (창업) 프로젝트에 동시 참여합니다. 이 중 하나라도 성공하면 좋은 거고, 실패하더라도 경험과 네트워크를 한 번에 흡수할 기회로 삼더라고요."

물론 실패 확률을 줄이는 스마트함은 필요하다. 오 교수가 제안하는 방법은 간접경험을 많이 쌓는 것. 역지사지(易地思之)의 자세를 강조하며, 투자자금을 초기 개발 리소스에 올인(All-in)하는 것을 지양해야 한다는 조언도 덧붙였다.

"창업은 스마트하게 해야 합니다. 여기서 '스마트하게'는 성공확률을 높이는 방법으로 접근한다는 의미이고, 그런 다음 피 끓는 열정으로 부딪히는 거죠."

(현) 서울대 경영대학(원) 교수

LG디스플레이 사외이사

카이스트 테크노경영대학원 조교수

현대제철 사외이사

미국 스탠포드대학교 경영과학 석사 · 박사

미국 MIT 경영과학과

오 정 석

Q 글로벌 경기침체, 공급망 붕괴 등으로 경영환경이 좋지 않은
상황인데, 대학 내 창업 열기는 어떤가요?

벤처캐피탈(VC) 업계에서는 확실히 어렵다는 이야기를 많이 하는데, 그 여파가 대학 스타트업까지 오지는 않은 것 같다. 학생들이 창업하면서 가장 많이 의지하는 자금이 나라가 지원하는 공적자금인데, 일단 그 규모가 줄지 않았다. 나중에 시장이 아주 급격히 위축되거나 정책 변화로 인해 지원 자금이 줄어든다면 모르겠지만, 아직은 (창업) 열기가 줄었다고 볼만한 상황은 아니라는 생각이다.

Q 창업 후 실패하는 사례도 많을 텐데, 실패를 받아들이는
학생들의 태도는 어떤가요?

최근 2~3년 사이에 무척 좋아졌다. 요즘 학생들은 인맥이 중요하다는 걸 너무 잘 안다. 네트워크를 만들고 내공 있는 사람에게 배우려는 자세가 돼 있다 보니, 창업 실패 사례가 레퍼런스로 쌓이는 분위기가 형성돼 있다. 기업도 창업경력을 긍정적으로 본다. 창업해서 어느 단계까지 가봤다는 게 취업 과정에서 굉장한 플러스(+) 요인이 된다.

그렇다 보니 한 가지 아이템을 성공시키기 위해 목을 매는 게 아니라, 3~4개 (창업) 프로젝트에 동시 참여한다. 이 중 하나라도 성공하면 좋은 거고, 실패하더라도 경험과 네트워크를 한 번에 흡수할 기회로 삼는 거다. 그런 걸 보면 요새 학생들이 참 똑똑하다는 생각이 든다.

Q 창업에 성공한 선배들의 사례가 대학 내 창업 열기를 뜨겁게
만든 것일까요?

그게 가장 큰 이유가 아닐까 싶다. 서울대 학생들, 특히 경영대 학생들은

전통적으로 리스크를 싫어한다. 그래서 고시를 준비하거나 금융계통 공기업으로 가는 경우가 다수였다. 벤처 붐이 일어난 건 체감상 3~4년 정도에 불과하다. 20년 전 서울대 출신이 아니라, 몇 년 전에 창업한 선배가 스타트업 시장에서 시리즈 A·B단계 펀딩에 성공하는 사례를 눈으로 보니(열정의) 피가 끓는 것이다.

Q　　**미국에서 대학 생활을 하셨는데, 그곳의 분위기는 어떤가요?**

미국 보스턴 지역이나 실리콘밸리는 1960년대부터 학생들이 창업하고 유니콘(기업가치 1조 원 이상인 비상장 스타트업)으로 만드는 사례들이 존재했다. (제가) 스탠포드대학에 있을 때는 창업으로 대박을 친 사람들이 빌딩을 세우는 일이 비일비재했다. 우리 학생들이 현재 느끼는 피 끓는 경험을 수십 년 전부터 느껴온 셈이다.

Q　　**벤처 창업을 계획하고 있는 학생들에게 조언해주실 말씀이 있다면?**

되도록 간접경험을 많이 하라는 것이다. 앞서 창업을 해본 분이나 업계 사람을 만나 이야기를 들어볼 수도 있고, 창업진흥센터에 도움을 요청할 수도 있다.

학교에서 하는 창업 교육을 적극적으로 찾아 듣는 것도 도움이 된다. 간접경험을 많이 하는 것과 실제 부딪히는 것, 이 두 가지 경험이 조합될 때 좋은 창업 습관을 익히고 성공확률을 높일 수 있다. 이는 학생뿐 아니라 창업을 준비하는 일반인, 교수들에게도 해당되는 이야기다.

Q　　**벤처 창업을 준비 중이거나, 이미 시작한 학생들이 입을 모아 호소하는 어려움은 무엇인가요?**

개발 리소스가 부족하다는 것이다. 좋은 아이디어와 아이템으로 예비 패키지를 통과하면 5,000만 원 정도를 받는다. 이후 모바일앱을 개발하고 시장 테스트 과정을 거치게 되는데, 대다수가 시장 테스트 전 앱 개발 단계에서 그 비용을 다 쓴다. 시장 반응을 보면서 앱을 수정해 나가야 하는데, 돈이 없으니 두 손 두 발 다 든다. 그때부터 멤버 상호 간에 갈등이 생기고, 팀이 공중분해가 되는 경우도 상당하다.

그래서 창업 교육에서 가장 강조하는 부분이 최소한의 리소스를 쓰면서 시장 반응을 보라는 것이다. 최고 전문가에게 (개발을) 맡겨 처음부터 완성도 높은 서비스를 보여주고 싶은 마음은 이해하지만, 그렇게 (기회를) 날려버리는 경우를 너무 많이 봤다. 잘하는 팀들을 보면 전공과 관련 없이 팀원들이 직접 코딩을 한다. 아니면 아는 공대 친구에게 소정의 비용만 지불하고 부탁할 수도 있다. 처음에 중요한 건 서비스의 완벽함이 아니다. 만들고자 하는 제품이나 서비스가 시장이 혹할 만한지 반응을 보는 것이 목적이어야 한다. 처음에는 그 정도만 서비스를 구현하면 된다.

Q 벤처 창업 측면에서 융합 교육이 중요할 것 같은데, 어떤가요?

지도학생 중 로보어드바이저(비대면 자산관리) 솔루션을 개발한 친구가 있다. 2학년 때 경영 수업에서 파이낸스 최신 논문을 활용해 계량모델을 만들고, 이후 전산과 복수전공을 선택해 금융 빅데이터를 끌어다 붙이는 작업을 했다. 나중에 잘 나가는 스타트업이 관련 부서를 만들어 이 친구를 팀장으로 스카우트해갔다. 현재 금융 스타트업 쪽에서 굉장히 주목받는 인재라는 이야기를 들었다. 이 친구를 보면 융합 교육은 너무나 중요하다는 생각이다. 다만 모든 커리큘럼을 융합 교육화(化)하는 것은 말이 안 된다고 본다. 서울대의 경우 자유전공학부를 운영 중이고, 복수전공과 부전공도 굉장히 활성화돼 있다. 이런 식으로 옵션을 만들어서 학생들이 자유롭게 선택할 수 있도록 해주면 된다.

Q   과거 '혁신에 매진하는 기업이 지속적으로 장려되고 유입돼야
          한다.'고 시론을 쓰셨고, 그 뒤로 10년 정도 지났는데,
          혁신 측면에서 현재 상황을 평가해 주신다면?

엄청난 발전이 있었다고 본다. 지금 대기업이 민첩하게 움직이고 고객을
이해하려고 최선을 다하는 모습에는 스타트업의 역할이 크다고 생각한
다. 불특정 다수의 스타트업이 생기면서 대기업이 미처 생각하지 못했던
부분을 선점해 들어갔고, 메기 효과를 일으켰다. 10년 전과 비교하면 재
계 순위가 많이 바뀌었다. 스타트업으로 시작한 기업이 많이 올라섰다.
그러니 (기존 기업은) 긴장을 할 수밖에 없다. 스타트업뿐 아니라 기존
기업들도 혁신을 고민해야 하는 환경이 자연스레 만들어진 것이다.

Q   혁신에 매진하는 기업이 지속적으로 유입되기 위해서는 실패를
          사회의 자산으로 보는 문화가 필요하다고 보는데, 이에 대한 견해는?

당연히 필요하다. 다만 옥석은 분명하게 가려야 한다. 우리나라는 아직
옥석을 가릴만한 선구안이나 시스템이 충분치 않다. 개인적으로는 VC의
역할이 중요하다고 본다. 옥석을 가릴 수 있는 제대로 된 컨센서스를 만
들어줘야 한다. 그리고 정부는 공적자금을 투입한 부분에 대해 성의 있게
관리하려고 노력해야 한다. 역작용을 막기 위한 최소한의 업계 자정 노
력, 정부의 관리 노력이 필요하다는 의미다.

Q   요즘 기업가 정신 이야기를 많이 하는데, 우리나라 창업 기업이
          꼭 갖춰야 할 기업가 정신은 무엇이라고 보는지요?

역지사지의 자세다. 창업은 기본적으로 고객이 중요하다. 고객에게 어떤 가치를 만들어줬는가가 모든 것을 결정한다. 고객의 입장에서 생각하는 훈련을 해야 한다는 말이다. 그렇지 않으면 실패 확률이 훨씬 높아지게 마련이다. 펀딩하는 사람과 소통할 때도 역지사지 자세가 필요하다. '이건 좋은 기술이고, 사회에 이바지할 기술입니다.' 하는 것은 본인의 생각이다. 펀딩하는 입장에서는 어떻게 돈을 벌고 어떻게 회수할 것인지가 중요하다. 최소한 그 사람의 입장이 돼야 설득전략을 세울 수 있다.

Q   마지막으로 하고 싶은 말씀은?

창업은 스마트하게 해야 한다. 여기서 스마트하게 한다는 건 성공률을 높이는 방법으로 접근하는 것을 의미한다. 간접경험을 많이 하고, 먼저 창업을 해본 사람들 또는 전문가들에게 조언을 들으면서 진행할 필요가 있다. 그런 다음 피 끓는 열정으로 부딪혀 보는 거다.

(현) 성균관대 중국대학원 교수

법무법인 덴톤스리 상임고문

삼성경제연구소 부사장
(중국삼성경제연구원장)

한국산업은행 산은경제연구소장

중국사회과학원 경제학 박사

서울대 대학원 경제학 석사

박
기
순

美中 패권 시대 자국 이익 우선의 '산업 정책' 필수

2023년 10월 10일 기준 무역수지 적자 규모가 300억 달러를 넘어섰다. 수출 텃밭인 중국에서 5월부터 8월까지 적자가 이어진 영향이 컸다. 중국경제 전문가인 박기순 성균관대 중국대학원 교수는 '중국의 기술 추격'을 대중 무역 적자의 주요 원인으로 꼽았다. 과거 기술이 부족해 수입할 수밖에 없었던 품목을 이제는 자체 생산으로 충당할 수 있게 됐다는 설명이다.

기술 패권 시대 생존 전략, 중국과의 기술 초격차 이뤄내야

특히 우리나라 경제를 떠받쳐온 반도체 수출이 타격을 받았다. 아이러니한 건 대중국 반도체 수출이 전년 동기 대비 3.6% 줄어든 8월, 대만의 반도체 수출은 21.8% 늘었다는 사실이다. 낸시 펠로시 미국 하원의장의 대만 방문으로 경제제재를 결심했음에도, 대만 TSMC의 반도체는 '수입하지 않을 수 없는' 품목이었다는 방증이다. 이에 대해 박기순 교수는 "중국과의 초(超)기술 격차를 이뤄내는 것이 중요한 이유"라고 설명했다.

"미·중 패권 경쟁이라는 현재의 국제 정세 변화를 한국의 기술적 자산을 확대하는 계기로 삼아야 한다. 이를 위해 자국 산업을 보호하고 자국 기업을 키우는 데 집중하는 '산업 정책'을 사용할 필요가 있다."

과거 중국의 산업 정책을 비판했던 미국마저 '반도체산업육성법(CHIPS)' '인프레이션감축법(IRA)' 등 산업 정책을 통과시킨 상황에서 우리도 자국 이익을 우선시하는 정책을 마련해야 한다는 것이다. 그 과정에서 싱크탱크의 역할도 주문했다.

"기술 패권 전쟁 시대에 우리가 살아남을 방법은 기술 안보가 중요하다는 인식을 바탕으로 기술 산업을 키우는 데 역량을 집중하는 것이다. 기술 초격차를 이뤄내야만 정치적으로, 외교적으로, 경제적으로 윈윈(win-win)하는 결과를 만들어낼 수 있다."

Q **5월부터 8월까지 대중국 무역 적자가 이어졌는데,
이유는 뭐라고 보십니까?**

첫 번째는 중국 정부가 신종 코로나바이러스 감염증(코로나19) 방역 대책의 일환으로 신천, 광저우 등 주요 도시의 공장을 셧다운 하면서 중간재 등을 수출할 여지가 없었다.

두 번째는 기술적 추격의 결과다. 과거에는 중국 기술이 우리의 무릎 아래에서 시작했는데 이제 목까지 찬 상황이다. 우리에게 남은 시장은 머리('첨단시장')밖에 없다. 수출 시장이 축소된 거다. 반대로 소재나 광물자원 등에 대한 중국 의존도는 여전히 높다. 일례로 액정표시장치(LCD) 패널도 다 중국에서 수입하는 상황이다.

Q   **미국과 중국 간 통상 패권 다툼이 이어지고 있고, 일각에서는 경제를 위해 중국 시장에 더 집중해야 한다고 이야기하는데, 이에 대한 견해는?**

'안미경중(안보는 미국, 경제는 중국)'을 최근에는 '기미경중(기술·안보는 미국, 경제는 중국)'이라는 표현으로 대신한다. 어떻게 보면 기술과 시장의 영역인데, 무엇이 우선돼야 하는지의 문제가 남는다. 개인적으로는 기술이 우선돼야 한다고 본다. 앞서 말씀드린 것처럼, 지금의 대중 무역 적자 상황은 기술을 추격당했기 때문이다.

우리가 중국에 기술 추격을 당하는 순간, 중국 시장이 아무리 커도 그 시장은 우리의 것이 아니다. 기술 격차가 있는 부분만 우리 시장이라고 보면 된다. 결국 기술 격차를 벌려야 시장도 확보할 수 있다는 의미다.

그런데 기술의 원천은 어디에 있나. 바로 미국이다. 우리 기업의 독자적인 능력이 발전됐다고 해도 근본 기술은 아직 부족한 게 현실이다. 우리가 미국과 척을 져서 미국이 원천기술을 주지 않으면 우린 아무것도 할 수 없다. 그래서 미국과의 기술 동맹이 굉장히 중요하다고 보는 것이다.

Q   **반도체 수출 상황이 좋지 않아 보이는데, 어떤가요?**

우리나라가 반도체 강국이라고 하지만, 사실 설계·제조·검사 등 다양한 단계 중에서 제조에만 강한 거다. 종합 반도체 회사인 삼성이나 SK만 부각해 있을 뿐, 강소기업이 클 수 있는 생태계 조성이 안 돼 있다. 대만은 우리나라보다 훨씬 작지만, 반도체 생태계만 보면 우리보다 훨씬 강한 기업이 많다.

그런 취약성은 최근 더 드러나고 있다. 메모리 반도체 수요가 줄고, 비메모리 수요가 확대되면서 대만 TSMC가 강세를 보이고 있다.

삼성이나 SK는 메모리 쪽에 집중해 왔는데, 메모리 수요가 줄면서 역전 중인 상황이다. 그러니 올해 1인당 국내총생산(GDP)이 대만에 떨어질 것이란 이야기가 공공연히 나온다.

그러면 정부의 역할이 있어야 하지만, 대만이 '반도체 기술이 국가 안보'라는 모토 아래 친시장·친기업 정책을 펼 때 우리는 그냥 방치했다. 반도체 공장을 지으려고 할 때 '님비현상(지역 이기주의)'으로 부침을 겪을 때도 도와주지 않았다. 반도체 산업에 의존하면서도 육성하는 정책은 거의 없었다. 지금도 위기 상황이지만, 정쟁에만 몰두하고 있다.

(8월 발의된) 반도체특별법은 여전히 국회에 표류 중이다. 이런 것들이 반도체 산업의 경쟁력 악화로 이어졌다고 생각한다.

Q   **삼성전자도 비메모리 쪽을 열심히 키우고 있지 않나요?**

비메모리 시장이 더 크다는 이야기는 옛날부터 나왔지만, 삼성이 비메모리에 집중한 건 몇 년이 채 안 된다. 그런 측면에서 보면 삼성의 경영전략이 잘못됐던 셈이다. 다만 한편으로 보면 삼성이 그걸 할 수 있는 분위기도 아니었다. 총수가 5년 동안 송사에 시달리는데, 기업의 흥망성쇠가 달린 결정을 어떻게 감방 안에서 하겠는가. 그사이 대만 TSMC는 엄청난 발전을 했다. 그래서 그 5년이라는 시간이 너무 아까운 거다.

Q   **경제를 생각하면 '반도체특별법'을 하루빨리 통과시켜야 하는데,**

지금 국회 상황을 보면 꼭 조선 후기 붕당정치를 보는 것처럼 쉽지 않아 보이는데요?

대중 적자는 무조건 무역 적자다. 더 큰 문제는 경상수지도 적자로 가고 있다는 거다. 외환위기로 이어질 수 있는 심각한 문제다. 그런 측면에서 여야는 경제적 위기에 대한 공통된 인식을 가질 필요가 있다. 반도체의 중요성은 여야가 모두 알고 있다. 한국이 미국과 중국의 러브콜을 받았던 건 배터리·반도체 측면에서 기술력을 갖추고 있기 때문이었다.

외교도 결국 기술적 자산이 매우 중요하다는 뜻이다. 그러므로 기술적 자산을 키우는 데는 여야 구분 없이 모든 역량을 집중해야 한다. 그래야 안보도 확보할 수 있고, 경제도 확보할 수 있으며, 외환위기 위험으로부터 우리를 더 안전하게 가져갈 수 있는 거다.

Q **이제 중국 내부 이야기를 해보자면 IMF에서 중국의 올해 경제성장률을 3.2%로 관측하여 중국 정부 목표치인 5.5%에 크게 못 미치는 수치인데, 중국 경기가 둔화한 원인을 분석해주신다면?**

상해 봉쇄 영향이 가장 컸다고 본다. 상해시 정부 고위관계자들과 경제전문가들은 시진핑 주석이 감히 상해 봉쇄를 하지 못할 것이라고 예상했다. 상해가 중국 제1의 소비도시이자 경제도시이기 때문이다.

그런데 예상을 깨고 상해 전면 봉쇄가 결정됐고, 그 몇 개월의 결과로 2분기 중국 경제성장률이 0.4%까지 떨어졌다. 이밖에 세계 경제 둔화로 해외 수요가 줄어든 것, 정부의 부양 조치 여건이 과거만큼 좋지 않은 점도 영향을 미쳤다고 본다.

Q **부양 조치 여건이 과거만큼 좋지 않은 이유는 뭔가요?**

헝다 사태 이후 부동산 업체들이 디폴트(파산)로 가면서 지방 재정이 악화했다. 부동산이 중국 GDP의 20% 이상을 차지하는 만큼, (재정에 대한) 영향이 클 수밖에 없다. 중국 재정의 대부분은 지방정부가 지역 내 정부 땅을 개간해 토지를 분양하고 나오는 수입이다.

그런데 헝다 사태 이후 땅이 안 팔리고 있다. 게다가 (기업 상황이 나쁜 탓에) 세수도 줄었다. 그러면 지방정부는 부채를 늘려야 하는데, 이것이 부메랑이 돼서 경제정책을 제대로 펼 수 없는 상황으로 돌아온 거다.

과거 2008년 중국은 4조 위안의 경기부양 조치를 통해 경기를 살렸지만, 이에 따른 과잉 생산 문제를 해결하기 위해 4~5년 굉장히 고생해야 했다. 그런데 지금은 그때보다 부채가 더 많다.

조심스러울 수밖에 없는 상황이다. 게다가 환율 효과도 못 보고 있고, 시진핑 주석의 공동부유 정책으로 잘 나가는 게임 기업·플랫폼 기업·교육기업을 억압하면서 개혁 개방에도 문제가 생겼다. 정부의 부채, 환율, 혁신 어느 한 측면도 도와주지 않고 있는 거다.

Q　　**헝다 사태 이후 중국 주택가격이 12개월 연속 하락하면서 경제위기의 뇌관으로 대두되고 있는 모습인데, 부동산 시장 붕괴 가능성에 대해서는 어떻게 보시는지요?**

붕괴 가능성은 별로 크지 않다고 본다. 중앙정부가 부동산 시장이 붕괴할 정도로 절대 놔두지 않을 것이기 때문이다. 그리고 중앙정부의 부채 상황은 아직 괜찮다. 원래 중국은 중앙정부의 재정이 건전하고, 지방정부가 개발 정책 수행을 위해 빚을 지면서 나가게 돼 있다.

다만 이번에는 (지방정부의) 빚의 규모가 조금 더 커졌다는 것이다.

Q　　**16일 20차 전당대회가 열리는데, 시진핑 주석의 3연임**

가능성을 어떻게 보시는지요?

3연임 가능성이 높지 않겠나. 시진핑 주석의 목표는 3연임이 아니라 4~5연임이다. 적어도 2035년까지 장기 집권을 꿈꾸고 있을 것으로 본다.

**Q 시진핑 주석의 3연임 결정 후 산업·경제 정책 측면에서
어떤 변화가 있을까요?**

'국진민퇴(국유기업이 앞장서고, 민간기업은 퇴장한다)'의 기조를 바꿀 것으로 생각하지는 않는다. 다만 경제를 지금보다 더 크게 신경 쓰긴 할 거다. 공산당이 장기 집권 체제로 가는 데에는 공산당의 경제정책에 대한 국민들의 믿음이 컸다. 제가 1992년도에 중국에 처음 갔는데, 그후 30년 만에 G2 반영에 올랐다. 엄청난 거다.

경제로 신뢰를 얻었기 때문에 경제를 잘 다뤄야 장기 집권을 할 수 있다고 볼 것이고, 그런 생각이 정책으로 반영될 가능성이 크다. 그러면 후진타오 시절의 '민진국퇴(민간기업이 앞장서고, 국영기업은 퇴장)'까지는 아니라도 지금보다는 완화된 행보를 보이지 않겠는가.

Q 그러한 변화가 우리 경제에 미칠 영향은 어떻게 보시는지요?

아무래도 그 과정에서 기술혁신이 일어날 수 있다. 중국의 기술 발전 속도가 굉장히 빠르다. 이미 2016년도부터 5~10년 안에 중국이 한국의 반도체를 따라잡을 것이라는 이야기가 나왔다. 만약 미국이 (중국을) 견제하지 않았다면 우리나라 반도체는 이미 끝났을 수 있다. 사실 (미국이) 엄청난 기회를 우리에게 준 거다. 우리나라 무역수지 흑자의 큰 비중을 반도체가 차지한다. 다른 부분은 적자라는 이야기다. (반도체 시장에서

기술이 따라잡히면) 훨씬 큰 어려움과 맞닥뜨릴 수 있다. (※반도체를 제외할 경우 우리나라의 대중 무역수지는 이미 2021년부터 적자였다.)

Q 이런 상황에서 우리 기업은 어떤 노력을 해야 할까요?

우리나라는 제조, 특히 배터리와 반도체 산업에서 중국을 무시했다. 그러다가 2016년 중국이 산업 정책을 펴면서 급속도로 따라잡힌 거다. 한 예로, 당시 중국은 보조금을 주지 않는 방법으로 우리 기업이 만든 삼원계 배터리를 중국에서 팔지 못하게 했다. 그러니 우리 기업은 중국에서 (배터리를) 생산해 유럽에 수출했고, 그 사이 자국 기업이 중국 시장을 장악했다. 거기서 엄청난 부를 축적하고 그 돈으로 다시 기술 개발을 했다.

그러면 우리 기업으로서는 미국이나 유럽 등 해외시장을 개척해야 하는데, 아이러니하게도 우리 기업의 중국산 소재나 광물자원 의존도는 80~90%에 달한다. 이것을 50% 밑으로 내려야 한다. 미국의 압력 때문이 아니라 경제 안보 측면에서 스스로 중국에 대한 엄청난 의존도를 낮춰야 한다는 의미다. 그렇지 않으면 요소수 사태처럼, 중국의 내부 요인에 의한 문제가 경제보복 효과로 나타나는 일이 반복될 수 있다.

Q 마지막으로 정부에 제언하고 싶은 말씀이 있다면?

지금은 미·중 기술 패권 경쟁 시대다. 이런 상황에서 우리가 살아남을 방법은 기술 안보의 중요성을 인식하고 기술 산업을 키우는 데 역량을 조금 더 집중하는 것이다. 기술 초격차를 이뤄내야만 정치적으로, 외교적으로, 경제적으로 모두 '윈윈'할 수 있다는 생각이다. 현재의 국제 정세 변화를 한국의 기술적 자산을 확대하는 계기로 삼고, 기업은 기업대로 노력하되 정부는 정부가 할 수 있는 정책을 내놔야 한다.

개인적으로는 산업 정책의 시대가 도래했다는 걸 인지해야 한다고 본다. 과거 중국의 산업 정책을 비판했던 미국도 산업 정책을 사용하기 시작했다. 산업 정책을 실패한 정책이라고 생각하는 학자들도 있지만, 어떤 것을 육성하고 대표 기업을 키우는 데에 산업 정책은 굉장히 큰 역할을 한다.

그런 노력의 일환으로 현재 국회에 계류 중인 '반도체특별법'을 빠르게 통과시킬 필요가 있다. 중국은 반도체 기금이라고 1조 위안을 퍼붓고, 미국은 반도체육성법에 칩4 동맹까지 맺고 있는데 한국만 손을 놓고 있는 건 말이 되지 않는다. 그 과정에서 싱크탱크의 역할도 중요하다. 어떤 산업의 육성이 필요한지, 어떤 산업 정책이 필요한지 로드맵을 만들어 정부에 제공할 수 있어야 한다. 그러면 정부는 그 데이터로 국민적 공감대를 형성하고, 국회를 설득해 법안을 정책화하는 노력을 해야 하는 거다.

(현) 숭실대 글로벌통상학과 교수

기획재정부 자문위원

숭실대 경제통상대학장

한중사회과학학회 회장

한중사회과학학회 편집위원장 역임

중국인민대학 재정금융학원 경제학 박사

산업통상자원부 장관 표창 수상

『중국경제론』『중국금융론』
『통상중국어』등 저서·역서

구
기
보

메모리반도체
수출구조
다변화해야

한국무역협회에 따르면 지난해 1~11월 우리나라 무역수지는 IMF 208개 회원국 중 바닥권인 198위까지 추락했다. 2020년 8위에서 불과 2년 만에 190계단 떨어진 것이다. 우리나라가 다른 나라에 비해 유독 무역수지 감소 폭이 큰 이유에 대해 구기보 숭실대학교 글로벌통상학과 교수는 "메모리반도체에 대한 수출 의존도가 높기 때문"이라고 평가했다.

메모리반도체는 대외환경 변화에 대한 가격 변동성이 큰 품목이다. 일례로 2018년 8달러대였던 D램 가격은 세계 경기가 둔화한 지난해 2달러선까지 내렸다. 같은 물량을 팔았을 때 벌어드리는 수익이 4분의 1 규모로 줄어든 셈이다. 이에 구 교수는 "수출구조를 다변화해야 한다."고 피력했다. 과거 자유무역 관점에서는 잘할 수 있는 분야의 육성에 집중해 해당 시장을 선점하는 전략이 유효했지만, 현재와 같은 보호무역, 나아가 자국 이익을 우선하는 분위기에서는 전체적인 능력을 갖추는 게 더욱 중요하다는 설명이다.

디스플레이·2차 전지 등 지원 확대, 희귀광물 확보 노력 필요

"최전성기 맞은 한류… 넷플릭스 같은 글로벌 배급사 나와야"
　　[공감신문] 염보라 기자

중국 경제통상 전문가 구기보 교수는 먼저 반도체 분야에서 메모리반도체 강국의 위치를 견고히 하면서 대만에 크게 뒤져있는 시스템반도체 파운드리(위탁생산) 경쟁력을 키워야 한다고 강조했다.

　나아가 설계와 장비 제조 역량 확대를 주문했다. 반도체 생태계를 구축해야 한다는 취지다. 그런 의미에서 "'용인 시스템반도체 클러스터 조성' 계획은 환영할 만하다."고 했다.

　반도체 외에는 디스플레이, 2차 전지, 전기차 등에 대한 정부의 적극적인 지원을 당부했다. 첨단산업에 들어가는 희귀금속·광물을 확보하려는 노력도 중요하다고 봤다. 현재는 중국에 대한 의존도가 높은 상황이기 때문이다. 구 교수는 "정부와 민간기업이 협력해 수입원 다각화, 공동 개발 등을 추진해야 한다."고 힘줘 말했다.

　마지막으로는 한류 열풍을 좀 더 현명하게 이용해야 한다는 제언도 덧붙였다. "한류가 최전성기라고 하지만, 돈은 생각보다 못 벌고 있다."면서 그 이유로 '콘텐츠 제조' 중심 구조를 지적했다.

　예를 들어 드라마 '오징어게임'이 전 세계 흥행을 거뒀지만, 국내 제작사는 계약에 따라 추가 수익을 받을 수 없었다. '재주는 오징어게임이 넘고 돈은 넷플릭스가 번다.'는 볼멘소리가 나온 이유다. 그는 "공연, 게임 등 분야도 마찬가지다. 제조 중심에서 벗어나 글로벌 배급사·기획사 육성에 힘을 실어야 한다."고 강조했다.

Q　　**한국의 무역수지가 다른 나라에 비해 유독 대외환경 변화에**

민감한 이유는 무엇인가요?

수출과 수입 양쪽으로 나눠서 봐야 할 것 같다. 수입 쪽에서는 러시아-우크라이나 전쟁으로 인해 유가가 상승하고, 리튬·코발트·망간 등 전기차·반도체 소재로 쓰는 주요 전략 광물의 가격이 전반적으로 오르면서 수입 물가를 꾸준히 높였다. 전쟁 상황에서는 수출과 수입이 함께 줄어드는 게 일반적인 현상인데, 특정 국가가 가진 특수성 때문에 수입 물가는 늘어난, 굉장히 특이한 상황이 벌어진 것이다.

반대로 우리나라 주력 수출 품목인 메모리반도체 가격은 크게 내렸다. 고점일 때 8달러가 넘었는데, 지금은 2달러 전후에서 움직이고 있다. 이 바람에 반도체 무역수지 흑자 규모가 작년 1~2월 100억 달러 수준에서 올해 1~2월 19억 달러 수준으로 줄었다고 하는데, 얼마나 심각한 상황인지를 보여주는 통계다.

그러면 반도체 가격은 왜 폭락한 것일까? 먼저, 급격한 금리 인상 상황에서 기업 투자가 위축되고 가계의 소비 여력이 떨어졌다. 이에 따라 원유나 광물자원을 수출하는 국가를 제외하고는 전 세계가 경기둔화·침체 쪽으로 움직였다. 생산량은 여전한데 반도체 수요가 위축되니, 재고가 쌓이고 가격이 떨어지는 결과로 이어진 것이다.

Q **한국이 그간 외교기조로 삼아왔던 '안미경중'이라는 말이 무색할 정도로 대중국 수출이 크게 줄었는데, 원인이 뭔가요?**

첫 번째는 메모리반도체 가격 하락이다. 한국의 대중국 반도체 수출 비중은 홍콩을 통한 우회 수출 포함할 때 55%에 달한다. 많은 전문가가 수출 감소 배경으로 중국과 반도체를 이야기하는데, 엄밀히 말하면 대중국 반도체 수출이 감소했다고 요약할 수 있다.

또 하나 원인을 추가한다면 중간재 수출이 많이 줄었다. 그동안 중국이 소재·부품을 가장 많이 수입해 가는 나라는 한국이었다. 한국의 대중 수출 80% 정도가 소재·부품 등 중간재였다. 그런데 중국이 10여 년 전부터 '홍색 공급망' 구축이라는 이름으로 소재·부품 등 중간재를 국산으로 대체하는 정책을 실행했다. 그 결과 중국의 소재·부품 경쟁력이 굉장히 많이 올라왔고, 자연히 한국산 중간재에 대한 수요가 줄어든 부분이 있다.

정치적인 원인도 무척 크다. 사드 배치 이후 한류에 대해 제한하지 않았나. 한류는 단순히 문화 콘텐츠 분야의 수익만 가져다준 게 아니라 한국산 제품에 대한 선호도를 끌어올리는 역할을 했다. 중국 회사가 만든 제품임에도 한글을 넣을 정도였다. 그 효과로 글로벌기업으로 성장한 회사가 많다. 오리온·농심·이랜드 등이 대표적이다. 그런데 중국의 사드 보복 이후 7~8년간 한류 효과는 거의 없어지다시피 했다. 이렇듯 복합적인 원인이 대중 수출 감소로 이어졌다고 볼 수 있다.

Q 한시적이긴 하지만 미국이 한국의 최대 수출국 자리를 넘보면서 안미경중 기조를 바꾸어야 하는 것 아니냐는 이야기가 나오는데, 이에 대한 견해는?

중국이 '홍색 공급망' 정책으로 소재·부품을 자국산으로 대체하는 반면, 한국은 중국산에 대한 의존도가 높아졌다. 10년 전 꽤 많은 무역흑자를 냈던 자동차 부품은 적자로 돌아섰고, 일반 소재도 일본과 관계가 악화하면서 중국산으로의 대체가 이뤄졌다. 심지어 차량용 빈도체도 중국에서 거의 가져오는 상황이다. 이렇다 보니 '앞으로 중국에서 팔 수 있는 게 뭐가 있냐?'는 이야기가 나오는 건데, 반대로 대체 국가나 있는지 자문할 필요가 있다고 본다. 반도체가 우리나라 최대 수출 품목인데, 그중 50%를 중국에 수출한다. 중국에 반도체를 수출하지 않으면 무역수지 흑자가 크게 줄어들거나 적자로 이어지는 구조다. 중국에 대한 의존도를 줄이라는 말은 새로운 수출처를 찾은 다음에 해도 충분하다.

Q   그렇다면 대중국 수출을 확대하는 방법으로는 뭐가 있을까요?

정상회담이 시급하다. 시간이 필요하다면 경제수장끼리 먼저 만나서 이야기해도 좋다. 한국은 중국에 물건을 팔아야 하고, 중국 역시 한국의 투자가 필요하다. 어떤 부분에 대한 투자가 필요한지 확인하는 과정이 필요하다고 본다. 중국에 대한 투자가 늘어나면 대중국 수출은 자연히 늘어나게 돼 있다. 중국에 진출한 기업이 한국에서 원자재 부품을 가져가기 때문이다.

Q   중국의 경제적 영향력 확대를 억제하기 위해 미국이 주도하는 '인도·태평양경제프레임워크(IPEF)'가 출범했는데, 이에 대한 중국의 대응은 어떤가요?

중국으로서 미국은 넘어서야 하는 글로벌 패권 경쟁국이고, 인도는 지역적인 패권 경쟁국이다. 중국은 글로벌 패권 경쟁국과 지역 패권 경쟁국이 합쳐서 자국을 견제하는 데 대해 상당한 부담을 느끼고, 혼자 상대하기 버겁다는 인식을 가진 듯하다. 그래서 러시아와 동맹을 공고히 하고, 미국이 제재 중인 이란과 관계를 맺으며, 굉장히 저렴한 가격에 원유를 수입하는 등 실익을 챙기고 있는 모습이다. 이에 더해 과거 앙숙이었던 이란과 사우디 간 중재를 통해 미국·인도에 대한 견제력을 강화하고 있는 것으로 보인다.

Q   우리나라 입장에서 IPEF 참여에 따른 경제적 손실은 없나요?

"양 축이 형성돼 대립으로 간다는 것 자체가 경제적 손실을 불러일으킬 수 있는 부분이다. 일례로 우리나라의 대(對)중동 수출 중 40~50%가 이란인데, 이란에 대한 제재가 들어가면서 손실을 그대로 떠안고 버티는 상황이다.

Q **중국이 지난달 미국 최대 메모리반도체 생산업체인 마이크론**
테크놀로지에 대한 인터넷 안보 심사에 착수했고, 이를 두고
외신에서는 삼성전자나 SK하이닉스 등 한국 반도체 기업에
보내는 일종의 경고 메시지라는 해석을 내놨는데,
어떻게 생각하세요?

다른 시각으로 볼 필요도 있다고 생각한다. 반도체는 우리가 유일하게 중국을 압박할 수 있는 품목이다.

　진짜 극단적인 상황에서 우리가 경제적인 희생을 감수하고 (반도체) 수출을 막으면 중국의 공급망은 완전히 붕괴한다. 전기차·디스플레이·스마트폰 등 나름 첨단 제조업에 해당하는 분야들의 생산이 무너지기 때문에 한국 반도체 기업과 틀어지려고 하지는 않을 것이다. 다만 한국이 '칩4 동맹(미국·한국·일본·대만 반도체 협력체)'에서 유연한 입장을 취해 주길 희망한다는 정도의 메시지는 담았을 수 있다고 본다.

Q **미중 패권 경쟁이 특히 반도체 분야에 집중된 특별한 이유가**
있을까요?

중국이 '중진국 함정(중진국에 접어든 국가가 선진국으로 발전하지 못하거나 저소득 국가로 퇴보하는 현상)'에 빠질 것이라는 이야기를 30년 전부터 해왔는데, 그걸 벗어났다는 게 일반적인 견해다. 통상 중진국 함정에 빠지는 국가는 산업구조 고도화에 실패한 경우다.

　하지만 중국은 노동집약적인 제조업을 통해 초기 성장을 하다가 지금은 첨단 제조업에서 충분한 성과를 내고 있다. 대표적으로 화웨이 통신·장비는 미국의 제재에도 불구하고 자체 부품으로 대체하며 시장 점유율을 더욱 늘렸다. 디스플레이 분야 가운데 LCD도 우리가 생산을 포기할 정도로 중국이 장악했다. 전기차 시장도 본격적으로 장악해 들어가고 있다. (시장조사 기관 블룸버그NEF는 올해 글로벌 전기차 시장에서 중국이 58.8% 비중을 차지할 것으로 전망했다.)

BYD는 전기차 판매량에서 이미 테슬라를 앞질렀다. 배터리도 범용 쪽에서 장악 중이다. 테슬라마저 중국산 배터리를 장착할 정도다. 그렇다면 중국이 첨단 제조업으로 전환하는 데 성공할 수 있었던 이유가 뭘까. 바로 반도체다. 그래서 미국은 중국의 첨단 제조업을 누르기 위해 반도체를 늘려야 한다고 보는 거다. 게다가 반도체는 첨단 무기에도 활용된다. 군사적으로도 통제할 필요가 있는 것이다.

Q   중국의 첨단 제조업 기술력이 선진국 수준으로 발전했다는 것인가요?

아직 선진국까지는 아니라고 해도 중진국의 함정은 벗어났다고 본다. 언론을 보면 각국 기업이 중국에 뒀던 공장을 동남아로 옮긴 탓에 중국 내 공장이 텅 비었다는 이야기가 있던데, 그건 노동집약적 제조업의 이야기다. 그 자리를 첨단 제조업이 대체하고 있다.

저출산 때문에 제조업이 무너질 것이란 이야기도 있지만, 이미 일본으로부터 산업용 로봇을 수입해 상당 부분 기계화가 진행됐다.

Q   한국으로서도 중국의 추격을 견제할 필요가 있어 보이는데요?

그렇다. 특히 우리나라는 소재·부품 쪽을 제대로 육성하지 못했다. 대만의 경우 충분히 중견기업·대기업으로 클 수 있는 기업을 선별해 집중하여 지원하는 방식을 취했지만, 우린 그런 측면에서 취약했다.

충분히 기술력이 있고 생산 역량이 있는 기업을 선별하여 육성함으로써 중국 대비 기술·가격 경쟁력을 높이는 전략으로 가야 한다. 석유·화학 분야처럼 말이다. 더욱 과감한 지원 정책이 필요하다.

Q 미국 중심으로 하는 호혜적 공급망 구축이 언제까지 지속될 수 있을까요?

미국의 목표는 명확하다. 과거 일본이 부상할 때 견제해서 꺾은 것처럼 중국을 완전히 회복 불능 상태로 만드는 것이다. 다만 그 속에서 우리가 죽어날 수 있다. 우리나라 입장에서는 '언제까지'가 아니라 '어느 정도' 호응해줄 수 있는지가 중요한 문제다.

사실 미국은 우리가 반도체 경쟁력을 유지하는 데 관심이 없다. 오히려 한국·대만에 대한 반도체 의존도를 줄여 인도·베트남, 심지어 파키스탄에 대한 공급망을 확보하고 싶어 한다.

미국의 목표에 대한 성공 여부를 묻는다면 단기·중기적으로는 중국에 타격을 입힐 수 있지만, 장기적으로는 성공하기 어렵다고 생각한다. 화웨이에 대한 제재도 결국 실패로 나오고 있지 않나. 오히려 미국으로부터 기술 독립을 이뤄냈다. 반도체도 마찬가지다. 압박이 들어올수록 중국 정부는 인력과 자금을 끝없이 투입할 거다.

지금도 중국은 반도체 전체 생태계를 그리며 지원하고 있다. 당장은 약하지만 10~30년 계속 지원된다면 자체 독립이 불가능한 일은 아니다. 이렇게 되면 한국으로서는 (미국 중심의 공급망 구축이) 독이 될 수 있다. 그래서 용인 반도체 클러스터가 굉장히 중요하다. 반도체 지원법도 여야 합의로 통과된 만큼, 시동을 걸 수 있는 환경은 만들어졌다고 본다.

Q　26일 한미 정상회담이 예정돼 있는데, 경제 안보 측면에서 관심 있게 봐야 할 내용은?

반도체 부문에서 양보받는 것이다. 최근 (미국이) 감청(監聽)했느니, 안 했느니 하면서 정치적으로 공방이 오가고 있는 상황인데, 개인적으로는 이것을 하나의 카드로 활용했으면 하는 바람이다.

　반도체 보조금을 수령(受領)하는 조건이 앞으로 10년간 중국에서 반도체 생산 능력을 5% 이상 확장하지 않는 것이고, 칩4 동맹의 경우 10월부터 칩 수출 자체를 하지 말라는 것이다. 한국으로서는 어느 하나 받아들이기 어려운 조건이다. (감청 의혹에서) 조금 양보하고, 반도체 쪽에서 양보를 얻어 외교적 성과를 거둘 수 있길 바라는 마음이다."

Q　마지막으로 한국이 수출 강국의 위치를 지켜낼 수 있다고 보는가? 이를 위해 제언하고 싶은 말씀이 있다면?

단기적으로는 메모리반도체 가격이 2분기에 저점을 찍고 하반기부터 회복될 것으로 전망되는데, 그러면 내년쯤에는 무역수지 적자도 많이 완화될 수 있다고 본다. 다만 이런 상황이 또다시 반복될 수 있다는 것이 문제다. 메모리반도체에 대한 수출 의존도를 낮추는 작업이 시급하다고 본다. 메모리반도체 시장에서의 장악력을 유지하면서 시스템반도체 파운드리 경쟁력을 키워야 한다. 나아가 설계 능력, 장비 제조 능력까지 갖추는 반도체 생태계 구축이 필요하다.

　아울러 과거 자유무역 관점에서는 잘할 수 있는 분야에 집중하여 육성해 해당 시장을 선점하는 전략이 유효했지만, 현재와 같은 보호무역, 나아가 자국 이익을 우선하는 분위기에서는 전체적인 능력을 갖추는 게 더욱 중요하다.

그러면 반도체 말고 뭐가 있을까. 디스플레이 분야에서 OLED나 QLED 기술 개발을 지원하고, 2차 전지 분야에서 전기차 배터리 쪽 기술 우위를 계속 유지할 수 있도록 관심을 가져야 한다.

전기차 쪽 세제 개편도 필요하다고 본다. 중국은 자국 기업에만 자금을 지원해 가성비를 끌어올리는 정책을 쓰지만, 한국은 국내외 기업 구분 없이 무차별적으로 세제 혜택을 주고 있다. 우리 전기차 기업이 가격 경쟁력을 갖출 수 있도록 허들을 만들어 줘야 한다.

테슬라마저 중국 견제를 위해 반값 차를 출시한다고 선언한 상황이 아닌가. 정부의 과감한 지원이 필요하다는 생각이다. 이와 함께 첨단산업에 들어가는 희귀광물도 빨리 확보했으면 한다.

한 가지 덧붙이자면, 정권과 무관하게 일관성을 바탕으로 추진해야 한다는 것이다. 그렇다면 공기업보다는 민간기업과의 협력을 통한 수입원 다각화, 광물자원 공동 개발 노력이 유효하다고 본다.

마지막으로 넷플릭스와 같은 글로벌 콘텐츠 배급사 육성이 필요하다. 한류가 최전성기라고 하지만 돈은 생각보다 벌어들이지 못하고 있다. 우리가 콘텐츠를 만들면 돈은 배급사인 넷플릭스가 벌어들이는 구조이기 때문이다. 공연이나 게임도 마찬가지다.

세계적인 배급사, 세계적인 기획사가 나와야 한다. 제조업 중심 사고에서 벗어나 소프트파워를 끌어올려야 할 때다.

데이터가
경쟁력인 시대

대형 포털사이트가 부동산 중개 스타트업과 소송전을 벌이는 것도, 수조 원 손실을 내는 기업이 80조 원 이상의 시가총액을 보유할 수 있는 것도, 결국은 이 '데이터'라는 존재의 가치 때문이다. 정상조 교수는 이렇게 정리한다. "1차 산업혁명 당시 증기기관이 엔진이고, 석탄·석유가 엔진을 돌리는 원료였다면, 4차 산업혁명에서는 인공지능이 엔진이고, 데이터가 원료입니다. 그런 이유로 4차 산업혁명에서는 좋은 데이터를 많이 확보하고 인공지능을 잘 만드는 나라(또는 기업)가 최강입니다."

(현) 서울대 법학전문대학원 교수

국가지식재산위원장

미국 하버드대 로스쿨 방문교수

미국 워싱턴대 로스쿨 석좌 방문교수

사법연수원 운영위원

행정안전부 공공데이터제공분쟁조정위원

서울대 법학대학 학장 겸 법학대학원 원장

영국 런던대 법학 박사

영국 런던대 정경대 법학 석사

서울대 법학 석사 · 서울대 법학과

정상조

성장과 복지 동시 추구하는 '중도실용 리더십' 필요

정상조 서울대 법학대학원 교수는 데이터를 석탄·석유에 비유했다. 4차 산업혁명 시대의 핵심인 인공지능(AI)의 작동을 돕는 원료로서 데이터를 바라본 것이다. 물론 이 과정에는 부작용이 뒤따를 수밖에 없다. 시대가 변화할 때마다 대두됐던 실업 증가나 빈부격차 같은 것들이다. 그래서 '중도실용 리더십'이 필요하다고 피력했다. 좀 더 정확하게는 '성장과 복지를 동시에 추구하는' 리더십이다. 성장을 위한 지원을 아끼지 않으면서, 동시에 피해를 보는 계층을 보듬고 새로운 기회를 줄 수 있는 리더십이 중요하다는 설명이다.

정상조 교수는 서울대 법학대학원에서 지식재산권법을 가르치고 있으며 현재 국가지식재산위원회 위원장으로도 재직 중이다. 최근 관심사는 데이터·인공지능으로, 지난해 책『인공지능, 법에게 미래를 묻다』를 펴내기도 했다. 이번 인터뷰에서는 데이터·인공지능을 둘러싼 다양한 사회적 문제, 알고리즘 투명성 확보를 위한 노력, 4차 산업혁명 시대에 맞는 법·제도 보완 필요성 등 다양한 이야기를 나눴다.

Q   '네이버'가 '직방'에 이어 '다윈중개'와 데이터 관련 소송을 진행 중인데, 어떻게 보시는지요?

(부동산) 매물 정보를 선점한 선발주자와 후발주자 간의 갈등으로, 결국은 데이터를 둘러싼 전쟁으로 볼 수 있다. 네이버 부동산은 선발주자다. 부동산 중개업자들에게 매물 정보를 받아서 포털('네이버')에 올리고, 소비자와 중개업자를 연결하는 통로 역할을 해왔다. 그런데 후발주자로 직방이 등장했다. 사업 초기에는 다량의 매물 정보를 확보하기 어려우니까 네이버 부동산 등에 올라온 매물 정보를 '크롤링(crawling)' 방식으로 복

사해서 활용했다. 크롤링은 24시간 돌아다니면서 데이터를 복사하는 거다. 새로운 매물 정보가 뜨면 바로 복사한다.

네이버에서는 이 점을 문제 삼은 것인데, 솔직히 말씀드리면 직방 입장에서는 조금 억울할 것이란 생각이다. 일단 네이버도 어느 웹사이트에 어떤 정보가 있는지 인덱스(index)를 만들기 위해 크롤링을 한다. 또, 데이터 자체도 네이버가 생산한 데이터가 아니다. 직방과 마찬가지로 데이터 수집업체일 뿐인데, 선발주자라는 이유만으로 데이터를 독점하려고 하는 것은 문제가 아닌가 하는 게 제 개인적인 견해다. 후발주자들도 시장에 진입해야 데이터베이스도 더 발전하는 것 아니겠는가. 데이터를 둘러싼 전쟁은 부동산중개업에 한정된 문제가 아니다. (사회적인) 논의가 필요한 부분이라고 본다.

Q 소송전을 벌일 만큼 데이터가 중요한가요?

지금은 데이터 경제다. 가장 중요한 재산이다. 예를 들어서 '우버'는 10여 조 원 매출에 4조 원 손실을 내는 기업이지만, 시가총액이 '삼성전자'의 4분의 1 규모로 크다. 손실이 4조 원씩 나지만 사람들은 우버가 보유 중인 데이터가 그만한 가치가 있다고 보는 거다.

Q 국가적 차원에서 본다면 어떤가요?

4차 산업혁명 시대에는 인공지능(AI)으로 제조업을 움직이고 서비스를 제공한다. 예를 들어 1차 산업혁명 당시 증기기관이 엔진이었다면, 4차 산업혁명에서는 인공지능이 엔진 역할을 한다. 데이터는 인공지능이라는 엔진을 움직이는 원료다. 증기기관의 원료로 석탄과 석유가 썼던 것처럼 말이다. 그러니까 4차 산업혁명에서는 좋은 데이터를 많이 확보하고 엔진인 인공지능을 잘 만드는 나라가 최강 반열에 들 수 있는 것이다.

Q　산업이 발전하기 위해서는 인재 양성도 중요할 텐데, 시장에서는
　　인재 공급이 부족하다고 토로합니다만?

정말 심각한 문제다. 교육부 규제 때문에 (대학은) 정원을 늘리는 것이
힘들고, 정해진 총량(정원) 속에서 A전공을 B전공으로, (인재) 수요가
있는 전공으로 정원을 돌리기도 어렵다. 좋은 교수를 모셔 오는 것도 쉽
지 않다. 중국의 칭화대나 인민대는 임금을 3배, 4배 준다고 하면서 좋은
교수를 모셔가는데, 우리는 그렇게 할 수가 없다. "호봉제로 300만 원부
터 시작하자."라고 하니 누가 오겠는가.
　　합리적이지 않은 규제들이 많다. 예를 들어 중국 칭화대나 미국 스탠포
드는 산업협력단에 유능한 '테크놀로지 라이선스' 오피스가 있어서 기업가
정신으로 (교수들이 개발한) 특허를 팔고 창업화한다. 그런데 우리 교육부
규제는 교수가 (테크놀로지 라이선싱을) 하게 돼 있다. 비즈니스를 해본 사
람들이 아니라 아무래도 부족할 수밖에 없다. 그러니 칭화대나 스탠포드는
창업으로 1년에 1,000~3,000억 원씩 버는데, 서울대는 기껏해야 몇십억
원에 그친다. 자꾸 이러니 교육부를 폐지해야 한다는 말이 나오는 거다.

Q　저서 『인공지능, 법에게 미래를 묻다』에서 우리나라 제조업의
　　산업용 로봇 밀도는 1만 명당 710대 수준으로 미국·일본·독일
　　보다 두 배 이상 높지만, 2017년부터 감소 추세에 접어들었다고
　　설명해 주셨는데, 이유가 뭔지요?

우리나라 제조업의 생산활동이 줄어든 데 따른 일시적인 현상이라 추정
하고 있다.

Q   그러면 산업용 로봇 밀도를 높이기 위해서는 어떻게 해야 할까요?

당연히 우리 제조업의 생산활동을 늘려야 한다. 지속적인 성장을 이룩해
야 복지도 할 수 있지 않겠는가. 성장 없는 복지는 불가능하다는 사실을
정치인들도 깨달아야 한다. 그러려면 기업의 생산활동이 늘어날 수 있도
록 지적재산권을 보호하고 투자의 유인책을 많이 만들어줘야 한다.

Q   4차 산업혁명 시대에 맞는 법과 제도의 정비도 필요할 텐데요?

일률적으로 말하기는 어렵지만, 기본적인 방향은 크게 두 가지라고 본다.
먼저, 영국이 증기기관 발명을 장려하고 촉진하는 법과 제도를 만들어 1
차 산업혁명에 성공했듯이, 우리나라도 4차 산업혁명에서 성공하려면 기
술 혁신을 촉진할 수 있는 법과 제도를 계속 만들어야 한다. 또 한 가지
는, 청년들이 그 혁신 기술을 활용해 사업화할 수 있도록 불필요한 규제
를 없애야 한다는 거다. (앞서 언급한) 교육부 규제는 대학에 한정된 문
제이지만, 그런 규제가 곳곳에 굉장히 많다. 예를 들어 중대재해법(중대
재해기업처벌법)은 필요한 규제지만, 규제를 최소화하면서 산업재해를
막을 수 있는 그런 지혜를 짜낼 필요가 있다는 거다.
　　마크롱 프랑스 대통령이 산업부 장관 시절에 '디지털 공화국법'이라
는 걸 만들었다. 정부 데이터는 물론 민간 데이터의 개방을 장려하고, 활
용까지 도와줬다. 법 시행 5년째인데, 그 결과 창업이 엄청나게 늘었다.
미국 'CES(세계가전전시회)' 유레카 파크에 가장 많은 창업기업이 참석
한 나라도 프랑스였다. 그런 점에서 문재인 정부의 '데이터 3법' 개정은
젊은이들이 창업하는 데 큰 도움을 줄 것이다. 그건(데이터 3법) 하나에
불과하고, 그런 식으로 규제 완화를 해야 우리도 4차 산업혁명에 성공할
수 있다고 본다.

Q 작년에 어느 AI 채팅 서비스의 여성 폄하 발언 논란은 데이터의 신뢰성, 알고리즘의 투명성을 확보하는 것이 얼마나 중요한지 생각해 보는 계기가 됐습니다. 데이터의 신뢰성, 알고리즘의 투명성을 확보하기 위해서는 어떤 법적, 제도적 보완이 필요하다고 생각하십니까?

아마 21세기에 가장 중요한 화두가 될 것이라고 생각한다. 20세기까지는 정부의 투명성을 많이 이야기했다. 부정부패가 나라를 망치는 길이라고 여겼다. 그런데 4차 산업혁명 시대에는 정부만큼 우리의 삶에 영향을 많이 미치는 존재가 바로 인공지능이다. 그렇기 때문에 인공지능의 알고리즘을 투명하게 해야 한다는 요구가 생겨나는 것이다.

하지만 그 알고리즘은 사실 영업비밀이다. 영업비밀이기 때문에 공개할 수 있는 범위가 제한될 수밖에 없는 한계가 있는 것 같다. 영업비밀을 보호하면서 투명성을 확보하기 위해 어느 정도로 공개할 것인가, 그 기준을 찾는 게 우리들의 과제가 아닐까 싶다.

Q 신뢰도가 높으면서 접근이 쉬운 데이터 중 하나가 '공공 데이터'입니다. 법원 판결문의 경우 일부를 제외하고 공개가 막혀 있는데, 이에 대한 견해는 어떠신지요?

부연 설명을 하자면, 헌법상 재판 공개의 원칙이 있으므로 판결문은 100% 공개한다. 단, 당사자나 이해관계자가 요청할 때만 제공하는 형식이다. 이것은 4차 산업혁명 시대의 공개라고 말할 수 없다. 4차 산업혁명 시대의 공개는 '적극적'으로, 데이터를 '디지털 형태'로 제공하는 것을 의미한다. 이 기준에 따르면 대법원 판결문 공개 비율은 약 3%, 지방법원·고등법원 판결문은 0%대에 그친다. 사법 투명성을 높이기 위해서라도 판결문 공개는 필요하다고 본다. 데이터가 투명하게 공개된다면 사법 불신을 해결하고 사법 서비스도 더욱 발전시킬 수 있을 것이다.

Q   인공지능이 판결하는 것에 대해서는 어떻게 생각하시는지요?

사람이 판단해도 사법 불신이 생기는데, 인공지능은 더 어렵지 않겠는가. 사람들은 인공지능이 기계니까 사람보다 더 정확하게 판단할 수 있을 것으로 생각하지만, 결국 사람이 만든 데이터를 가지고 학습해서 판단하는 것이기 때문에 인간이 만든 오류를 포함할 수밖에 없다. 데이터 자체에 편견이 들어가 있는데, 로봇에게만 편견을 갖지 말라고 하는 건 불가능하지 않을까. 과학자분들은 '오류를 시정하는 알고리즘을 만들어 극복할 수 있다.'고 말할 수 있겠지만, 잘 모르겠다. 그 알고리즘도 결국 인간이 만드는 건데, 편견을 완전히 제거했다는 보장을 누가 할 수 있느냐 하는 문제가 영원히 남는다. 편견을 없애는 건 결국 인간이 해야 할 일이라고 본다.

Q   디지털 플랫폼을 통해 단기 계약을 맺고 일하는 비정규 프리랜서 '긱 이코노미'가 점차 확산되면서 노동법 개정의 필요성도 대두되고 있는데요?

산업 구조가 플랫폼 경제로 바뀌고 있기 때문에 나타나는 변화다. 막을 수 없는 변화의 흐름이라고 생각한다. 그런 점에서 노동법은 바뀌어야 한다고 본다. 제조업 시대의 노동법은 플랫폼 경제에 맞지 않기 때문이다. '우버' 운전자 또는 배달 종사자들이 근로자냐 아니냐를 두고 소송까지 하지 않나. 소송을 한다는 건 기존 노동법을 전제로 해서 끼워 맞추는 거다. 사실 이건 현재 법원이 판단할 수 있는 문제가 아니다.
고용주의 변화도 생각해 봐야 할 문제다. 옛날 제조업의 근로자들은 고용

주에 의해 감시·감독을 받고 통제됐다. 그런데 플랫폼 경제에서는 알고리즘이 업무지시를 하고 평가한다. 알고리즘이 고용주를 대체한 것이다. 노동법의 핵심은 고용주와 근로자의 관계인데, 노사 관계가 아닌 알고리즘과 근로자의 관계에 관심을 가져야 할 때가 된 것이다.

Q 인공지능, 로봇 발달에 따른 빈부격차도 사회적 문제로 대두되고 있다. 이에 대한 대책으로는 어떤 것들을 생각해 볼 수 있을까요?

과거 김대중 대통령 때는 PC 확산에 따른 빈부격차를 해결하기 위해 농촌에 PC를 보내고 인터넷 인프라를 굉장히 많이 구축했다. 비슷한 해결책이 필요하다고 본다. 토종 인간과 새로운 인간(인공지능·로봇 등을 확보한)의 격차를 해결하기 위해 정부가 적극적으로 개입해야 한다. 시장에만 맡기면 (격차는) 더 커질 수밖에 없다.

Q 책에서 로봇 개발에 있어 식품의약품안전처 같은 기관을 만들어야 한다고 제안하셨는데, 조금 더 설명해 주신다면?

의약품의 안전성을 확보하기 위해 임상실험을 하고, 그 결과를 감독해서 안전하다고 생각되는 경우에만 허가를 내주지 않나. 앞으로는 로봇의 경우도 그런 감독과 규제가 필요할 것이라고 본다. 물론 로봇이라고 하면 범위가 너무 다양하다. 유형화해서 규제·감독이 필요한 카테고리의 알고리즘을 선별해서 관리·감독을 하자. 그런 논의가 이제는 있어야 하지 않겠는가 하는 마음으로 제안했다.

Q 4차 산업혁명 시대에 맞는 진정한 리더십은 무엇이라고 생각하는지요?

성장과 복지를 동시에 추구하는 중도실용 리더십이 필요하다고 생각한다. 4차 산업혁명을 성공시켜서 성장을 가능하게 하는 리더십, 동시에 그 과정에서 낙오된 사람들, 변화에 쉽게 따라가지 못하는 소외된 사람들을 보듬으면서 다시 일어설 기회를 주는 리더십이 앞으로는 필요할 것이다.